UN MOMENTO
FAVORABLE

GRANTRAVESÍA

Madeleine L'Engle

UN MOMENTO
FAVORABLE

Traducción y notas de
José Manuel Moreno Cidoncha

Última parte de
El "Quinteto del Tiempo"

GRANTRAVESÍA

UN MOMENTO FAVORABLE

Título original: *An Acceptable Time*

© 1989, Crosswicks, Ltd.

Publicado según acuerdo con Casanovas & Lynch Literary Agency, S.L.

Traducción: José Manuel Moreno Cidoncha

Diseño de portada: Jazbeck Gámez

D.R. © 2019, Editorial Océano, S.L.
Milanesat 21-23, Edificio Océano
08017 Barcelona, España
www.oceano.com

D.R. © 2019, Editorial Océano de México, S.A. de C.V.
Homero 1500 - 402, Col. Polanco
Miguel Hidalgo, 11560, Ciudad de México
www.oceano.mx
www.grantravesia.com

Primera edición: 2019

ISBN: 978-607-527-950-3

IMPRESO EN MÉXICO / *PRINTED IN MEXICO*

Para
Dana, Bér y Eddie

Ron, Annie y Jake

«Mas yo dirijo a Ti mi oración,
Señor, en un momento favorable.»

Salmo 69:13

UNO

Atravesó un huerto con manzanas caídas, rojas y asidradas, cruzó un muro de piedra y se dirigió hacia un pequeño bosque. El camino estaba alfombrado con hojas rojas, anaranjadas y doradas que emanaban un rico olor terroso. Polly siguió avanzando, empujando los dedos hacia las puntas de sus zapatos para correr a través del magnífico esplendor. Era su primer otoño en Nueva Inglaterra y se sentía eufórica ante las tonalidades que se desprendían de los árboles y salpicaban su cabello con reflejos de color ámbar y bronce. El sol brillaba con una bruma dorada a través de un cielo azul tenue. Las hojas caían al suelo como un susurro. El aire era fresco, pero no frío. Ella tarareaba con alegría.

Los árboles eran jóvenes, la mayoría no tenía más de medio siglo, con los troncos aún delgados, completamente diferentes al musgo español colgante y a los robles de Virginia que había dejado atrás menos de una semana antes. Los frutos de un manzano habían caído en el camino. Levantó uno rojizo y un poco deforme, pero la manzana estaba crujiente y jugosa, y ella siguió paseando, comiendo y escupiendo las semillas.

Ahora el camino la conducía hacia un bosque de árboles mucho más viejos: arces imponentes, abetos y pinos. Sobre todos ellos se alzaba un roble antiguo, con grandes hojas dentadas de un profundo color broncíneo, muchas todavía aferradas con firmeza a sus ramas. Era muy diferente a los robles del sur a los que estaba acostumbrada, y ella no lo había reconocido como tal hasta que supo que su madre y sus tíos siempre lo habían llamado "Abuelo Roble".

"Cuando nos mudamos aquí", le había explicado su abuela, "la mayoría de los robles habían desaparecido, muertos por alguna enfermedad. Pero éste sobrevivió, y ahora nuestra tierra está llena de robles jóvenes, todos evidentemente resistentes a las enfermedades, gracias al Abuelo Roble".

En ese momento, miró el roble y se sorprendió al encontrar a un joven parado entre sus sombras. La observaba con sus cristalinos ojos azules que parecían contener la luz del día. Vestía algún tipo de prenda blanca y tenía una mano posada sobre la cabeza de un perro color canela de orejas grandes y puntiagudas, delineadas en negro. El joven levantó la mano para saludar, luego se volvió y caminó rápidamente hacia el bosque. Cuando ella llegó al gran árbol, él ya había desaparecido de su vista. Ella había pensado que él podría haberle hablado, y sintió curiosidad.

El viento había aumentado y se colaba a través de los pinos; su sonido era casi como el batir de las olas en la isla de Benne Seed, frente a la costa de Carolina del Sur, donde todavía se encontraban sus padres y de donde ella había venido hacía muy poco tiempo. Levantó el cuello de su anorak rojo que había tomado de la generosa provisión que colgaba del perchero de la puerta en la cocina de sus abuelos. Era su favorito porque le quedaba bien y era abrigador y cómodo, y le gustaba también porque tenía los bolsillos llenos de todo tipo de cosas: una linterna pequeña pero muy brillante, unas tijeras, un bloc de notas en una carpeta de cuero, con un rotulador púrpura, un surtido de clips, alfileres y gomas elásticas, un par de gafas oscuras, una galleta para perros (¿para qué perro?).

Se sentó en una gran roca glaciar plana, conocida como la roca-mirador de las estrellas, y contempló las nubes blancas que cruzaban el cielo. Se enderezó cuando escuchó música, una melodía popular en una versión aguda y estridente. ¿Qué era? ¿Quién estaba tocando música allí, en medio de la nada? Se levantó y caminó, siguiendo el sonido, más allá del Abuelo Roble, en la misma dirección en la que se había marchado el joven con el perro.

Continuó más allá del roble y ahí, sentado sobre un muro de piedra, vio a otro joven; éste tenía un brillante cabello negro y la piel excesivamente pálida, y soplaba una flauta irlandesa.

—¡Zachary! —ella estaba totalmente sorprendida—. ¡Zachary Gray! ¿Qué estás haciendo aquí?

Él apartó la flauta de su boca y la guardó en el bolsillo de su chaqueta de cuero. Se levantó del muro y se acercó a ella con los brazos extendidos.

—Bien recibida por la luz del sol, señorita Polly O'Keefe. Zachary Gray a su servicio.

Ella se apartó de su abrazo.

—¡Pero pensé que estabas en la UCLA!

—¡Hey! —él puso su brazo alrededor de su cintura y la abrazó—. ¿No te alegras de verme?

—Por supuesto que me alegro de verte. ¿Pero cómo llegaste hasta aquí? No sólo a Nueva Inglaterra, sino aquí, a casa de mis abuelos...

Él la llevó de vuelta al muro. Las piedras aún conservaban el calor del sol otoñal.

—Llamé a tus padres, a Carolina del Sur, y me informaron que te estabas quedando con tus abuelos, así que vine conduciendo para saludarte y ellos, tus abuelos, me dijeron que habías salido a dar un paseo, pero que si venía aquí, tal vez te encontraría —su voz era relajada, parecía perfectamente cómodo.

—¿Viniste conduciendo hasta aquí desde la UCLA?

Él rio.

—Estoy realizando un semestre de pasantías en una firma de abogados en Hartford que se especializa en reclamos de seguros —apretó su brazo alrededor de su cintura. Se inclinó y llevó sus labios hasta los de ella.

Ella se alejó.

—Zach. No.

—Pensé que éramos amigos.

—Lo somos. Amigos.

—Pensé que me encontrabas atractivo.

—Y así es. Pero… todavía no. Ahora no. Tú lo sabes.

—Está bien, Pol. Pero no puedo permitirme esperar demasiado —de pronto, sus ojos se tornaron sombríos y sus labios se tensaron. Luego, deliberadamente le dirigió una de sus sonrisas más encantadoras—. Al menos te alegras de verme.

—Me alegro mucho —sí. De hecho, estaba encantada, pero totalmente sorprendida. Se sentía halagada de que él se hubiera tomado la molestia de venir hasta allí. Lo había conocido en Atenas el verano anterior, donde había pasado unos días antes de ir a Chipre para asistir a una conferencia sobre literatura y alfabetización. Había sido una experiencia increíblemente rica, llena de alegría y dolor, y en Atenas, Zachary había sido encantador con ella, le había mostrado una ciudad que él ya conocía bien y la había llevado en coche por los alrededores. Pero cuando se despidieron en el aeropuerto, después de que terminara la conferencia, nunca esperó volver a saber de él.

—¡No puedo creerlo! —ella le sonrió.

—¿Qué es lo que no puedes creer, pelirroja?

—No me llames pelirroja —respondió ella automáticamente—. Que estés aquí.

—Mírame. Tócame. Soy yo, Zach. ¿Pero qué estás haciendo *tú* aquí?

—Dando un paseo.

—Me refiero a aquí, con tus abuelos.

—Estoy estudiando con ellos. Durante unos meses, en todo caso. Son increíbles.

—Supongo que son científicos famosos o algo así.

—Bueno, Abu ganó el premio Nobel. Ella se dedica a investigar cosas pequeñas: partículas sub-subatómicas. Y el abuelo es astrofísico y sabe más sobre el continuo espacio-tiempo que nadie, excepto quizá que Einstein o Hawking.

—Siempre fuiste un cerebrito —dijo él—. ¿Entiendes todas esas cosas?

Ella rio.

—Sólo un poco —estaba absurdamente contenta de verlo. Sus abuelos eran, como ella había dicho, increíbles, pero no había visto a nadie de su edad y no había esperado hacerlo.

—Entonces, ¿por qué haces esto en lugar de ir a la escuela, allá donde vives? —preguntó él.

—Necesito aprender mucho más de ciencia de lo que podría hacerlo en la preparatoria Cowpertown, y llegar a tierra firme desde Benne Seed fue un verdadero reto.

—Ésa no es la única razón.

—¿No te parece suficiente? —tendría que serlo, al menos por ahora. Ella apartó la vista de él, a través de la roca-mirador de las estrellas, y la dirigió a un cielo otoñal que iba impregnándose de los tonos del atardecer. Los largos rayos del sol tocaban las nubes con sus matices rosas y dorados, y los colores vívidos de las hojas se habían intensificado. Una oscura sombra púrpura caía a través de las colinas bajas.

Zachary siguió su mirada.

—Me encantan estas montañas, tan diferentes de las de California.

Polly asintió.

—Estas montañas son antiguas, vetustas, desgastadas por la lluvia y el viento, por el tiempo. Dan una perspectiva enorme.

—¿Necesitas perspectiva?

—¿No la necesitamos todos? —una hoja cayó y se posó sobre el cabello de Polly.

Zachary extendió sus largos dedos pálidos y la retiró.

—Es del mismo color que tu cabello. Hermosa.

Polly suspiró.

—Estoy empezando a reconciliarme con mi cabello. Si me hubieran dado la opción, no habría elegido el naranja.

—No es naranja —Zachary dejó caer la hoja al suelo—. Es del color del otoño.

Encantador, pensó ella. *¿Cuán encantador puede llegar a ser?*

—Es la primera vez que veo el follaje otoñal. Siempre he vivido en climas cálidos. Esto es… no tengo palabras. Pensé que nada podría vencer al océano, y así es, pero esto…

—Tiene su propia magnificencia —dijo Zachary—. Ahora papá vive en Sausalito, y la vista desde su casa puede resultar abrumadora: toda la increíble extensión del Pacífico. Pero esto, como tú dices, da perspectiva y paz.

"Tus abuelos —continuó— me ofrecieron té y tostadas de pan con canela si lograba encontrarte y traerte de vuelta.

—Por supuesto —ella saltó del muro. Cuando pasaron junto al Abuelo Roble, preguntó—: hey, ¿quién era ese chico de ojos azules que estaba aquí hace unos minutos?

Zach la miró.

—Pensé que se trataba de alguien que trabajaba para tus abuelos, un cuidador o un jardinero, algo así.

Ella sacudió su cabeza.

—¿Quieres decir que ellos se ocupan de todo este lugar solos?

—Sí. Bueno, un granjero vecino corta la hierba, pero él es mayor, y este hombre era joven, y no me pareció un granjero.

Zachary rio.

—¿Cuál crees que es la apariencia de un granjero? Aunque debo admitir que este chico desprendía una especie de nobleza.

—¿Hablaste con él?

—No, y si pienso en ello, me parece un poco raro. Me miró y lo miré, e iba a decirle algo, pero me lanzó un vistazo como si estuviera totalmente sorprendido de verme, quiero decir, totalmente, entonces se dio media vuelta y caminó hacia el bosque. Llevaba consigo un perro de orejas enormes, y ambos se fueron sin más. Sin correr. Pero cuando busqué, ya no los vi —se encogió de hombros—. Como te dije, pensé que debía tratarse de un cuidador o algo por el estilo, y muchos de esos tipos son un poco hoscos. ¿Crees que podría haberse tratado de un cazador furtivo? ¿Aquí hay faisanes o codornices?

—Ambos. Y nuestra tierra está muy visiblemente delimitada. No es tan grande para ser considerada un coto de caza, la mayoría de las granjas antiguas de por aquí tenían cien acres o menos, pero a mis abuelos les gusta mantenerla sin acceso para proteger la vida silvestre.

—Olvida ya eso —dijo Zachary—. Vine aquí buscándote y te encontré.

—Me alegra. Me alegra mucho —ella le dedicó su sonrisa más radiante—. ¿Vamos?

—Claro. Creo que tus abuelos nos están esperando.

—Bueno. Regresaremos por la roca-mirador de las estrellas.

—¿La roca-mirador de las estrellas?

Ella pisó la gran roca glaciar plana. En las grietas crecía el musgo y la mica brillaba con los largos rayos del sol poniente.

—Siempre se ha llamado así. Es un lugar maravilloso para recostarse y mirar las estrellas. Es la roca favorita de mi madre, de cuando era niña.

Cruzaron la roca y caminaron por el sendero que llevaba a la casa. Ella se dio cuenta de que Zachary caminaba despacio y respiraba casi como si estuviera corriendo, así que aminoró el ritmo para igualarlo al de él. El suelo bajo uno de los manzanos que había esparcidos por el campo estaba resbaladizo por las manzanas que ya se estaban echando a perder, y había un olor penetrante a sidra. Sin darse cuenta, se adelantó a Zachary y llegó hasta un muro bajo de piedra que marcaba el límite del gran terreno que había al norte de la casa. En el muro, una gran serpiente negra estaba acurrucada aprovechando la última luz del sol.

—¡Eh! —Polly rio de placer—. ¡Es Louise la Más Grande!

Zachary se detuvo en seco.

—¿De qué estás hablando? ¡Es una serpiente! ¡Aléjate!

—Oh, no nos hará daño. Se trata de Louise, es sólo una serpiente negra inofensiva —le aseguró Polly a Zachary—.

Cuando mis tíos, Sandy y Dennys, eran niños... tú conociste a Sandy en Atenas...

—No le caí bien —Zachary se apartó del muro y de la serpiente.

—No fuiste *tú* —dijo Polly—. Fueron las empresas de tu padre. Como sea, había una serpiente que vivía en este muro, y mis tíos la llamaron Louise la Más Grande.

—No sé mucho acerca de serpientes —Zachary retrocedió un paso más—, me aterran. Pero entonces, esta serpiente es increíblemente vieja.

—Oh, tal vez no sea la misma. Abu y yo la vimos tomando el sol el otro día, y es justo como la vieja Louise la Más Grande. Abu me dijo que no había habido una serpiente negra como Louise la Más Grande desde que mis tíos se fueron de casa.

—Es un nombre extravagante —Zachary aún no era capaz de acercarse y permanecía apoyado contra un roble joven al lado del camino, como si estuviera recobrando el aliento.

Es una broma familiar, pensó Polly. Zachary nada sabía sobre su familia, excepto que era numerosa, y ella nada sabía de él, excepto que su madre había fallecido y que su padre era rico más allá de su comprensión. Dejaría el tema de Louise para después.

—¿Listo?

—No pasaré al lado de esa serpiente —respondió él con voz inestable.

—No te hará daño —lo intentó convencer Polly—. En serio, es completamente inofensiva. Y mi abuela me dijo que estaba encantada de verla.

—No me moveré —había un temblor en la voz de Zachary.

—No pasa nada —dijo Polly—. Y donde hay serpientes, no hay ratas, y las ratas transmiten la peste bubónica, y...

—se detuvo mientras la serpiente se desenroscaba, lenta y complacientemente, y se deslizaba hacia abajo por el muro de piedra. Zachary la observó, con las manos bien hundidas en los bolsillos de su chaqueta de cuero, hasta que el último centímetro de su cola desapareció.

—Ya se fue —urgió Polly—, vamos.

—¿No saldrá de nuevo?

—Por la noche se va a descansar —la voz de Polly sonó convencida, aunque poco sabía de los hábitos de las serpientes negras. Las serpientes más tropicales en la isla de Benne Seed eran venenosas en su mayoría y debían evitarse. Confiaba en la seguridad que su abuela le había transmitido acerca de que Louise era inofensiva, así que cruzó el muro y le tendió la mano a Zachary, quien la tomó y la siguió vacilante.

—Está *bien* —Polly tiró de su mano—. Vámonos.

Comenzaron a cruzar el campo hacia lo que Polly ya consideraba su hogar, la casa de sus abuelos. Era una antigua granja blanca que se extendía agradablemente por las diversas secciones que se habían añadido a lo largo de los siglos. Como la mayoría de las casas construidas hacía más de doscientos años en esa parte ventosa del mundo, donde los inviernos eran crudos y largos, miraba hacia el sur, donde había protección contra los predominantes vientos del noroeste. Fuera de la despensa, que conducía de la cocina a la cochera, había una sección que albergaba el laboratorio de la abuela de Polly. Originalmente, cuando la casa había sido parte de una granja lechera, se había utilizado como una despensa donde se batía la mantequilla y se examinaba la frescura de los huevos.

Hacia el este se encontraba la nueva sección, construida después de que la madre y los tíos de Polly se hubieron ido de casa. Contenía una alberca cerrada, no muy grande, pero lo suficiente para nadar, lo cual había sido recomendado fuertemente para la artritis de su abuelo. Polly, como la mayoría de los chicos criados en islas, era nadadora y, en sólo unos días, había establecido su propia disciplina de nadar por las tardes antes de cenar, ya que sentía que a sus abuelos les gustaba estar solos temprano por las mañanas para tomar su baño antes del desayuno. En cualquier caso, la alberca era lo suficientemente amplia para que dos personas nadaran cómodamente, pero no tres.

Las habitaciones del piso de abajo de la antigua casa se habían abierto, de modo que había quedado una cómoda sala de estar en forma de ele y una zona de gran tamaño que hacía las veces de cocina, sala familiar y comedor. Polly y Zachary se acercaron a la casa desde el norte y subieron por la terraza escalonada, que aún conservaba los muebles de verano.

—Tengo que ayudar al abuelo a meter eso en el sótano para el invierno —dijo ella—. Ya hace demasiado frío para sentarse a comer al aire libre.

Ella condujo a Zachary hacia la cocina y los agradables aromas de la merienda y del fuego de leña. Cuatro personas estaban sentadas ante la mesa ovalada, abarrotada con tazas de té y un plato de tostadas de pan con canela. Su abuela los vio y se puso en pie.

—Oh, qué bueno que se encontraron. Vengan, el té está listo. Zachary, quiero que conozcas a mi vieja amiga, la doctora Louise Colubra, y a su hermano, el obispo Nason Colubra.

El obispo se levantó para estrechar la mano de Zachary. Llevaba pantalones estrechos y una camisa de rayas gruesas, y su delgadez lo hacía parecer incluso más alto de lo que era. A Polly le recordaba a una garza. Tenía manos fuertes y largas, y en su mano llevaba su más preciada posesión, un gran anillo de oro con un hermoso topacio, en elegante contraste con su ropa informal.

—Retirado —repuso él—, y vine a vivir con mi hermana pequeña.

Efectivamente pequeña, en contraste con su hermano. La doctora Louise era una mujer de huesos pequeños, y si a Polly el obispo le hacía pensar en una garza, la doctora Louise era como un mirlo marrón con su falda de lana y su suéter. Ella también estrechó la mano de Zachary.

—Cuando Kate Murry me llama su vieja amiga, me pregunto a qué se refiere con "vieja".

—A nuestra amistad, por supuesto —dijo la abuela de Polly.

—¡Doctora Louise! —Polly tomó su lugar en la mesa, indicando a Zachary que se sentara a su lado—. ¡Vimos a tu tocaya!

—No es la primigenia Louise la Más Grande, ¿cierto? —la doctora tomó un plato de apetitoso pan tostado y lo puso frente a Zachary.

—Lo siento — Zachary se quedó mirando a la doctora—. ¿Cuál es su nombre?

—Louise Colubra.

—¡Ya entiendo! —Zachary sonaba triunfante—. ¡En latín Colubra es serpiente!

—Así es —Polly lo miró con admiración. Zachary ya había demostrado poseer sorprendentes reservas de conocimiento. Ella recordó que le había dicho, por ejemplo, que la arquitectura griega era muy rígida porque los griegos no habían descubierto el arco. La chica fue al aparador de la cocina para traer tazas para ella y para Zachary—. Mis tíos pusieron aquel nombre a la serpiente por la doctora Louise.

—Pero ¿por qué Louise la Más Grande?

El obispo sonrió.

—Louise no es grande, y supongo que la otra Louise es, al menos, más grande para una serpiente negra que Louise para un ser humano.

Polly puso las tazas sobre la mesa.

—Es mucho más fácil explicar a Louise la Más Grande con la doctora Louise aquí, que en el muro de piedra.

Un hervidor silbaba en la estufa de leña, y su tapa se levantaba y caía. El abuelo de Polly lo agarró con una manopla de cocina y vertió el agua en la tetera.

—Ahora el té está bastante fuerte. Será mejor que lo suavice —volvió a poner el hervidor en la estufa, entonces sirvió té para Polly y Zachary.

El obispo se inclinó sobre la mesa y se sirvió tostadas.

—La razón de nuestra inesperada visita —dijo y se pasó el bocado— es que encontré otra —señaló un objeto que estaba apoyado como una rebanada de pan junto a la taza del abuelo de Polly.

—Parece una piedra —dijo Polly.

—Y así es —asintió el obispo—, parece una piedra cualquiera de un muro de piedra cualquiera, pero no lo es. Observa.

Polly creyó ver líneas en la piedra, pero tal vez se había rayado cuando los viejos muros fueron levantados, o con las heladas del invierno.

Pero Zachary palpó la piedra con sus delicados dedos.

—Hey, ¿esto es escritura ogámica?[1]

---

[1] Sistema alfabético utilizado mayormente entre los años 400 y 600 a. C., para representar los lenguajes irlandés y picto sobre monumentos de piedra.

El obispo le sonrió encantado y sorprendido.

—¡Lo es, joven, lo es! ¿Cómo lo sabes?

—Uno de mis jefes en Hartford está interesado en estas piedras. Y me he estado volviendo tan loco en esa sofocante oficina que lo he dejado que me hable sin parar sobre el tema. Es más atractivo que las demandas por mala praxis médica —la doctora Louise se puso rígida— y es interesante pensar que quizás hubiera gente aquí proveniente de Bretaña, lo que ahora es Gran Bretaña, aquí en el continente norteamericano, hace tanto tiempo como… unos, tres mil años.

—Habla quien reprobó en todas esas sofisticadas escuelas privadas —dijo Polly con asombro.

Él sonrió y bebió un sorbo de té.

—Cuando algo me interesa, lo retengo —le tendió la taza y Polly la volvió a llenar.

Ella bajó la tetera y tocó la piedra con vacilación.

—¿Es esto un petroglifo?

El obispo se sirvió más tostadas.

—Mmm...

—Y eso es escritura og…

—Escritura ogámica.

—¿Qué dice?

—Si lo estoy traduciendo correctamente, algo sobre Venus, cosechas pacíficas y gobierno moderado. ¿Qué piensas tú, joven?

Zachary negó con la cabeza.

—Ésta es la primera piedra ogámica que veo, en realidad. Mi jefe tiene algunas fotografías, pero él está más interesado en las teorías que aseguran que los celtas, y tal vez los druidas, vivieron realmente con los nativos americanos, y tal vez incluso tuvieron descendencia.

Polly miró más de cerca. Apenas podía distinguir un par de líneas horizontales, con marcas arriba y debajo de ellas.

—¿Algún granjero usó esto para su muro de piedra y ni siquiera se dio cuenta?

Su abuela puso otro plato de tostadas de canela sobre la mesa y retiró el vacío. La fragancia se unió con la del fuego de leña que salía de la chimenea.

—Hace doscientos años los agricultores disponían de todo para sobrevivir. ¿Y cuántos agricultores hoy día tienen tiempo para examinar las piedras que emergen en primavera? —preguntó su abuelo.

—Sin embargo, es nuestra mayor cosecha —intervino la doctora Louise.

El abuelo de Polly se llevó las gafas a la nariz en un típico gesto suyo.

—Y si vieron las marcas en las piedras y se dieron cuenta de que no eran aleatorias, no habrán tenido idea de cómo interpretarlas.

Su esposa se echó a reír.

—¿Tú sí?

Él le respondió riendo también.

—*Touché*. Si no hubiera sido por Nase, habría continuado en mi ignorante felicidad.

La doctora Louise le sonrió.

—Tu trabajo tiende a mantener tu cabeza en las estrellas.

—En realidad, Louise, los astrofísicos tienen muy poco tiempo para observar las estrellas.

—¿Dónde encontraste esta roca, Nase? —la abuela Murry se sentó a la mesa y se sirvió un poco de té.

—En ese viejo muro de piedra que debe cruzarse para llegar a la roca-mirador de las estrellas.

—¡El muro de Louise la Más Grande! —exclamó Polly, pensando que era natural que el obispo supiera sobre la roca-mirador de las estrellas, dado que había sido un lugar especial para toda la familia Murry, no sólo para su madre.

—Los primeros colonos estaban muy atareados limpiando sus campos, no es de extrañar que no notaran piedras con escritura ogámica —continuó el obispo.

—Ogam es un alfabeto —le explicó Zachary a Polly—. Un alfabeto celta con quince consonantes y algunas vocales, y algunos otros signos para diptongos o letras dobles como *ng*.

—Ogam, sin embargo —agregó el obispo—, era sobre todo un lenguaje oral, más que escrito. ¿A tu jefe le gustaría ver esta piedra?

—Se le pondrían los ojos como platos —sonrió Zachary—. Pero no se lo voy a decir. Vendría y se la llevaría. De ninguna manera —miró su reloj y se levantó—. Escuchen, esto ha sido fantástico y me ha gustado conocerlos a todos, pero no me había dado cuenta de la hora que es y tengo una cena en Hartford. Sin embargo, me gustaría regresar pronto si es posible.

—Por supuesto —la abuela Murry se levantó—, siempre que quieras. Las únicas personas que Polly ha visto desde que está aquí son estas cuatro antigüedades.

—No están… —comenzó a protestar Polly.

Pero su abuela continuó:

—No hay muchos jóvenes a nuestro alrededor, y eso nos preocupa.

—Ven cualquier fin de semana —lo exhortó el abuelo Murry.

—Sí, hazlo —estuvo de acuerdo Polly.

—En realidad, no tengo que esperar al fin de semana —dijo Zachary—. Tengo libres las tardes de los jueves —miró a Polly y ella le sonrió—. ¿Está bien si vengo entonces? No me toma mucho más de una hora, así que podría estar aquí a eso de las dos de la tarde.

—Por supuesto. Te esperamos entonces.

Los abuelos Murry y Polly acompañaron a Zachary afuera de la cocina, más allá del laboratorio de la abuela Murry y la cochera. El pequeño deportivo rojo de Zachary estaba estacionado junto a una camioneta azul brillante.

El abuelo Murry señaló.

—El orgullo y la alegría de Nase. Conduce como un loco. Es muy agradable haberte conocido, Zachary, y esperamos verte el jueves.

Zachary estrechó la mano de los Murry y besó suavemente a Polly.

—Qué joven tan agradable —dijo la abuela Murry, mientras regresaban adentro.

Y en la cocina, el obispo hizo eco de su opinión:

—Qué joven tan encantador.

—Increíble —dijo el abuelo Murry— que supiera acerca de las piedras ogámicas.

—Oh, han publicado un par de artículos sobre el tema en los periódicos de Hartford —dijo la doctora Louise—. Pero parece un joven encantador y brillante. Aunque muy pálido, como si pasara demasiado tiempo sin salir. ¿Cómo lo conociste, Polly?

Polly se acuclilló frente al fuego.

—Lo conocí el verano pasado en Atenas, antes de ir a la conferencia en Chipre.

—¿Qué sabes de él?

—Es de California y su padre está implicado en todo tipo de grandes negocios multinacionales. Cuando Zachary vaga por Europa, no va de mochilero, duerme en los mejores hoteles. Pero creo que está un poco solo…

—¿Se está tomando un tiempo fuera de la universidad?

—Sí. Va un poco retrasado en el estudio. No es bueno en la escuela porque si no es de su interés, entonces no se aplica.

Un gatito medio crecido salió del sótano, cruzó la habitación y saltó al regazo de Polly, haciendo que ella se sentara sobre sus talones.

—¿Y tú de dónde sales, Hadrón? —Polly le rascó su cabeza a rayas.

La doctora Louise enarcó las cejas.

—Un nombre natural para el gato de una física subatómica.

—Pensé que era una variante de Adriano —dijo suavemente el obispo.

—¿O que lo estábamos pronunciando mal? —sugirió la abuela Murry.

Él suspiró.

—Supongo que se trata del nombre de una partícula subatómica o algo así, ¿cierto?[2]

—Kate, ¿por qué Alex y tú no consiguen otro perro? —preguntó la doctora Louise.

—Ananda vivió hasta los dieciséis años. No hemos estado tanto tiempo sin un perro.

—Esta casa no parece segura sin un perro.

—Eso es lo que Sandy y Dennys nos siguen diciendo —el abuelo Murry se apartó de la estufa y comenzó a correr las

---

[2] En física de partículas, *hadrón* (del griego "denso", "fuerte") es el nombre que se da a una clase de partículas sujetas a la interacción fuerte, por ejemplo: quarks, fermiones, bosones o gluones, protones y neutrones.

cortinas a través de las amplias ventanas de la cocina—. Nunca hemos salido a buscar perros, ellos parecen presentarse periódicamente sin más.

Polly suspiró cómodamente y cambió de posición. Amaba a sus abuelos y a los Colubra porque ellos la apoyaban, la hacían creer en posibilidades infinitas. En casa, en la isla de Benne Seed, Polly era la mayor de una gran familia. Aquí ella era la única, con todos los privilegios de una hija única. Levantó la vista cuando su abuelo tomó la piedra Ogam y la dejó sobre la cómoda de la cocina.

—Tres mil años —dijo él—. No es mucho tiempo en términos galácticos, pero bastante en términos humanos. El tiempo ha pasado, mientras nosotros, criaturas limitadas, lo observamos. Sin embargo, cuando uno se encuentra en un transbordador espacial, los conceptos ordinarios de tiempo y espacio se desvanecen. Todavía tenemos mucho que aprender acerca del tiempo. Nunca dejaremos el sistema solar mientras sigamos pensando en el tiempo como un río que fluye desde una dirección hacia el mar —dio unas palmaditas a la piedra.

—¿Has encontrado otras piedras Ogam? —preguntó Polly.

—No, pero Nase sí. Nase, Polly podría ayudarnos con las traducciones. Ella tiene un talento especial para los idiomas.

Polly se sonrojó.

—Oh, abuelo, yo sólo…

—Además del inglés hablas portugués, español, italiano y francés, ¿no es así?

—Bueno, sí, pero…

—¿Y no estudiaste algo de chino?

Ahora ella se echó a reír.

—Quizás algún día. Me encantan los idiomas. El verano pasado aprendí un poco de griego.

La abuela Murry encendió las dos lámparas de queroseno que flanqueaban la maceta de geranios que estaba sobre la mesa.

—Polly es modesta. Según quienes la conocen, sus padres, sus tíos, su habilidad con los idiomas es increíble —entonces, para alivio de Polly, cambió de tema—. Louise, Nase, se quedan a cenar, ¿cierto?

La doctora negó con la cabeza.

—Creo que será mejor que nos regresemos a casa. Nase conduce como un murciélago que lleva el diablo por la noche.

—Vamos, en serio, Louise…

—Tengo un guiso enorme de pollo y verduras cocinándose a fuego lento sobre el mechero Bunsen del laboratorio —atajó la abuela Murry—, será lo único que comamos durante una semana si no nos ayudan.

—Parece una imposición… siempre nos estás alimentando…

—Lavaremos los platos esta noche y les daremos unas vacaciones a Polly y Alex —ofreció el obispo.

—¡Trato hecho! —dijo el abuelo Murry.

La doctora Louise extendió las manos.

—Me rindo. Alex. Kate —señaló la piedra Ogam—. ¿En verdad se toman todo esto en serio?

El abuelo Murry respondió:

—Por extraño que parezca, así es: los celtas, los druidas y todo lo demás. Kate sigue dudando, pero…

—Pero nos hemos visto obligados a tomar en serio cosas aún más extrañas —la abuela Murry se dirigió a la puerta—. Me voy a buscar el guiso y lo terminaré en la cocina.

Polly se estremeció.

—En el laboratorio hace un frío que hiela. Abu me estaba enseñando a usar una cromatografía de gases esta mañana,[3] pero los témpanos caían por la punta de mi nariz y ella me dijo que entrara en casa. El tío Sandy me llama flor de pantano.

La doctora Louise sonrió.

—Los artefactos de tu abuela son sólo un espectáculo. El verdadero trabajo está en su cabeza.

—No podría arreglármelas sin el mechero Bunsen. ¿Por qué no vas a nadar, Polly? Sabes que la alberca es el lugar más cálido de la casa.

Era la hora habitual de nadar de Polly, así que accedió de inmediato a la propuesta. A ella le encantaba nadar en la oscuridad, a la luz de las estrellas y de una luna joven. Tiempo de nadar, tiempo de pensar.

—Los veo después —quitó de su regazo a un reacio Hadrón y se puso en pie.

Subió las escaleras traseras. El primer día, cuando sus abuelos la habían llevado arriba, no estaba segura de qué dormitorio le iban a asignar. El lugar favorito de su madre era el ático, en el que había una gran cama de latón bajo los aleros, donde sus padres dormían en sus poco frecuentes visitas. En el segundo piso estaba la habitación de sus abuelos, con una gran cama con dosel. Al otro lado del pasillo se encontraba la de Sandy y Dennys, sus tíos, que aún conservaba sus viejas literas, por-

---

[3] La cromatografía de gases es una técnica empleada para determinar la composición de una mezcla de productos químicos.

que en las raras ocasiones en las que la familia podía reunir-se, todas las camas eran necesarias. Había una habitación que podría haber sido otro dormitorio, pero era el estudio de su abuelo, y en él había estantes y un escritorio con tapa, y un sofá cama en caso de necesidad. Luego estaba la habitación de su tío Charles Wallace, el hermano menor de su madre.

Polly había tenido la sensación de que no había ningu-na habitación en la casa de sus abuelos que fuera de ella. A pesar de que tenía seis hermanos y hermanas, estaba acos-tumbrada a disponer de su propia habitación con sus propias cosas, como cada uno de los hijos de los O'Keefe. Aunque las habitaciones eran poco más grandes que un cubículo, sus pa-dres creían que, especialmente en una familia numerosa, era esencial una cierta porción de espacio personal.

Mientras subían las escaleras, su abuela dijo:

—Arreglamos la habitación de Charles Wallace. No es grande, pero creo que podría gustarte.

La habitación de Charles Wallace había sido más que arre-glada. A Polly le pareció que sus abuelos sabían que iba a venir, aunque la decisión se había tomado de manera abrupta tres días antes de que la embarcaran en el avión. Cuando era necesario pasar a la acción, sus padres no lo dilataban ni un segundo.

Pero en cuanto cruzó el umbral, la habitación pareció in-vitarla a entrar. Había una gran ventana que daba al huerto, luego le seguía un gran campo de hierba segada que llegaba hasta el bosque y, más al fondo, los lomos suavemente protu-berantes de las montañas. Era una vista pacífica, no espectacular, pero agradable, y lo suficientemente amplia para brindarle perspectiva. La otra ventana miraba hacia el este, a la arbo-leda a través del manzanal. El tapiz era anticuado: azul suave salpicado de margaritas a modo de estrellas con algunas mariposas brillantes, y las cortinas de las ventanas a juego, aunque tenían más mariposas que el papel.

Debajo de la ventana de la pared que daba al este había estantes llenos de libros y una mecedora. Los libros conformaban una colección ecléctica: varios volúmenes de mitos y cuentos de hadas, algo de historia griega y romana, un surtido de novelas que iba desde *Tom Jones*, de Henry Fielding, pasando por *El cuerno de la alegría*, de Matthew Maddox, hasta novelas contemporáneas. Polly sacó un libro sobre constelaciones con líneas dibujadas entre las estrellas para mostrar los signos del zodiaco. Se necesitaba tener una imaginación muy vívida, pensó, para ver una osa pequeña y una grande, o a Sagitario con su arco y su flecha. En cualquier caso, tendría mucho para leer, y se encontraba agradecida por ello.

El piso estaba hecho con tablones anchos de madera de cerezo, y había pequeñas alfombras enganchadas a ambos lados de la gran cama de pino blanco, que tenía una colcha a base de retazos de colores azul y amarillo. Lo que más le gustaba a Polly era que, aunque la habitación era bonita, no lo era en exceso. *A Charles*, pensó, *le habría gustado*.

Ella se había dirigido a su abuela:

—¡Oh, es encantadora! ¿Cuándo hicieron todo esto?

—El verano pasado.

El verano pasado sus abuelos no habían tenido ni idea de que Polly vendría a vivir con ellos y, sin embargo, ella sentía que la habitación era sólo suya.

—¡Me encanta! ¡Oh, Abu, me encanta!

* * *

Polly había llamado a sus padres y les había descrito la habitación. Sus abuelos la habían dejado para que hablara en privado.

—Amo a Abu y al abuelo. Deberían ver al abuelo en su tractor rojo, no es para nada intimidante.

Los padres rieron ante tal comentario:

—¿Esperabas que lo fuera?

—Bueno, quiero decir, él sabe tanto sobre astrofísica y viajes espaciales, y recibe consultas de los presidentes y otras personas importantes. Pero es fácil hablar con él... bueno, es mi abuelo y creo que es genial.

—Supongo que el sentimiento es mutuo.

—Y Abu tampoco es intimidante.

Sus padres —podía visualizarlos en este momento, su madre tumbada boca abajo en la cama, su padre sentado en un taburete en el laboratorio, rodeado de peceras llenas de estrellas de mar y pulpos— se echaron a reír.

Polly estaba ligeramente a la defensiva.

—La llamamos *Abu*, y eso ya suena bastante imponente.[4]

—Eso es sólo porque no eras capaz de decir la palabra abuela cuando empezaste a hablar.

—Bueno, y ella ganó el premio Nobel.

—Tu abuela es bastante impresionante, Polly. Pero ella preferiría que la quisieras antes de que te admiraran sus logros —dijo su padre, con sensatez.

Polly asintió al teléfono.

—La amo. Pero recuerden que nunca había tenido la oportunidad de conocer a Abu y al abuelo. Vivimos tanto

---

tiempo en Portugal, y la isla de Benne Seed podría haber estado igual de lejos. Unas pocas visitas de vez en cuando no han sido suficientes. Estoy asombrada con ellos.

—Son buenas personas —dijo su padre—. Talentosas, puede que incluso con un toque de genios, pero humanos. Fueron buenos conmigo, increíblemente buenos, cuando era joven.

—Es hora de que los conozcas —agregó su madre—. Sé feliz, Polly.

Lo era. Feliz como una niña pequeña. No es que quisiera retroceder en el tiempo, perder lo que había aprendido de la experiencia, pero con sus abuelos podía relajarse, sentirse completamente libre de ser ella misma.

Tomó su traje de baño y se dirigió a su habitación. Podía escucharlos deambular en el piso de abajo, entonces alguien puso música, el quinteto de Schubert conocido como "La trucha", y la encantadora melodía flotó hasta ella.

Dejó sus jeans y su sudadera en un pequeño montón en el suelo, se puso su traje de baño y un albornoz, bajó las escaleras y salió a la alberca. Colgó su albornoz en el árbol que hacía las veces de toallero, esperó a que sus ojos se ajustaran a la luz tenue, y entonces se deslizó en el agua y comenzó a nadar. Nadaba pulcramente, salpicando poca agua, yendo y viniendo, yendo y viniendo. Se puso de espaldas, mirando los tragaluces, y dio la bienvenida primero a una estrella, entonces a otra. Después se colocó de lado y continuó distraídamente. Un débil sonido la hizo disminuir la velocidad, un chirrido tenue. Ella flotó, prestando atención. Provenía de una de las ventanas que se alineaban en la pared norte, desde el piso hasta la inclinación del techo.

No conseguía ver nada, pero el chirrido ya se había convertido en un suave golpeteo. Salió por un lado de la alberca y se dirigió a la ventana. Había una caída de un metro y medio desde la ventana hasta el suelo. Con la última luz del día, sólo pudo distinguir a una chica de puntillas mirándola, una chica de su edad, con el cabello negro trenzado en una larga cinta que caía sobre su hombro. En su cuello había un collar de plata con una piedra con forma de lágrima en el centro.

—Hola —dijo Polly a través del cristal oscuro.

La chica sonrió y se estiró para golpear de nuevo el vidrio con la mano. Polly abrió la ventana.

—¿Puedo pasar? —preguntó la joven.

Polly tiró de la cortina hasta que también se abrió.

La chica se levantó de un salto y agarró el alféizar para entrar en la habitación, seguida por una ráfaga de viento. Polly cerró la cortina y la ventana. La chica parecía tener la edad de Polly, y era exóticamente hermosa, con la piel color miel y unos ojos tan oscuros que las pupilas apenas podían distinguirse.

—Perdóname por presentarme así —dijo formalmente—. Karralys te vio esta tarde —hablaba con un leve acento que Polly no podía distinguir.

—¿Karralys?

—Sí. En el roble, con su perro.

—¿Por qué no saludó? —preguntó Polly.

La joven negó con la cabeza.

—No es frecuente ver los otros círculos del tiempo. Pero luego Karralys y yo hablamos, y pensamos que yo debería venir aquí, al lugar de poder. Creemos que debes haber sido enviada a nosotros en este extraño y difícil… —dejó de hablar cuando una puerta se cerró en algún lugar de la casa. Ella se

llevó la mano a la boca. Susurró—: Debo irme. Por favor…
—parecía tan asustada que Polly abrió la ventana para ella.

—¿Quién eres?

Pero la chica saltó, aterrizó con suavidad y se fue por el campo hacia el bosque, corriendo tan rápido como un animal salvaje.

DOS

Lo que acababa de suceder no tenía sentido. Polly se echó encima el albornoz y se dirigió a la cocina buscando explicaciones, pero no encontró a sus abuelos. Tal vez todos estaban en el laboratorio, donde definitivamente hacía demasiado frío para una flor de pantano vestida con un traje de baño mojado y un húmedo albornoz.

A sus padres les preocupaba que ella se sintiera sola lejos de gente de su edad, pero en un día había visto a tres: el joven de ojos azules junto al roble, aunque quizás era varios años mayor que ella, Zachary y, ahora, esta chica desconocida.

Arriba, en su habitación, el gato rayado yacía acurrucado en el centro de la cama, uno de sus lugares favoritos. Ella lo levantó y lo sostuvo, y él ronroneó, complacido con su calor húmedo.

¿Quién demonios era esa chica?, se preguntó. *¿Y de qué estaba hablando?*

Ella apretó al gato con demasiada fuerza y éste saltó de sus brazos y salió de la habitación, con su cola marrón ambarino totalmente erguida.

La chica se vistió y bajó las escaleras. El obispo ya estaba en la cocina, sentado en una de las destartaladas pero cómodas sillas que había junto a la chimenea. Ella se unió a él.

—¿Algún problema? —preguntó el obispo.

—Sólo estoy desconcertada. Mientras nadaba, alguien llamó a una de las ventanas, salí de la alberca para mirar y allí estaba una chica de mi edad cón una larga trenza negra y ojos exóticos. La dejé entrar, y ella... bueno, lo que dijo no tenía sentido.

—Continúa —el obispo estaba alerta, totalmente concentrado en sus palabras.

—Esta tarde, junto al Abuelo Roble... Conoce el árbol, ¿cierto?

—Sí.

—Vi a un joven y su perro. La chica dijo que este joven con el perro me había visto, entonces dijo algo sobre los círculos del tiempo, pero entonces escuchó un ruido, se asustó y salió corriendo. ¿Quién supone que era?

El obispo miró a Polly en silencio, simplemente la miró con una mirada extraña, casi con una expresión de conmoción en el rostro.

—¿Obispo?

—Bueno, querida... —se aclaró la garganta—. Sí. De hecho, es extraño. Ciertamente extraño.

—¿Debo contárselo a mis abuelos?

Él dudó. Se aclaró la garganta.

—Probablemente.

Ella asintió. Confiaba en él. El hombre no había tenido una vida fácil como obispo. Sus abuelos le habían contado que había estado en el Amazonas durante años, había dado clases en un seminario en China y le habían puesto precio a su cabeza en Perú. Cuando él estaba con las llamadas personas primitivas, las escuchaba, en lugar de imponer sus puntos de vista. Él respetaba a los demás.

La joven estaba tan preocupada por lo que había vivido que fue incapaz de ver el efecto que había tenido su historia en el obispo.

—Polly —dijo él—, háblame sobre el joven que iba con el perro —en su voz se percibía un ligero temblor.

—Estaba parado junto al Abuelo Roble y tenía unos ojos intensamente azules.

—¿Cómo era el perro?

—Era grande, con orejas grandes. De ninguna raza en particular. No los vi más que unos pocos segundos.

—Y la chica, ¿puedes describirla?

—Bueno, no mucho más: tenía una trenza larga y negra, y ojos oscuros. Era hermosa y extraña.

—Sí —dijo el obispo—. Oh, sí —el sonido de su voz era suave pero parecía perturbado.

Ahora ella notó que algo le había preocupado.

—¿Sabe quién es?

—Quizá. ¿Cómo puedo estar seguro? —hizo una pausa, luego habló enérgicamente—. Sí, es extraño, realmente extraño. Tu abuelo tiene razón al querer disuadir a los intrusos —sus ojos quedaron repentinamente sombríos.

El abuelo Murry entró de la despensa y escuchó las últimas palabras del obispo.

—Así es, Nase. Me alegra mucho que haya ciervos y zorros que salten por nuestros muros de piedra, pero no fisgones. Hemos tenido que instalar un sistema de seguridad terriblemente caro en el laboratorio. Louise tiene razón, la mayoría de los equipos de Kate no se han utilizado desde hace décadas, pero las computadoras son otra historia —se dirigió a la estufa de leña y se volvió hacia Polly—. El laboratorio ha sido robado en dos ocasiones. Una vez se llevaron un microscopio inservible, y otra vez tu abuela perdió el trabajo de toda una semana porque alguien, probablemente unos niños de por aquí, y no alguien que conociera su trabajo, estuvo jugueteando con la computadora —abrió el pequeño horno de la estufa de leña y el olor a pan recién horneado inundó la cocina—. El pan es algo que Kate no puede hacer con el mechero Bunsen, así que ésta es mi contribución, además de mi terapia. Amasar pan es maravilloso para los dedos reumáticos.

La abuela Murry y la doctora Louise lo siguieron hasta la cocina. La abuela Murry encendió velas, además de las lámparas de aceite, y apagó las luces. La doctora Louise puso la cazuela grande con el guiso de pollo de la abuela Murry sobre la mesa, y el abuelo Murry tomó de la estufa una fuente de verduras de otoño: brócoli, coliflor, coles de Bruselas, cebollas, zanahorias y puerros. El obispo olfateó con admiración.

—Los gemelos solían tener un huerto enorme. El nuestro no es tan impresionante, pero Alex lo hace sorprendentemente bien —dijo la abuela Murry.

—Para un hombre viejo, quieres decir —dijo el abuelo Murry.

—Salvo por tu artritis —dijo la doctora Louise—, estás en muy buena forma. Me gustaría que algunos de mis pacientes con diez o más años menos que tú, se conservaran igual de bien.

Después de que se sentaran y la comida fuera bendecida y servida, Polly miró al obispo. Sus ojos se encontraron con los de ella brevemente. Luego él apartó la mirada, y su expresión se retrajo. Pero ella notó que él le había hecho un leve gesto de asentimiento, por lo que dijo:

—Vi a un par de personas extrañas hoy.

—¿Quiénes? —preguntó su abuelo.

—No hablas de Zachary, ¿cierto? —la doctora Louise rio.

Ella sacudió la cabeza y describió al joven con el perro y a la chica.

—Zachary pensó que quizá se trataba de un cuidador.

El obispo se atragantó un poco, se levantó y se sirvió un poco de agua. Recuperándose, preguntó:

—¿Dices que Zachary vio a este joven?

—Por supuesto, él estaba allí. Pero no nos habló a ninguno de los dos.

—Espero que no haya sido un cazador —dijo Murry—. Nuestra tierra está señalada de manera muy visible.

—No tenía armas, estoy segura. ¿Estamos en temporada de caza o algo así?

—Nunca es temporada de caza en nuestra tierra —respondió su abuelo—. ¿Hablaste con él? ¿Le preguntaste qué estaba haciendo?

—No tuve la oportunidad de hacerlo. Lo descubrí mirándome y cuando llegué al árbol se había ido.

—¿Qué nos dices de la chica? —sondeó la abuela Murry.

Polly miró al obispo. Sus ojos quedaron sombríos una vez más y tenía una expresión evasiva. Polly repitió su descripción de la joven.

—No creo en verdad que fueran cazadores furtivos o vándalos o gente mala. Sólo eran misteriosos.

La voz de su abuelo fue inesperadamente áspera.

—No quiero más misterios.

El obispo contemplaba la piedra Ogam apoyada en el aparador de la cocina, junto a varias tazas, cuencos, una salsera, un martillo y un rollo de estampillas.

La voz de la abuela Murry sonaba despreocupada.

—Tal vez sean futuros amigos de Polly.

—Creo que la chica es de mi edad —dijo Polly—. Vestía una bonita ropa de cuero suave que costaría una fortuna en una *boutique*, y llevaba colgada una especie de collar rígido de plata con una hermosa piedra.

La abuela Murry rio.

—Tu madre dijo que finalmente estabas mostrando cierto interés por la ropa. Me alegra escuchar evidencia de ello.

Polly se puso ligeramente a la defensiva.

—No ha habido una razón hasta ahora para que vista otra cosa que no sean jeans.

—Un collar rígido de plata —el obispo hablaba para sí—. Una torques...[5] —él pensaba en voz alta mientras se servía afanosamente más verduras.

La abuela Murry lo había oído.

—¿Una torques? —ella se volvió hacia Polly—. Nason tiene un libro sobre los primeros trabajos en metal con unas fotografías hermosas. Los primeros druidas pudieron haber vivido entre la gente de la Edad de Piedra, pero había artesanos del metal al menos en su paso a través de Bretaña, y los druidas ya eran sofisticados astrónomos. Ellos y los líderes tribales llevaban torques de diseños complejos.

—La rueda de la moda sigue girando —dijo la doctora Louise—. ¿Y cuánto hemos aprendido desde la Edad de Piedra en lo que respecta a vivir en paz?

El abuelo Murry miró a su esposa.

---

[5] Una torques es un collar rígido y redondo, que está abierto en la parte anterior, como una herradura circular. Las torques estaban hechas de cuerdas de metal entrelazado, normalmente oro, bronce o cobre, y en muy pocos casos plata.

—Hay una imagen de una excelente torques de plata en el libro de Nason que desearía poder conseguir para ti, Kate. Te quedaría estupenda.

Polly miró la cómoda ropa de campo de su abuela y trató de visualizarla con una hermosa torques. No le fue difícil. Le habían dicho que su abuela había sido una belleza de joven, y al observar los finos huesos de la mujer mayor, su corto y bien arreglado cabello plateado, la graciosa curva de su esbelto cuello, los finos ojos rodeados por líneas producidas por las sonrisas y el dolor de una vida generosa, la llevaron a pensar que su abuela aún era hermosa, y se alegró de que su abuelo quisiera conseguir una torques para su esposa.

Antes la abuela Murry había sacado una tarta de arándanos del congelador para servir de postre, y ahora acababa de sacarla, humeante, del horno.

—No la hice yo —se explicó—. Cada verano se celebra un festival de arándanos en la iglesia, y siempre compro media docena sin hornear para tenerlas a mano —la cortó, y el jugo púrpura se derramó desprendiendo la fragancia estival—. Polly, no puedo decirte lo contenta que estoy de que haya aparecido tu Zachary. Debe haber sido difícil para ti dejar a tus amigos.

Polly aceptó un trozo de tarta.

—Los chicos isleños tienden a ser solitarios. Mis amigos están algo dispersos.

—Yo he tenido la suerte de tener a Louise viviendo a unos pocos kilómetros de distancia. Hemos sido amigas desde la universidad.

Sí, su abuela tenía suerte de tener como amiga a la doctora Louise, pensó Polly. Ella no había tenido nunca una verdadera amiga de su edad. Pensó fugazmente en la chica de la alberca.

Polly y el obispo lavaron juntos los platos, y los demás fueron a sentarse junto al fuego en la sala de estar, instados por la abuela Murry, quien dijo que habían pasado demasiado tiempo en la cocina.

—Entonces, niña isleña —dijo el obispo—, ¿todo marcha bien por aquí?

—Muy bien, gracias, obispo —ella quería preguntarle más acerca del hombre con el perro y la chica de la alberca, pero le parecía claro que el obispo estaba guiando la conversación hacia otro tema. Ella tomó un plato enjuagado de sus manos y lo puso en el lavaplatos.

—Mi hermana me ha enseñado a lavarlo todo con jabón, incluso si usara el lavaplatos. Ten cuidado, los platos están resbaladizos.

—No se preocupe.

—Tu joven amigo…

—Zachary. Zachary Gray.

—No tenía buen aspecto.

—Siempre está pálido. El verano pasado en Grecia, cuando todo el mundo estaba bronceado, la piel de Zachary seguía igual de blanca. No creo que salga mucho al sol. No es del tipo de chicos atléticos.

—¿Qué tal estuvo el verano pasado? —el obispo sacó una esponja.

Polly estaba poniendo los cubiertos en la cesta del lavaplatos.

—Fue una experiencia maravillosa. Me encantó Atenas, y la conferencia sobre Chipre valió un año en la escuela. Max… Maximiliana Horne, lo arregló todo. Y murió justo antes de que yo llegara a casa.

Él asintió.

—Tus abuelos me lo contaron. Todavía estás en duelo.

Ella secó los cuchillos, que eran antiguos y de plata, con los mangos pegados, y no se podían poner en el lavaplatos.

—Era más difícil en casa, donde todo me recordaba a Max. ¿La conocías?

El obispo dejó salir la espuma del lavabo.

—Tu tío Sandy me habló de ella. Eran grandes amigos.

—Sí. Sandy me la presentó —sintió un inesperado nudo en la garganta.

El obispo la guio a una de las sillas en mal estado que había junto a la chimenea de la cocina, en lugar de reunirse con los demás en la sala de estar. Polly lo siguió, y mientras se sentaba, apareció Hadrón y saltó a su regazo, ronroneando.

—Obispo, sobre el joven y la chica…

Pero en ese momento la doctora Louise entró en la cocina, bostezando.

—¿Ya terminaron de lavar los platos?

—Y con jabón —le aseguró el obispo.

—Es hora de que vayamos a casa.

Polly y sus abuelos salieron a despedir a los Colubra. Las estrellas brillaban en medio de pequeñas volutas de nubes y la luna estaba enredada entre las ramas de un gran arce noruego.

El obispo se subió al asiento del conductor de la camioneta azul y partieron con un chirrido de neumáticos.

La abuela de Polly se volvió para entrar en casa.

—Vamos a darnos un baño rápido en la alberca. Iré a darte las buenas noches en un rato —ya se había convertido en un agradable hábito que después de que Polly se fuera a la cama, su abuela entrara y conversaran durante unos minutos.

Polly se dio una ducha apresurada —el baño estaba helado— y se puso un camisón de franela, luego se metió en la cama y echó el edredón sobre ella. Leyó algunas páginas del libro que su abuelo le había regalado sobre agujeros blancos o surtidores cósmicos, lo opuesto a los agujeros negros.[6] Ciertamente sus abuelos estaban cuidando de su educación. Pero tal vez no era de extrañar que su abuelo no hubiera notado piedras con marcas extrañas en sus muros.

Cuando su abuela entró, ella puso el libro en la mesita de noche, y la abuela Murry se sentó a un lado de la cama.

—Bonita tarde. Es bueno que Nase esté viviendo con Louise. Tu abuelo y yo sentimos que lo conocemos desde siempre. Era un buen obispo. Es tierno y compasivo y sabe escuchar.

Polly se incorporó contra las almohadas.

—Sí, siento que podría hablarle de cualquier cosa y él no se sorprendería.

—Y nunca traicionaría una confidencia.

—Abu —Polly se enderezó—. Algo me inquieta.

—¿Qué, mi amor?

—De alguna manera... sólo llegué y me establecí con ustedes, ¿cierto?

—Oh, Polly, tu abuelo y yo tenemos suficiente sentido de autoprotección, por lo que, si no hubiéramos querido que vinieras, habríamos dicho que no. Nos hemos sentido muy privados de ver a nuestros nietos. Nos encanta tenerte con

---

[6] Se trata del término propuesto para definir una región finita del espacio-tiempo, visible como objeto celeste, con una densidad tal que deforma el espacio pero que, a diferencia del agujero negro, deja escapar materia y energía en lugar de absorberla.

nosotros. Es una vida muy diferente a la que has estado acostumbrada…

—Oh, Abu, me encanta. Estoy feliz aquí. Abu, ¿por qué mamá tuvo tantos hijos?

—¿Te gustaría que alguno de ustedes no hubiera nacido?

—No, pero…

—Pero eso no responde a tu pregunta —la abuela Murry se pasó los dedos por el cabello, todavía húmedo—. Si una mujer es libre de elegir una carrera, también lo es de elegir el cuidado de su familia como vocación principal.

—¿Sucedió eso con mamá?

—En parte —su abuela suspiró—. Pero tal vez, en parte fue por mí.

—¿Por ti? ¿Por qué?

—Soy científica, Polly, y muy conocida en mi campo.

—Bueno, pero mamá… —se detuvo—. ¿Te refieres a que quizá no quiso competir contigo?

—Ésa podría ser parte de la razón.

—¿Quieres decir que tuvo miedo de no poder competir contigo?

—La autoestima de tu madre siempre ha sido baja. Tu padre ha sido maravilloso para ella y, en muchos aspectos, también lo han sido sus hijos. Pero… —su voz se apagó.

—Pero tú hiciste tu trabajo y tuviste hijos.

—No siete —las manos de su abuela estaban entrelazadas con fuerza. Luego, deliberadamente, las relajó y las colocó sobre sus rodillas.

Polly se deslizó sobre la cama hasta adoptar una posición más cómoda. De pronto, se sintió somnolienta. Hadrón, que había comenzado a dormir con ella, acurrucado en la oquedad formada entre su hombro y el cuello, comenzó a ronronear.

—Las mujeres han recorrido un largo camino —dijo su abuela—, pero siempre habrá problemas, y triunfos, que son exclusivos de las mujeres —el ronroneó del gato se elevó con satisfacción—. Parece que Hadrón te ha tomado cariño.

—Un hadrón —murmuró Polly somnolienta— pertenece a una clase de partículas que interactúa fuertemente. Los nucleones son hadrones, y también lo son los piones y las partículas extrañas.

—Buena chica —dijo la abuela Murry—. Eres buen aprendiz.

—Partículas extrañas… —los ojos de Polly se cerraron. *¿Uno pensaría que los seres humanos están llenos de partículas extrañas? Tal vez sea así. Los hadrones están, según creo, formados por quarks, por lo que el grado de extrañeza de un hadrón se calcula por su número de quarks.*

—¿Los druidas eran extraños? —ya estaba más que medio dormida—. No sé mucho acerca de los druidas —la respiración de Polly se hizo más lenta cuando empujó su rostro contra la almohada, cerca del cálido pelaje de Hadrón. La abuela Murry se levantó, se quedó un momento mirando a su nieta y abandonó la habitación.

Por la mañana, Polly se despertó temprano, se vistió y bajó las escaleras. No se oía movimiento alguno. La tierra estaba blanca por la niebla que flotaba sobre el césped. Las montañas emergían lentamente en el horizonte, y sobre ellas el cielo brillaba entre el suave gris del amanecer y el azul que clareaba cuando salía el sol.

Se dirigió al exterior, a través del campo, que estaba tan húmedo de rocío como si hubiera llovido durante la noche.

Se detuvo en el muro de piedra, pero quizás era demasiado temprano para Louise la Más Grande. Polly continuó por el camino hacia la roca-mirador de las estrellas. Se había puesto el viejo anorak rojo y llevaba unos jeans forrados, por lo que estaba lo suficientemente abrigada. Miró al cielo con sorpresa, ya que apareció un repentino y extraño resplandor en el aire. Entonces hubo un destello como el de un relámpago, pero no se oyó trueno alguno. El suelo tembló ligeramente bajo sus pies, luego se asentó. ¿Había sido un terremoto? Ella miró a su alrededor. Los árboles eran diferentes. Más grandes. Había muchos más robles, incluso más altos que el Abuelo Roble. Al acercarse a la roca-mirador de las estrellas vio luz brillando en el agua, y donde antes había un valle fértil ahora estaba un gran lago.

¿Un lago? Ella se tambaleó, sorprendida. ¿De dónde había salido un lago? Y las colinas ya no eran las suaves colinas desgastadas por el viento, la lluvia y la erosión, sino unas montañas irregulares, con los picos cubiertos de nieve. Se giró, su piel le escocía, y miró hacia la roca, que era la misma roca-mirador de las estrellas que siempre había adorado, y sin embargo no era igual.

—¿Qué sucede? —se preguntó en voz alta. Las nubes de niebla se disiparon para revelar una docena o más de tiendas hechas con pieles de animales estiradas y curadas. Al fondo había un enorme huerto, y un maizal con los tallos recién cortados y agrupados en racimos. Más allá del maizal, pastaban vacas y ovejas. De unas cuerdas tendidas entre postes colgaban unos pescados. De entre unos postes más recios, unas pieles de castor se secaban y estiraban. Una mujer estaba sentada al frente de una de las tiendas, machacando algo con un mortero. Tenía el cabello negro recogido en una trenza, y cantaba mientras trabajaba, sin prestar atención a Polly ni a nada que sucediera a su alrededor, absorta en el ritmo del mortero y su canción. Parecía una versión mucho mayor de la chica que había estado en la alberca.

A lo lejos, Polly escuchó el sonido de un tambor, y entonces también un canto, una bella melodía con una rica cadencia. El sol naciente parecía emerger del cielo por la belleza de la canción. Cuando la música terminó, hubo un breve silencio, y entonces se reanudaron los ruidos del día.

¿Qué diablos estaba pasando? ¿Dónde estaba? ¿Cómo podría llegar a casa?

Giró en la dirección donde debería haber estado la casa de los Murry y vio a un grupo de jóvenes que cargaban lanzas y se dirigían hacia ella. Instintivamente, Polly se ocultó detrás de uno de los grandes robles y se asomó por detrás del ancho tronco.

Dos de los hombres llevaban un cervatillo colgado de sus lanzas. Continuaron pasando junto a ella, atravesando las tiendas, el jardín, el maizal y los pastizales. Vestían unas suaves polainas de cuero y túnicas, similares a la ropa usada por la chica que se había acercado a Polly en la alberca.

Después de que se hubieron perdido de vista, ella se apoyó contra el árbol, dado que sus piernas eran incapaces de sostenerla. ¿Qué sucedía? ¿De dónde había salido ese enorme bosque? ¿Y el lago que ocupaba todo el valle? ¿Quiénes eran esos jóvenes?

Los pensamientos invadían su mente y se extendían en todas direcciones, tratando de dar algún sentido a esta total dislocación. Ciertamente, la vida le había demostrado más de una vez que el mundo no es un lugar razonable, pero esto era el absurdo más allá de la sinrazón.

Por el camino venía un hombre joven con el cabello casi blanco. Llevaba una lanza mucho más larga que las de los cazadores. Estaba equilibrada en la empuñadura con lo que parecía que era una esfera de cobre del tamaño de una manzana o una naranja, y justo debajo, un aro de plumas. Ella se escondió detrás del árbol para que no la viera, vestida con sus jeans y el anorak rojo.

En uno de los grandes robles, un cardenal cantaba dulcemente, un sonido familiar. Una pequeña brisa soplaba entre los descoloridos pastizales otoñales, y ondulaba las aguas del lago. El aire era claro y puro. Las montañas encorvaban sus grandes lomos escarpados en el azul del cielo, y la tempranera luz solar brillaba en los picos blancos.

Polly contuvo el aliento. Por el camino venía hacia ella la chica que había visto en la alberca, con su trenza negra balanceándose. Llevaba un puñado de flores: margaritas otoñales de un profundo azul oscuro, flores blancas de zanahorias silvestres y rudbequias amarillas. Ella caminó hasta una roca que Polly no había notado antes, una roca plana y gris que descansaba sobre dos más pequeñas, algo así como el signo de π formado con piedras.

La chica colocó sus flores en la roca, miró al cielo, y entonó un canto. Su voz era clara y dulce, y cantaba tan simple y espontáneamente como un pájaro. Cuando terminó, levantó los brazos al cielo, mientras un resplandor iluminaba su rostro. Luego se volvió, como si sintiera la presencia de Polly detrás del árbol.

—¡Hola! —dijo Polly.

El rostro de la joven palideció, y se giró para huir.

—¡Hey, espera! —gritó Polly.

Lentamente, la chica caminó hacia la roca-mirador de las estrellas.

—¿Quién eres? —preguntó Polly.

—Anaral —la chica se señaló mientras decía el nombre. Vestía la misma túnica de cuero suave y las polainas de la noche anterior, y alrededor de su garganta lucía el collar de plata con la pálida piedra en el centro. El índice de su mano derecha se extendía un poco rígido, y en él había una curita, lo cual era de alguna manera absolutamente incongruente.

—¿Qué cantabas? Era hermoso. Tienes una voz bellísima —con cada palabra que decía, Polly instaba a la chica a no huir de nuevo.

Un leve toque amelocotonado coloreó las mejillas de Anaral, y ella inclinó la cabeza.

—¿Qué es? ¿Puedes decirme la letra?

El rubor se acentuó ligeramente. Anaral miró por primera vez directamente a Polly.

—El canto de buenos días a nuestra Madre, que nos da la tierra en la que vivimos —se detuvo, como si buscara las palabras correctas—, nos enseña a escuchar el viento, a cuidar de todo lo que nos da, a cultivar los sembradíos —hizo otra pausa para pensar—, a criar los animales, y a cuidar de nosotros. Le pedimos que nos ayude a conocernos para que podamos conocer a los otros, y que nos perdonemos —se frotó la frente—, y que nos perdonemos cuando hagamos algo malo, para que podamos perdonar a los demás. Para que nos ayude a recorrer el camino del amor, y que nos proteja de todo lo que nos haga daño —mientras Anaral hablaba, traduciendo sus palabras lentamente en el idioma de Polly, su voz se transformaba automáticamente en un canto.

—Gracias —dijo Polly—. En mi familia cantamos mucho. Ellos adorarían este canto. Me gustaría aprenderlo.

—Te enseñaré —Anaral sonrió con timidez.

—¿Por qué te fuiste anoche? —preguntó Polly.

—Estaba confundida. No es frecuente que los círculos del tiempo se superpongan. Que tú estés aquí... oh, es extraño.

—¿A qué te refieres?

—Que podamos ser capaces de vernos, de hablar.

Sí, pensó Polly. Ciertamente extraño. ¿Era posible que ella y Anaral estuvieran hablando a través de tres mil años?

—Tú no perteneces a mi pueblo —dijo Anaral—. Estás en una espiral diferente.

—¿Cuál es tu pueblo?

Anaral se puso en pie con orgullo.

—Somos el Pueblo del Viento.

—¿Son indios? —preguntó Polly. Parecía una pregunta grosera, pero quería saber la respuesta.

Anaral la miró desconcertada.

—No conozco esa palabra. Nosotros siempre hemos estado en esta tierra. Nací para ser instruida como... ¿podrías entenderlo si te dijera que soy druida?

¿Una nativa americana que era druida? Pero los druidas vinieron de las primitivas islas británicas.

Anaral sonrió.

—Druida no es una palabra del Pueblo del Viento. Karralys, a quien viste ayer junto al gran roble, Karralys trajo la palabra consigo desde el otro lado del agua grande. ¿Me entiendes?

—Bueno, no estoy segura.

—No importa. Te he dicho mi nombre, el nombre de druida que me dio Karralys: Anaral. ¿Y tú eres?

—Polly O'Keefe. ¿Cómo sabes mi idioma?

—El obispo.

—¿El obispo Colubra?

Anaral asintió.

—¿Él te lo enseñó? —ahora Polly entendía por qué el obispo se había turbado cuando le habló sobre Anaral y Karralys. Y era evidente que no les había contado ni a sus abuelos ni a su hermana todo lo que sabía sobre las piedras Ogam y las personas que poblaban la tierra hace tres mil años.

—Sí. El obispo me enseñó.

—¿Cómo lo conociste?

Anaral extendió las manos.

—Él vino a nosotros.

—¿Cómo?

—A veces… —Anaral balanceó su trenza negra sobre su hombro— es posible moverse de un anillo a otro.

A Polly le vino la visión de una fotografía del primer modelo de una molécula, con el núcleo en el centro y los átomos en capas o círculos alrededor de ella. A veces un electrón salta de una capa o círculo al siguiente. Pero esta imagen del movimiento de electrones de círculo a círculo en una molécula no le ayudaba mucho, porque los círculos de Anaral estaban en el tiempo, en lugar del espacio. Aunque, recordó Polly, el tiempo y el espacio no son indivisibles.

—Tú viniste a mí tiempo ayer —dijo ella—. ¿Cómo lo hiciste?

Anaral se llevó sus manos delgadas al rostro, luego las bajó y miró a Polly.

—Karralys y yo somos druidas. Para nosotros los bordes del tiempo son suaves, no duros. Podemos movernos a través del tiempo como el agua. ¿Eres un druida?

—No —Polly fue concluyente—. Pero parece que ahora estoy en tu tiempo.

—Yo estoy en mi tiempo —dijo Anaral.

—Pero si tú lo estás, ¿también yo?

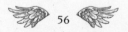

—Nuestros círculos se están tocando.

—Los druidas saben de astronomía. ¿Sabes del tiempo?

Anaral rio.

—Hay más círculos del tiempo de los que cualquier persona pueda contar, y nosotros entendemos algunos de ellos, pero sólo unos cuantos. Yo poseo el conocimiento antiguo, el conocimiento del Pueblo del Viento, y ahora Karralys me está enseñando su nuevo conocimiento, el conocimiento druida.

—¿El obispo sabe todo esto?

—Oh, sí. ¿Eres familia del obispo?

—De unos amigos suyos.

—¿De los científicos?

—Soy su nieta.

—El de los dedos torcidos y las rodillas débiles... El obispo dice que él sabe algo acerca del tiempo.

—Sí. Más que la mayoría de la gente. Pero no acerca de... no acerca de volver tres mil años atrás, que es lo que yo he hecho, ¿cierto?

Anaral negó con la cabeza.

—Tres mil... no sé qué significa tres mil. Has cruzado el umbral.

—No sé cómo lo hice —dijo Polly—. Me puse a caminar hacia la roca-mirador de las estrellas, y de pronto estaba aquí. ¿Sabes cómo puedo volver?

Anaral sonrió un poco triste.

—No siempre estoy segura de cómo sucede. Los círculos se superponen y se abre un umbral entonces podemos cruzar.

Cuando Anaral hizo un gesto con las manos, Polly notó de nuevo la curita anacrónica en el dedo de Anaral.

—¿Qué te pasó en el dedo?

Me corté con un cuchillo de caza. Estaba despellejando un ciervo y el cuchillo resbaló.

—¿Cómo conseguiste esa curita? No tienen curitas en su tiempo, ¿cierto?

Anaral negó con la cabeza.

—La doctora Louise me cosió el dedo, con muchos puntos. Eso fue hace más de una luna. Ahora ya está prácticamente bien. Cuando pude quitarme el gran vendaje, el obispo me trajo esto —levantó el dedo con la curita.

—¿Cómo llegaste hasta la doctora Louise?

—El obispo me llevó a ella.

—¿Cómo?

—El obispo me vio justo después de que se me resbalara el cuchillo. El corte fue profundo, muy profundo. Sangraba. Sangraba. Estaba asustada. Lloraba. El obispo sostuvo mi dedo, presionando para detener el chorro de sangre. Luego dijo: "Ven", y corrimos… el obispo puede correr a mucha velocidad, y de pronto estábamos en el consultorio de la doctora Louise.

—¿No tienes a nadie en tu tiempo que hubiera podido curarte el corte?

—El Anciano Lobo Gris podría haberlo hecho. Fue nuestro sanador durante muchos años, pero murió durante el frío del invierno pasado. Y su hijo, que debería haberlo sucedido, murió cuando la fiebre del invierno se propagó entre nuestra gente hace unas pocas vueltas del sol. Cachorro, el Lobo Joven, quien se convertirá en nuestro sanador, todavía tiene mucho que aprender. Karralys, por supuesto, podría haberme ayudado, pero ese día estaba lejos, con los jóvenes, cazando.

—¿Karralys es un druida de Bretaña?

—De lejos. Karralys es el que vino en el extraño bote, hace tres vueltas del sol, arrastrado a través del lago por un huracán de vientos feroces. Llegó mientras el Pueblo del Viento lloraba la muerte de nuestro Gran Líder, derribado por un roble que fue arrancado por la tormenta, levantado como una ramita y arrojado al suelo, la vida se apagó en él. Era muy viejo y había vaticinado que no viviría otra vuelta del sol. Y de la tormenta llegó Karralys, y con él, otro del mar, Tav, que es de cabello casi blanco y su piel se enrojece si se expone al sol.

Tav. Ése debía ser el joven de la lanza.

—¿De dónde vinieron, Karralys y Tav?

—Del agua grande, más allá de los ríos y las montañas. Y he aquí, en el preciso momento en que el bote de Karralys tocó la costa, que el viento amainó y la tormenta cesó, y un gran arcoíris se formó a través del lago, y supimos que el Creador de las Estrellas nos había enviado un nuevo Gran Líder.

—¿Y Tav? —preguntó Polly.

Anaral continuó:

—Tav estaba en la canoa, medio muerto y con fiebre. Incluso con toda su habilidad, a Karralys y a Lobo Gris les resultó difícil bajarle la fiebre. Noche tras noche se quedaron con Tav, orando. Cachorro, el Lobo Joven, permaneció junto a ellos, observando, aprendiendo. La fiebre bajó con la luna, y la respiración de Tav fue súbitamente otra vez suave como la de un niño, y él durmió y estuvo bien. Son un gran regalo para nosotros, Karralys y Tav.

—¿Tav es un druida?

—Oh, no. Él es un guerrero. Es nuestro mejor cazador. No hemos tenido que preocuparnos por carne desde que él llegó.

Polly frunció el ceño, tratando de entender las cosas.

—¿Naciste aquí, en este lugar?

—Sí.

—¿Pero eres un druida?

Anaral rio.

—Ahora. Así es como me llamo ahora. Yo nací para esto. Y Karralys me ha instruido en su sabiduría. Y ahora hay peligro para nuestra gente, y Karralys cree que te han traído a través del umbral para ayudarnos.

—¿Pero cómo podría yo…? —comenzó a decir Polly.

Se oyó un sonido agudo, como si alguien pisoteara y rompiera una ramita, y Anaral salió disparada, veloz como un ciervo. Polly miró a su alrededor, pero no vio a nadie. "Te han traído a través del umbral para ayudarnos", había dicho Anaral. ¿Qué demonios había querido decir? ¿Y cómo iba Polly a volver a cruzar el umbral hasta su propio tiempo? Sin Anaral, ¿cómo podría regresar a casa?

Ella corrió tras la otra chica. Polly tenía piernas largas y corría rápidamente, pero no estaba familiarizada con el camino, que zigzagueaba de un lado a otro, siempre cuesta abajo. Anaral no estaba a la vista.

Polly continuó, cruzó el pueblo, rodeó el huerto y el maizal, a través de los pastizales, entonces tomó un camino que conducía a través de un bosque de abedules y hayas. Lo siguió hasta que se abrió en una gran piedra plana, no tan grande como la roca-mirador de las estrellas. Pero en este terreno que había sido cubierto por glaciares, la capa superficial del suelo era delgada, los huesos de la tierra estaban cerca de la superficie. Avanzó, aguzando el oído, mientras escuchaba el agua. Entonces se encontró parada en un puente de piedra bajo el cual corría un pequeño arroyo. Ella había estado ahí durante su exploración, y era un lugar encantador. Los

árboles se inclinaban sobre el agua, dejando caer hojas doradas. Se encontraba rodeada por los ricos aromas de octubre:
manzanas asidradas, hojas, nueces, bellotas, piñones, todos
los frutos enviaban su alimento a la tierra.

Y de pronto se dio cuenta de que los árboles eran los árboles de su tiempo, no los de un bosque primitivo. Estaba en
casa.

TRES

En su propio tiempo, débil pero aliviada, Polly se sentó en el puente de piedra y dejó sus piernas colgar sobre el arroyo, intentando volver a la normalidad.

¿Por qué los árboles del norte dejan caer sus hojas?, se preguntó. *¿Es para reducir su exposición al frío?* Eso sonaba sensato, y ella quería que las cosas fueran sensatas, porque nada concerniente a lo sucedido esa mañana lo había sido, y dentro de su cálido anorak sentía frío. Se levantó y continuó por el camino, buscando a la chica delgada con la trenza oscura y pesada. Pero Anaral había estado en ese otro tiempo, no en el ahora de su presente. Aun así, ella aceleró por el camino horadado a través de arbustos bajos y por un precipicio alto, desde donde podía mirar sobre el valle pantanoso más allá de las colinas.

Sus tíos, Sandy y Dennys, habían abierto caminos a través de la maleza cuando eran jóvenes, y el entorno silvestre los había mantenido más o menos despejados, aunque ella tendría que venir con tijeras para podar para reducir parte del crecimiento excesivo. Se paró en la roca alta, mirando hacia el oeste. El paisaje ondulaba con un color suave, predominaban los dorados apagados, el verde de los pinos aparecía repentinamente donde las hojas caídas habían dejado ramas desnudas.

Luego, debajo de ella, donde debía estar el lecho del arroyo, vio un destello de brillo, y el obispo Colubra apareció entre los arbustos, vestido con una gorra y una chamarra amarillas, y cargando una piedra de aspecto pesado. Un camino empinado descendía por el precipicio, que habría sido fácil de seguir si no hubiera estado obstruido por dulcamaras y moras que arañaban sus piernas y manos, y se enganchaban en sus ropas mientras se lanzaba cuesta abajo para alcanzar al obispo.

El obispo la saludó con placer, le mostró la piedra y le explicó que no había estado buscando piedras Ogam, pero que allí mismo había encontrado una, en un viejo muro de piedra, ¿no era, por tanto, una mañana gloriosa?

—¡Obispo! —ella estaba sin aliento cuando se acercó a él—. ¡He vuelto!

Él se detuvo tan brusca y completamente que el aire pareció temblar.

—¿Qué?

—Crucé el umbral, o como lo llame Anaral. Fui a su tiempo.

—¿Cuándo? —su voz era un susurro. Parecía que estuviera a punto de dejar caer la piedra.

—Justo ahora. Acabo de salir de ahí. Obispo, mientras sucedió, todo fue tan repentino y tan extraño que no tuve tiempo de experimentar muchas sensaciones. Pero ahora creo que estoy aterrada —su voz tembló.

Él dejó la piedra en el suelo y le tocó el brazo para tranquilizarla.

—No te asustes. Todo saldrá bien. Marchará de acuerdo con el plan de Dios.

—¿Será así?

—No esperaba esto. Que tú… ¿la viste ayer en la alberca?

Polly sintió frío, aunque el sol estaba caliente.

—Ella dice que Karralys… el que estaba junto al roble; dice que ambos pueden cruzar los umbrales del tiempo porque son druidas.

—Sí —el obispo puso su mano sobre el hombro de Polly, como si le infundiera fuerza—. Hemos perdido muchos dones que una vez estuvieron a nuestro alcance —se agachó para recoger la piedra—. Será mejor que regresemos a casa de tus abuelos. Éste es el camino más corto, si quieres seguirme —definitivamente se tambaleaba sobre sus largas y delgadas piernas, mientras trataba de colocar la piedra debajo de un brazo para poder equilibrarse con el otro y se sostenía de pequeños árboles o grandes enredaderas para ayudarse a avanzar. Llegaron a otro meandro del arroyo y él se detuvo, contempló el agua que fluía entre las rocas y alrededor de ellas, y dio con éxito un salto para atravesarlo, aunque dejó caer la piedra y Polly la recuperó.

—Yo la llevaré por un tiempo —se ofreció ella. Siguió al viejo obispo, que se escabulló por un camino casi cubierto de vegetación, luego se volvió bruscamente cuesta arriba y comenzó a subir como un cangrejo. A sus pies había rastros esporádicos de rojas bayas de la perdiz. Una rama de abeto se extendía a lo largo de su camino, y él la apartó para Polly, enseguida continuó a lo largo de su irregular curso hasta que atravesó un matorral de guillomos y cerezas silvestres, y emergieron en la roca-mirador de las estrellas.

—Obispo —dijo Polly—. Esto… lo que pasó… es una locura.

Él no habló. El sol estaba más alto y un viento suave se colaba a través de los árboles, haciendo caer más hojas.

—¿Tal vez lo soñé?

—A veces no sé qué es sueño y qué es realidad. La línea entre ambos es muy fina —él tomó la piedra Ogam de las manos de ella y la puso sobre la roca-mirador de las estrellas. Dobló sus piernas y se sentó, y le indicó a ella que se sentara a su lado—. Dime exactamente lo que pasó.

—Me levanté temprano y salí a caminar, y cuando me acerqué a la roca-mirador de las estrellas, todo cambió. El suelo se estremeció, pensé que era un terremoto. Entonces vi que los árboles, las montañas… los árboles eran mucho más grandes, formaban una especie de bosque primigenio. Y las montañas eran enormes y escarpadas y estaban cubiertas de nieve.

Él asintió.

—Sí.

—Y sé que usted ha estado allí… en el pasado…

—Sí.

—¿Es real?

Él asintió.

—¿Mis abuelos saben de esto? ¿La doctora Louise?

Él sacudió la cabeza.

—Ellos no creen en tales cosas.

—Ellos creen en las piedras Ogam.

—Sí. Son tangibles.

—¿Pero no se los ha contado?

Él suspiró.

—Querida mía, ellos no quieren escuchar.

—Pero, obispo, usted llevó a Anaral con la doctora Louise cuando ella se cortó un dedo.

—¿Cómo lo sa…?

—Anaral me lo dijo.

—Sí. Oh, querida. No sabía qué hacer y no me detuve a pensar, sólo la tomé y corrí, y gracias a Dios que Louise estaba en su consultorio.

—Así que ella lo sabe.

Él sacudió la cabeza.

—No. Se lo conté y ella pensó que estaba bromeando. O que había perdido el juicio. Suelo llevarle periódicamente niños abandonados y personas de la calle para que ella las cure, y cree que Annie era sólo una más. Porque eso es lo que quiere pensar. ¿Ya desayunaste?

—No.

—Volvamos a casa de tus abuelos y tomemos un café. Necesito pensar. El jueves es la Víspera de Todos los Santos...

Noche de Brujas. Ella lo había olvidado por completo.

El hombre se puso en pie y recogió la piedra Ogam.

—Eso puede explicar en parte... la época del año...

—Obispo, ¿mis abuelos no saben que usted ha hecho lo que yo hice... viajar tres mil años atrás en el tiempo?

—¿Te das cuenta de lo extraordinario que suena? Ellos nunca han visto a Karralys o Anaral, pero tú sí. Tú cruzaste el umbral. Si no lo hubieras hecho, ¿lo creerías?

Él tenía razón: todo el asunto parecía una locura. Umbrales del tiempo. Tres mil años. Círculos del tiempo. Pero había sucedido. No era posible que ella y el obispo pudieran haber tenido el mismo sueño.

—Obispo, ¿cuánto tiempo ha estado yendo... yendo y viniendo? ¿Entre entonces y ahora?

—Desde la primavera pasada. Unos meses después de que vine a vivir con Louise.

—¿Con qué frecuencia? —*la suficiente para enseñarle a hablar inglés a Anaral,* pensó ella.

—Razonablemente a menudo. Pero no puedo planearlo. A veces ocurre, a veces no. Polly, niña, vamos. En realidad, siento la necesidad de confesárselo a tus abuelos, me crean o no.

—Ellos son muy buenos para creer —dijo Polly—. Más que la mayoría de la gente.

El obispo cambió la piedra de un brazo al otro.

—Nunca pensé que te involucrarías. Nunca imaginé que esto podría suceder. Que tú podrías... me siento terriblemente responsable...

Ella le ofreció de nuevo:

—¿Puedo llevar la piedra Ogam?

—Por favor —la voz de él sonaba muy angustiada.

Ella tomó la piedra y lo siguió. Cuando cruzaron el muro que conducía al campo, Polly vio que Louise la Más Grande los observaba sin moverse. El obispo, sin darse cuenta de la presencia de la serpiente, trepó a través del muro y comenzó a correr hacia la casa.

Los abuelos de Polly estaban en la cocina. Todo era tranquilizadoramente normal. Su abuelo estaba leyendo el periódico, mientras su abuela preparaba panqueques. Para el desayuno, por lo general, cada quien se las arreglaba como podía. La abuela Murry se llevaba a menudo el café y un pan de elote al laboratorio. El abuelo Murry salía al aire libre, y trabajaba en el patio mientras el buen clima se mantenía.

—Buenos días, Polly, Nason —la abuela Murry no pareció sorprendida de verlos entrar jadeando o de que Polly estuviera rasguñada y desaliñada, tras haberse lanzado por el precipicio—. Alex me pidió panqueques y como es una persona que no suele pedir, me sentí feliz de complacerlo. Únanse, preparé mucha masa.

—Espero no estar entrometiéndome —el obispo se sentó.

Polly trató de mantener su voz normal.

—Aquí hay otra piedra Ogam. ¿Dónde la pongo?

—Si hay espacio, ponla al lado de la que Nase trajo anoche —dijo su abuela—. ¿Cuántos panqueques puedes comer, Nase?

—No lo sé. No estoy seguro de poder comer ni uno, creo que no tengo hambre.

—¡Nason! ¿Qué pasa? ¿Te sientes bien?

—Estoy bien —miró a Polly—. Oh, cielos. ¿Qué he hecho?

—¿Qué has hecho? —preguntó el abuelo Murry.

Polly dijo:

—No hizo nada, obispo —atajó Polly. Simplemente sucedió.

La abuela Murry puso una pila de panqueques delante del obispo, y éste untó abundante mantequilla distraídamente, vertió un río de jarabe, comió un buen bocado y dejó el tenedor en el plato.

—Puede que haya hecho algo terrible.

—Nason, ¿qué ocurre? —preguntó el abuelo Murry.

El obispo dio otro gran bocado. Sacudió su cabeza.

—No pensé que sucedería, no imaginé que fuera posible.

—¿Qué? —presionó el abuelo Murry.

—Pensé que el umbral del tiempo estaba abierto sólo para mí. No pensé… —se interrumpió.

—Polly —le preguntó su abuelo—, ¿sabes de qué se trata todo esto?

Polly se sirvió una taza de café y se sentó.

—El hombre que estaba junto al roble, el que Zachary y yo vimos, vivió en el tiempo de las piedras Ogam —ella hizo todo lo posible por mantener estable el nivel de su voz—. Esta mañana, cuando salí a dar un paseo, yo... bueno, no sé qué sucedió, pero de una u otra manera atravesé el umbral del tiempo del obispo.

—¡Nase!

El obispo inclinó la cabeza.

—Lo sé. Es culpa mía. Debe ser culpa mía. *Mea culpa.*

La abuela Murry preguntó:

—Polly, ¿qué te hace pensar que atravesaste un umbral del tiempo?

—Todo era diferente, Abu. Los árboles eran enormes, algo así como el bosque primigenio de Hiawatha.[7] Y las montañas eran altas y escarpadas y estaban cubiertas de nieve. Montañas jóvenes, no antiguas colinas como las nuestras. Y donde está el valle, había un gran lago.

—Esto es absurdo —la abuela Murry puso un plato de panqueques frente a su esposo y luego preparó otro plato para Polly.

—¡Nason! —el abuelo Murry lo reprendió.

El obispo parecía desdichado.

—Cada vez que he intentado hablar del tema, se han mostrado incrédulos y, bueno... reacios, y no los culpo por ello, así que me quedé callado. Yo tampoco lo hubiera creído si no me hubiera sucedido una y otra vez. Pero pensé que sucedía sólo conmigo... como parte de ser viejo y estar casi

---

7   Hiawatha fue un líder indígena norteamericano al que se le considera fundador de la Confederación Iroquesa. Se piensa que el "bosque primigenio" de Hiawatha es el estado natural, la condición de todos los bosques.

listo para dar el paso... Pero Polly... que Polly haya... ¡claro! ¡por supuesto!

—¿Por supuesto qué? —el abuelo Murry sonaba más enojado con cada pregunta.

—Polly vio a Annie primero en la alberca —el obispo usó tiernamente el diminutivo de Anaral.

—¿Qué Annie?

—Anaral —repuso Polly—, la chica que vino a la alberca anoche.

—Cuando cavaron para hacer la alberca, ¿qué pasó? —preguntó el obispo.

—Encontramos agua —dijo el abuelo Murry—. Evidentemente estamos sobre un acuífero... un río subterráneo.

—Pero éste es el punto más alto del estado —protestó Polly—. ¿Puede haber un río subterráneo tan alto?

—Parece que sí.

El obispo apoyó el tenedor. De alguna manera, la pila de panqueques había desaparecido.

—¿Recuerdas que la mayoría de los lugares sagrados, como las ubicaciones de las grandes catedrales de Inglaterra, estaban en un terreno que ya se consideraba sagrado incluso antes de que se construyeran los primeros templos paganos? Y lo interesante es que bajo la mayoría de estos lugares sagrados hay un río subterráneo. Esta casa, y la alberca, están en un lugar santo. Por eso Anaral pudo venir a la alberca.

—Tonterías... —comenzó a decir la abuela Murry.

El abuelo Murry suspiró, como si estuviera molesto.

—Amamos la casa y nuestra tierra —dijo—, pero resulta un poco exagerado llamarla santa.

—Esta casa tiene... ¿cuántos años? —preguntó el obispo—, ¿más de doscientos?

71

—Partes de ella, sí.

—Pero las piedras Ogam indican que aquí había gente hace tres mil años.

—Nason, he visto la piedra. Creo que hay escritura ogámica en ella. Lo tomo en serio. Pero no quiero que Polly se involucre en ninguno de tus... tus... —el abuelo Murry se levantó tan bruscamente que volcó su silla y la enderezó con un gruñido de irritación. El teléfono sonó y los hizo saltar a todos. El abuelo Murry fue a atenderlo—. Polly, es para ti.

Éste no era el momento para una interrupción. Ella quería que sus abuelos pusieran todo en perspectiva. Si pudieran creer lo que había sucedido, sería menos aterrador.

—Parece la voz de Zachary —su abuelo le entregó el teléfono.

—Buenos días, dulce Pol. Sólo quería decirte lo mucho que me alegró verte ayer, y espero volver a verte el jueves.

—Gracias, Zach. Yo también lo espero con ansias.

—Bien, nos vemos entonces. Sólo quería confirmarlo.

Ella volvió a la mesa.

—Sí, era Zachary, para confirmar que vendrá el jueves.

—Algo agradable y normal —dijo su abuelo.

—¿Lo es? —preguntó Polly—. Vio a alguien de hace tres mil años.

—La Víspera de Todos los Santos —murmuró el obispo.

—Al menos te sacará de aquí —dijo su abuela—. Es extraño, ¿no es cierto?, que él supiera acerca de las piedras Ogam.

Polly asintió.

—Zachary tiende a conocer todo tipo de cosas extrañas. Pero lo que pasó esta mañana se encuentra más allá de mí.

El obispo añadió suavemente:

—Tres mil años más allá de ti, Polly. Y, de una u otra manera, parece que yo soy responsable de ello.

El abuelo Murry fue al aparador y tomó una de las piedras Ogam.

—Nason, una razón por la que he tendido a no creerte es que, si lo que dices es cierto, entonces tú, un teólogo y no un científico, has hecho un descubrimiento que a mí me ha costado toda una vida.

—Me tropecé con ello sin querer —dijo el obispo.

El abuelo Murry suspiró.

—Pensé que lo entendía. Ahora no estoy seguro.

—Abuelo. Por favor, explícate.

El abuelo Murry se sentó de nuevo, con un crujido.

—Es una teoría del tiempo, Polly. Ya sabes algo sobre mi trabajo.

—Un poco.

—Más que Nase, por lo menos. Tienes mucho más conocimiento científico. Lo siento, Nase, pero...

—Lo sé —dijo el obispo—. Éste no es momento para sutilezas —miró a la abuela Murry—. ¿Sería posible tomar otra ración de panqueques? —luego, dirigiéndose al abuelo Murry dijo—: Esta teoría tuya del teseracto...

La abuela Murry puso otra pila de panqueques en el plato del obispo.

El abuelo Murry habló:

—Teseractuar, moverse a través del espacio sin las restricciones del tiempo, es, como saben, una cuestión de la mente. No se puede construir una máquina para ello. Eso sería distorsionarlo, perturbar el continuo espacio-tiempo en un vano esfuerzo por relegar algo lleno de una gloria deslumbrante a los límites de la tecnología. Y, por supuesto, eso es lo que está sucediendo ahora: ensayos infructíferos en naves espaciales diseñadas para traspasar la velocidad de la luz y *doblar* el tiempo. Funciona bien en las películas y en la televisión, pero no en la realidad del Universo creado.

—Lo que pides es demasiado difícil —dijo el obispo—. ¿Cuántas personas están dispuestas a traspasar la velocidad de la luz con sus cuerpos?

El abuelo Murry sonrió, y para Polly fue una de las sonrisas más tristes que había visto.

—Tú lo estás —dijo su abuelo.

El obispo repuso suavemente:

—*Fue como si un rayo iluminara mi espíritu… y con la luz, una paz y una alegría profundas entraron en mi corazón. En un momento sentí como si estuviera completamente revitalizado por algún poder infinito, para que mi cuerpo se hiciera añicos como un vaso de barro* —suspiró—. Es de John Thomas, un galés de mediados del siglo XVIII. Pero es una buena descripción, ¿no?

—Muy buena —estuvo de acuerdo el abuelo Murry—. Pero también me conmociona.

—¿Por qué? —preguntó el obispo.

—Porque sabes más que yo.

—No… no…

—Pero no sabes lo suficiente, Nase. Abriste un umbral del tiempo que Annie… Anaral o como se llame, parece poder atravesar y que ha atraído a Polly a través de él, y lo quiero cerrado.

¡Cerrado! ¿Cómo podría cerrarse?

La puerta había sido abierta, y los vientos del tiempo soplaban contra ella, evitando que se cerrara, casi quitándole las bisagras.

—¡No! —gritó Polly, deteniendo a su abuelo a media frase—. ¡No puedes prohibirme que vaya a la roca-mirador de las estrellas!

Su abuelo suspiró pesadamente.

—Lo que una vida de trabajo con la naturaleza del continuo espacio-tiempo me ha enseñado es que sabemos muy poco sobre el espacio, y mucho menos sobre el tiempo. No sé si tú y Nase en verdad retrocedieron tres mil años en el tiempo, o si esas jóvenes montañas nevadas son algún tipo de alucinación. Pero sí sé que tú estás a nuestro cuidado y que somos responsables de lo que te suceda.

El obispo vertió más jarabe en sus panqueques.

—Ciertamente, parte de la responsabilidad es mía.

Polly lo miró a los ojos: despedían un brillo plateado pálido que aún retenía luz, pero nada había de fanático, de hombre loco, en su mirada inmutable.

El abuelo Murry continuó:

—Nase, tienes que dejar a Polly fuera de esto. No sabes lo suficiente. Nosotros, las criaturas humanas, podemos construir relojes y cronómetros y dispositivos sensibles al tiempo, pero no entendemos lo que estamos midiendo. Cuando algo ya ha sucedido...

—No se desvanece —dijo el obispo—. Forma ondas, como el sonido, como una piedra que cae en un estanque.

—¿Ondas del tiempo? —sugirió Polly—. ¿Ondas de energía? ¿Algo relacionado con $E = mc^2$?[8]

---

[8] Se refiere a la célebre teoría formulada por Albert Einstein, la cual establece que la energía (E) se puede calcular como la masa (m) multiplicada por la velocidad de la luz al cuadrado (c^2).

Nadie respondió. El abuelo Murry comenzó a limpiar la mesa, moviéndose con un crujido, como si sus articulaciones le dolieran más de lo normal. La abuela Murry se sentó y miró por la ventana hacia las colinas distantes, con una expresión ilegible en su rostro.

—No sé qué hacer con esto —dijo el abuelo Murry y se volteó para mirar directamente a Polly—. Cuando dijimos a tus padres que nos encantaría que te quedaras con nosotros, a tu abuela y a mí nunca se nos ocurrió que pudieras involucrarte con los descubrimientos de Nase.

—No los tomamos lo suficientemente en serio —dijo su abuela—. No quisimos hacerlo.

—Dadas las circunstancias —dijo su abuelo—, ¿deberíamos enviar a Polly a casa?

—¡Abuelo! —protestó Polly.

—No podemos mantenerte prisionera aquí —dijo su abuela.

—Escuchen —dijo Polly frenética—, no creo que *puedan* enviarme a casa. En verdad. Ya estoy involucrada en este tema del teseracto que el obispo Colubra abrió, porque eso es lo que sucedió, ¿no es así?, y si intentan apartarme de ello, ¿no afectaría, y tal vez, incluso rasgaría, el espacio-tiempo?

Su abuelo se acercó a los ventanales, miró hacia el jardín entonces se volvió.

—Es una posibilidad.

—Si el tiempo y el espacio son uno… —sugirió el obispo, luego se detuvo.

—¿También podría —continuó Polly— desgarrarme a mí?

—No lo sé —dijo su abuelo—. Pero es un riesgo que preferiría no correr.

—Escuchen —el obispo dio una palmada con suavidad—, el jueves es la Víspera de Todos los Santos. Samhain, como Annie y Karralys lo llamarían. Las puertas del tiempo se abren con mayor facilidad en ese momento extraño y sagrado. Si Polly estuviera dispuesta a quedarse en casa hasta después del jueves por la noche...

—Zachary vendrá el jueves por la tarde —les recordó Polly—. No puedo decirle que no iré a ninguna parte con él porque el obispo Colubra abrió un teseracto y, de una u otra manera, me he metido en esa situación —ella trató de reír—. ¿Zachary también está implicado?

El obispo negó con la cabeza lentamente.

—Yo creo que no. No. Haber visto a Karralys cuando vino a nuestro tiempo es una cosa, pero atravesar el umbral del tiempo es algo muy distinto.

—Si Zachary no ha atravesado el umbral del tiempo, ¿entonces no está en el teseracto?

—Creo que no —repitió el obispo—. Ni Louise, aunque haya visto a Annie, ya sea que lo crea o no.

—Polly —preguntó el abuelo Murry—, ¿estás *segura* de que Zachary vio a esta persona?

—Bueno, abuelo, sí.

Su abuelo, que tenía abierta la llave del agua caliente, puso sus manos bajo el grifo y asintió lentamente.

—Salir a algún lugar con Zachary debería estar bien. Lejos de aquí, pero no demasiado. En cualquier caso, lejos de la roca-mirador de las estrellas.

—Sólo mantente al margen hasta después de Samhain —la exhortó el obispo—. Y no vayas a nadar a menos que uno de tus abuelos esté contigo.

Ella asintió.

—Está bien. Samhain, ¿qué significa?

—Es el antiguo festival de Año Nuevo celta, cuando se hacía descender a los animales de sus campos de pastoreo para pasar el invierno. Las cosechas eran recogidas, y se celebraba una gran fiesta. Se disponían asientos en la cena del festival para aquellos que habían muerto durante el año anterior, como un signo de honor y fe en la continuación del camino de los espíritus de los muertos.

—Parece una especie de combinación entre la Víspera de Todos los Santos y Acción de Gracias —dijo Polly.

—Y así era. En el siglo octavo, el papa Gregorio III dedicó el 1 de noviembre al Día de Todos los Santos y el 31 de octubre a la Víspera de Todos los Santos.

—Entonces —dijo el abuelo Murry secamente—, la Iglesia católica, y no por primera vez, se apropió y cambió el nombre de una fiesta pagana.

El teléfono volvió a sonar, interrumpiéndolos. El abuelo Murry fue a atenderlo.

—Sí, Louise, está aquí. Parecería que, de una u otra manera, Polly viajó tres mil años atrás en el tiempo esta mañana, si es que tal cosa puede ser creída… No, también me resulta difícil… Sí, llamaremos —regresó a la mesa.

—Mi hermana pequeña es doctora —dijo el obispo.

—Está bien, Nason, ya sabemos que tu hermana es doctora.

—Cometí el error, si es que lo fue… Annie se hizo un corte profundo en el dedo, muy grave. Necesitaba que le dieran puntos de sutura, y Cachorro, su joven sanador, no tiene suficiente experiencia, y Karralys no estaba allí, así que llevé a Annie conmigo a casa.

—¿Al ahora, al presente? —la incredulidad, la conmoción y la ira se mezclaron en la voz del abuelo Murry.

—Sólo el tiempo suficiente para que Louise le curara el dedo. La llevé de regreso enseguida.

—Oh, Nase —el abuelo Murry gimió—. No puedes jugar a la ligera con el tiempo.

—Tampoco podía jugar a la ligera con el dedo de Annie.

—¿Louise estuvo de acuerdo contigo en esto...?

—No le hizo mucha gracia, pero estábamos en su consultorio y, para decirte la verdad, no había visto a Annie nunca, así que no se le ocurrió pensar en términos de hace tres mil años. Su primera reacción fue que Annie necesitaba ayuda urgente, así que hizo lo que tenía que hacer. No me creyó cuando le dije quién era Annie, y tampoco insistí. Sólo me pidió que la llevara de regreso lo más rápido posible adonde fuera o cuando fuera el lugar o el tiempo del que provenía.

—Nason —el abuelo Murry se levantó y volvió a sentarse—. Esto no es *Viaje a las estrellas*, no puedes transportar a la gente de un lado a otro sin más. ¿Cómo lo hiciste?

—Bueno, la verdad es que no estoy exactamente seguro. Eso es parte del problema. Pero no me grites, Alex.

—Estoy a punto de hacer algo más que gritar.

—Abuelo —Polly trató de calmar las cosas. Ahora que sus abuelos se hacían cargo del asunto, la aventura comenzaba a parecer emocionante en lugar de aterradora—. Tu investigación del teseracto, aquello en lo que has estado trabajando, los viajes espaciales, tiene como objetivo liberarnos de las restricciones de tiempo, ¿no es así?

—Sí. Pero sólo con el propósito de la exploración más allá del sistema solar. Eso es todo. No sabemos lo suficiente para tontear con él, como bien sé por experiencia propia.

El obispo habló en voz baja.

—Escalamos el Matterhorn porque alcanzamos a verlo.[9] Fuimos a la luna porque estaba en el cielo. Exploraremos planetas más allá de nuestro sistema solar y observaremos las galaxias lejanas porque se interponen en nuestra mirada. No vine a vivir con Louise con la idea de encontrar piedras Ogam, pero cuando las encontré... bueno, me interesé en ellas porque allí estaban.

—Aquí —lo corrigió el abuelo Murry.

—Aquí. Puede que haya sido un tonto, pero tampoco esperaba lo que le ha sucedido a Polly. Niña, ¿puedes evitar entrometerte hasta el fin de semana? Sí, ve a algún lugar el jueves con tu joven amigo. No es que crea que haya un peligro real, pero lo mejor es que no te acerques a la roca-mirador de las estrellas... ¿puedes esperar hasta el domingo?

—No lo sé —Polly parecía preocupada—. No sé si eso supondría alguna diferencia, porque la primera vez que vi a Anaral fue justo aquí, anoche, mientras nadaba.

El obispo levantó sus largas y delgadas manos en un gesto de renuncia y negó con la cabeza. La luz del sol destellaba en el topacio de su anillo.

—Lo siento —luego miró a Polly—. ¿O no lo siento? Podríamos estar a punto de...

—¡Nason! —le advirtió el abuelo Murry.

La abuela Murry golpeó la palma de su mano suavemente contra la mesa.

---

[9] El monte Cervino, Matterhorn, Mont Cervin o Le Cervin es posiblemente la montaña más famosa de los Alpes. Mito y emblema para alpinistas y fotógrafos por igual, así como monumento natural y símbolo de Suiza. Su cumbre, de 4,478 metros, es la quinta cima más alta de los Alpes. Está localizado en la frontera entre Suiza e Italia.

—Ésta es la hora de estudio de Polly. Creo que una vuelta a la normalidad sería beneficioso. Hay algunos libros en su habitación a los que necesita echar un vistazo.

—Bien —dijo el abuelo Murry—. Quizá lo de esta mañana haya sido sólo una aberración. Intentemos volver a la normalidad por todos los medios.

Polly se levantó, y se acercó al obispo.

—Esta escritura ogámica. Usted dijo que es un alfabeto. ¿Lo tiene escrito? Quiero decir, ¿para que yo pueda entenderlo?

—Sí. En casa.

—¿Puedo verlo, por favor?

—Por supuesto. Tengo en un cuaderno lo que es probable que sea simplemente mi propia versión de la escritura ogámica, pero me ayudó a traducir el contenido en las piedras. Lo traeré esta tarde.

La abuela Murry iba a intervenir, luego cerró la boca.

—Gracias, obispo —finalizó Polly, y se giró para subir las escaleras.

Ya en su habitación, Polly se sentó simplemente durante unos minutos en la mecedora, sin tocar los libros. Lo que le hubiera gustado hacer era ir a la roca-mirador de las estrellas. Ya no tenía miedo de ser atrapada en el pasado. De alguna manera, el umbral estaba abierto para ella, como lo estaba para Anaral. Pero sus abuelos se preocuparían y se mostrarían enfadados. ¿Serviría realmente de algo si se quedara en casa hasta después del jueves?

Polly se volvió hacia su mesita de noche y se estiró para tomar los libros. Para sus abuelos, estudiar era una realidad tangible, un alivio después del mundo casi soñado del lago y la aldea de hacía tres mil años. Sí, ella quería aprender Ogam. Si Anaral fue capaz de aprender inglés del obispo, Polly podría aprender Ogam.

Mientras tanto, estudiaría. Los Murry eran más exigentes de lo que lo habían sido sus maestros en Cowpertown, y ella estaba encantada frente al desafío.

Se volvió hacia el primer libro de la pila. Todos los volúmenes habían sido marcados con tiras de papel. El primero era de John Locke, un filósofo del siglo XVII; sabía eso gracias a Max, que a menudo había enriquecido todo lo que Polly aprendía en Cowpertown. Éstas eran las impresiones de Locke sobre América, idílicas y, según ella, un poco ingenuas. Pero Locke escribía desde un pasado lejano —aunque sólo se tratara de algunos siglos, y no milenios—, cuando el nuevo continente aún era virgen y no había sido corrompido por los males acumulados del Viejo Mundo. A Locke le parecía que los amerindios desnudos llevaban una vida tan inocente como Adán y Eva en el Jardín del Edén. Vivían sin leyes externas, no compraban, ni vendían, ni acumulaban riqueza. Locke suponía que carecían del sentimiento de vergüenza, y no estaban agobiados por las culpas del pasado.

Con el libro en su regazo, Polly se meció y pensó. No había evidencia de que hubiera habido celtas o druidas en estas costas cuando desembarcaron los primeros colonos. ¿Se habían integrado a las tribus locales, como Karralys y Tav parecían haber sido adoptados por la gente de Anaral? ¿Habían regresado a las primigenias islas británicas? Si en verdad había habido druidas en Nueva Inglaterra hacía tres mil años, ¿qué les había sucedido?

Ella suspiró y abrió el segundo libro en la página que su abuela había marcado. Éste era de Alexis de Tocqueville, escrito durante el turbulento régimen de Andrew Jackson, cuando los indios fueron tratados con una injusticia terrible y, sin embargo, Tocqueville escribió que los colonos en su América "habían llegado a un estado de democracia sin tener que sufrir una revolución democrática", y que "nacieron libres sin tener que llegar a serlo".

¿Seguía siendo verdad? Polly pensó que había nacido libre y, sin embargo, en el breve lapso de su vida había presenciado muchos abusos de libertad. Seguramente las concupiscencias, culpas y codicias del Viejo Mundo se habían arraigado en el Nuevo. Y a pesar de su afecto por los nativos de Gea y por los indios de Venezuela, ella desconfiaba del concepto del "buen salvaje". Las personas, en su experiencia, eran personas, algunas buenas, otras malas, la mayoría una mezcla de ambas.

El siguiente de la pila era *Lectiones geometricae*, escrito por Isaac Barrow en 1670, y a pesar de la habilidad de Polly con los idiomas, no conseguía concentrarse lo suficiente para leer latín antiguo, por lo que lo dejó de lado para cuando pudiera concentrarse mejor. Leyó un capítulo señalado acerca de una historia del siglo XVI, y supo que Giordano Bruno fue quemado en la hoguera por herejía, la cual incluía la propuesta, que horrorizaba al estamento eclesiástico de aquellos días, de que existen tantos tiempos como planetas en el espacio infinito.

E incluso un planeta, pensó Polly, *tiene muchas zonas horarias, y cuando intentamos cruzarlas demasiado rápido, sufrimos un desfase, un jet lag. E incluso en una misma zona, el tiempo no se mueve a un ritmo constante.*

Recordó un día que estaba acostada en la cama con gripe y fiebre, todas las articulaciones le dolían y el día se prolongaba sin fin, de manera que le había parecido mucho más largo que un día normal. Y pensó también en una fiesta de Año Nuevo en la hermosa hacienda de Max, llamada Beau Allaire, en la que Max brillaba tan intensamente como los candelabros de cristal, y hubo cánticos y juegos y la noche pasó en un abrir y cerrar de ojos. Pobre Giordano Bruno. Probablemente tenía razón acerca del tiempo. ¿Cuántas personas habían sido quemadas en la hoguera por tener razón?

Después le llegó el turno al libro de un filósofo del siglo XVIII, Berkeley. Se sentó con el libro cerrado en su regazo. Max había hablado con ella sobre este filósofo, que también era obispo —¿alguien como el obispo Colubra?—, quien había tenido la idea, increíble en su época, de que las escaleras que había fuera de su estudio no estaban allí a menos que él fuera consciente de ello, que las cosas debían ser aprehendidas para que pudieran *existir*. "El principio antrópico", lo había llamado Max, y le había parecido tan fascinante como repelente.

¿Si Polly no creyera que había visto y hablado con Anaral, mantendría eso en su pasado a la otra chica? ¿Cerraría el umbral? Pero ella había visto a Anaral, y le era imposible fingir que no había sido así. El umbral estaba abierto.

El último ejemplar de la pila era una copia de la *Revista Médica de Nueva Inglaterra*, con un artículo de su abuela sobre el efecto de lo microscópico en el universo macroscópico. Lo que podría haber parecido una selección aleatoria de lectura estaba comenzando a revelar un patrón, y a Polly le pareció que éste tenía algo que ver con Anaral y las piedras Ogam, aunque no creía que su abuela hubiera tenido en mente ni a Anaral ni a las piedras cuando había seleccionado los volúmenes, como tampoco había tenido en mente a Polly cuando redecoró el dormitorio.

Polly estudió durante un par de horas, tomando notas, absorbiéndolas, con el fin de poder responder las preguntas de sus abuelos. Estaba tan concentrada en el momento presente que no supo qué la hizo mirar su reloj. Eran más de las once. Una de sus tareas era conducir hasta la oficina de correos para recoger la correspondencia. Si se necesitaba algo para el almuerzo o la cena, su abuela le dejaría una nota con el correo pendiente de envío.

Bajó las escaleras. No había nadie en la sala o en la cocina. La puerta del laboratorio de su abuela estaba cerrada, pero Polly golpeó la madera.

—¿Qué? —se oyó una no muy amable respuesta.

—Soy yo, Polly. ¿Te parece bien si recojo el correo y voy a la tienda?

—Oh, Polly, entra. No quise gruñir. Supongo que no sirve de nada desear que Nase nunca se hubiera retirado y venido a vivir con Louise —su abuela estaba sentada en su alto taburete de laboratorio. Había un microscopio electrónico frente a ella, pero tenía puesta la funda encima y parecía que no había sido retirada desde hacía años. Llevaba una falda de lana, medias de hilo de Escocia, una sudadera gruesa de cuello alto y un suéter de punto: una mujer de campiña con los pies en la tierra. Y, sin embargo, Polly sabía que su abuela había profundizado en el mundo de lo invisible, el extraño mundo submicroscópico de la mecánica cuántica. Su abuelo también se veía de lo más cómodo vestido con una vieja camisa de franela a cuadros, montado en su tractor; sin embargo, había ido al espacio y había orbitado la Tierra más allá de los confines de la atmósfera. Sus abuelos parecían vivir cómodamente en sus mundos duales, el mundo cotidiano del jardín, la cocina, la casa y la alberca, y el mundo más amplio de sus experimentos científicos. Pero el obispo Colubra los había descarrilado por completo con su inesperado viaje, y el de la propia Polly, a través del tiempo.

—¿Abu?

—No lo sé, Polly. No sé qué dirían tus padres... —su voz se apagó.

—Sólo a la oficina de correos y a la tienda, Abu. No quería ir sin preguntarte.

Su abuela suspiró.

—¿He estado viviendo en un mundo de fantasía? El único equipo de mi laboratorio al que le doy uso real es el obsoleto mechero Bunsen, porque se ha convertido en una tradición familiar. Como tu abuelo, he estado haciendo experimentos mentales —mientras Polly la miraba inquisitiva, continuó—: Alex y yo nos hemos sentado en nuestros mundos separados, haciendo experimentos en nuestras mentes.

—¿Y? —la animó Polly.

—Si un experimento mental es capaz de ser probado en el laboratorio, entonces podemos escribir un artículo al respecto, entonces nosotros u otro científico lo probaremos. Pero muchos experimentos mentales son tan especulativos que pasará mucho tiempo antes de que puedan ser probados.

¿Qué era más fantasioso? ¿Los experimentos mentales de sus abuelos y otros científicos? ¿O el mundo de hace tres mil años que tocaba su propio tiempo?

El laboratorio estaba húmedo. Polly se preguntó cómo lo soportaba su abuela. El piso estaba hecho de grandes losas de piedra, había una alfombra de tela descolorida frente a dos sillones desvencijados, y la lámpara que estaba entre ellos sobre la mesa daba al menos una ilusión de calor. Sólo el frío penetrante la centró en la realidad presente.

—¿Abu?

—¿Qué pasa, Polly?

—¿El correo?

—Supongo que sí. No podemos mantenerte envuelta entre algodones. Ni siquiera estoy segura de qué tenemos miedo.

—¿A que me pierda tres mil años en el pasado? No creo que eso vaya a suceder.

—Tampoco yo. Todavía no he concedido mi suspensión voluntaria de incredulidad.[10] Pero sólo a la oficina de correos.

—Nos quedamos sin leche.

—Está bien, a la tienda también. Pero avísame cuando vuelvas.

—Por supuesto.

Polly cumpliría su palabra e iría sólo a la oficina de correos y a la tienda, aunque lo que ella quería era hablar con Anaral de nuevo, ir hasta el Abuelo Roble y ver a Karralys y a su perro y esperar que esta vez se quedara a hablar con ella.

El jueves era la Víspera de Todos los Santos y el obispo Colubra se lo tomaba con gran seriedad. Samhain, un festival tan antiguo que antecede a la historia escrita. La piel de Polly se erizó, ya no de miedo, sino con expectación, aunque no estaba segura de qué. Todo lo que sabía era que estaba tocando esa época desaparecida mientras surgía del pasado para tocar otra era, un presente que quizás era tan brutal como cualquier tiempo anterior, pero al menos era familiar.

---

[10] La "suspensión voluntaria de la incredulidad" es una expresión atribuida al poeta inglés Samuel Taylor Coleridge. Refiere el deseo voluntario de interrumpir, por motivos de recreación estética, los filtros cognoscibles de la realidad, para hacer posible el disfrute de una obra con proposiciones claramente inverosímiles.

El auto de sus abuelos era viejo y le tomó algunos intentos antes de que el motor arrancara; Polly salió en reversa de la cochera. Fue a la oficina de correos, a la tienda, habló con la encargada del correo y la chica de la caja, que eran curiosas y simpáticas y ya la conocían por su nombre.

Cuando llegó a casa, su abuela había salido del laboratorio y estaba haciendo sándwiches de queso para el almuerzo. Acababan de terminar de comer y estaban recogiendo los platos cuando escucharon que un auto se detenía ruidosamente. El obispo Colubra.

—Es sólo una visita rápida —dijo—. Louise me hizo prometer que volvería enseguida, pero quería traerle a Polly mi cuaderno de escritura ogámica —se sentó a la mesa, indicó la silla que había junto a él y colocó el libro entre ellos.

Estaba redactado de manera ordenada y consistente: vocabulario, reglas simples de gramática y algunas frases y expresiones idiomáticas.

—Los druidas tenían una gran cantidad de información en sus memorias después de largos años de instrucción, pero el Ogam era un lenguaje oral más que escrito. Lo que tengo aquí no es en absoluto Ogam puro. Es lo que Anaral, Karralys y el Pueblo del Viento hablan hoy… su hoy, claro está.

Había enlistado en tres columnas las palabras utilizadas por la gente de Anaral antes de que llegaran Karralys y Tav; luego había palabras que eran estrictamente ogámicas y que Karralys y Tav habían añadido a su lenguaje; más una breve columna de palabras que seguían siendo reconocibles, como monte, cañada, peña, bardo, túmulo.

—¿Entiendes mi letra? —le preguntó.

—Sí, es mucho más clara que la mía.

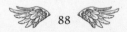

—Fascinante, ¿no es cierto?, comprobar cómo evoluciona el lenguaje. Me pregunto cuántas palabras de nuestro idioma seguirán existiendo dentro de otros mil años —se puso en pie—. Tengo que irme.

Polly tomó el cuaderno.

—Muchas gracias, obispo. Me alegra que hayas escrito la pronunciación fonética —pasó las páginas, asintiendo, mientras él se paraba en una pierna y se rascaba la espinilla con el otro pie; parecía más que nunca una garza.

—Es bastante arbitrario de mi parte llamarla escritura ogámica, pero parece más simple así. El lenguaje ha evolucionado con bastante facilidad, una especie de lengua franca.[11]

—Obispo, ¿usted enseñó a Anaral a hablar inglés?

—Shhh —bajó el pie y miró a la abuela Murry, que estaba alimentando el fuego, y al abuelo Murry, que leía con atención un artículo de una revista científica. Se inclinó sobre la silla hacia Polly.

—Es muy brillante, aprendió asombrosamente rápido.

—Pero usted ha pasado mucho tiempo con ella.

Miró de nuevo a sus abuelos y suspiró profundamente.

—No es momento para secretos, ¿cierto? Sí. Cada vez que el umbral del tiempo se ha abierto para mí, lo he atravesado. Pero tú… —negó con la cabeza—. Tengo que irme —se dirigió hacia la puerta de la despensa—. ¿Te quedarás cerca de tus abuelos?

Ella también suspiró.

—Sí, obispo. Lo haré.

---

[11] Una lengua franca es un idioma adoptado de forma tácita para un entendimiento común entre personas de culturas diversas y que no tienen la misma lengua materna.

CUATRO

Polly pasó varias horas con el cuaderno de Ogam del obispo Colubra. A última hora de la tarde su abuela fue a nadar con ella. Nada pasó. Anaral no acudió. La tarde transcurrió tranquilamente.

El martes el obispo le pidió que fuera a tomar el té con él.

—Ve —dijo su abuela—. Sé que te estás volviendo loca aquí, y aunque aún me niego a creer que el tiempo pasado de hace tres mil años puede entrar directamente en contacto con el nuestro, prefiero tenerte apartada de la alberca.

—¿No necesitas el auto?

—No iré a ninguna parte. La casa de Louise está a tiro de piedra, nuestros terrenos son contiguos, pero en auto debes bajar hasta la carretera principal, conducir hacia el oeste alrededor de tres kilómetros entonces girar cuesta arriba hacia la derecha en la primera oportunidad que tengas.

El teléfono sonó. Era Zachary y obviamente quería hablar con ella.

—Polly, estoy tan contento de estar en contacto contigo de nuevo. Eres como una luz brillante en estos días horribles.

—El otoño me parece una época espléndida.

—No en una oficina que es una caja pequeña sin ventanas. Me muero por verte.

—Yo también lo espero con ansias.

—Polly, no quiero hacerte daño.

Su abuela había salido de la cocina y había ido al laboratorio, dejando a Polly a solas con el teléfono.

—¿Por qué me harías daño?

—Polly, es mi forma de proceder. Les hago daño a todas las chicas con las que me involucro. Te lastimé el verano pasado.

—En realidad, no —protestó ella—. Quiero decir, todo salió bien.

—Porque tus amigos vinieron y nos rescataron después de que yo estropeara esa pequeña y estúpida canoa. Pero tienes razón. Eso fue algo menor, en comparación con…

Sonaba tan desesperado que ella le preguntó con gentileza:

—¿En comparación con qué, Zach?

—Polly, soy un bastardo egoísta. En todo lo que pienso es en mi propio bienestar.

—Bueno, ¿no lo hacemos todos, hasta cierto punto?

—Hasta cierto punto, sí, pero yo lo llevo más allá de lo que debería.

—Hey, ¿estás en el trabajo?

—Sí, pero no te preocupes, estoy solo en mi despacho y las cosas hoy van lentas. No estoy perdiendo el tiempo, simplemente no tengo nada que hacer en este momento. Sólo quiero decirte que voy a esforzarme mucho para no lastimarte.

—Está bien. Eso es bueno.

—No me crees.

—Claro que te creo, que no vas a lastimarme.

—No, a lo que me refiero es a mi egoísmo. Escucha. Una vez estuve con una chica que realmente me gustaba. Su abuelo estaba enfermo, muriéndose, en verdad, y fuimos al hospital a donar sangre para él, y ella, por supuesto, estaba preocupada, muy preocupada. Y había un niño pequeño allí que ella conocía, y el niño pequeño sufrió un ataque… bueno, Polly, la cosa es que ni siquiera sé qué pasó porque huí de allí.

—¿Qué dices? —ella mantuvo su voz suave.

—Escapé. No pude soportarlo. Entré en mi auto y me fui. La abandoné sin más. Ésa es la clase de repugnante canalla que soy.

—Eh, Zach, no te menosprecies. Eso pertenece al pasado. No lo harías de nuevo.

—La verdad es que no sé lo que haría ahora, ésa es la cuestión.

—Escucha, Zachary, no te quedes estancado en el pasado. Date una oportunidad, todos aprendemos de nuestros errores.

—¿Tú crees? ¿En verdad piensas eso?

—Por supuesto. He cometido muchos errores y he aprendido de ellos.

—Bien, entonces. Todo lo que quería decirte es que creo que eres genial y quiero que lo pasemos bien el jueves, y no quiero hacer ni decir cualquier cosa que pueda lastimarte.

—Lo pasaremos bien el jueves —prometió ella.

—Muy bien. Hasta el jueves. Me alegra que estés en este planeta, Polly. Eres buena para mí. Adiós.

Ella se quedó desconcertada por la llamada. ¿Qué demonios temía hacer que pudiera lastimarla? Se encogió de hombros, salió a la despensa, tomó el anorak rojo del perchero y llamó a la puerta del laboratorio.

—Abu, ¿puedo ayudarte en algo antes de irme?

—Nada, sólo regresa con tiempo suficiente para la cena. Lamento haber tenido un ataque de mamitis, pero no puedo borrar tu experiencia de cruzar el umbral del tiempo sólo porque se encuentre totalmente fuera del contexto de mi propia experiencia.

—Me sigo preguntando… ¿sucedió realmente? Pero, Abu, creo que así fue.

—Ve a tomar té con Nase —la voz de su abuela era ligeramente ácida—. Tal vez crea conveniente contarte más de lo que nos dijo a nosotros.

Cuando Polly subía por la colina hasta la casa amarilla de la doctora Louise, que estaba circundada por arces y hayas de los que caían hojas amarillas, el obispo salió a su encuentro, la acompañó y tomó su anorak rojo.

La cocina de la doctora Louise era más pequeña que la de los Murry, y más oscura, pero lo suficientemente amplia para albergar una mesa de roble junto a la ventana iluminada por un sorprendente ramo de rosas amarillas, así como ollas y sartenes de cobre. El obispo sacó algo asimétrico del horno.

—El pan que hizo Alex me estimuló. Se supone que esto es pan irlandés de bicarbonato, pero no creo que haya salido muy bien.

—Probablemente tendrá un sabor maravilloso —dijo Polly—, y tengo hambre.

El obispo sacó el pan, la mantequilla, la jalea y una jarra con leche.

—¿Té, leche o chocolate?

—El chocolate sería maravilloso. Hoy hace frío.

—Hace un clima otoñal perfecto, casi llega a los quince grados. Siéntate, ponte cómoda.

Polly se sentó, mientras el obispo preparaba dos tazas de chocolate humeantes y rebanaba la hogaza de pan, que de hecho sabía mejor de lo que se veía, sobre todo con jalea casera de escaramujo.

—¿Qué pasa con lo qué pasó? —le preguntó Polly.

—Ésa es una gran pregunta —respondió el obispo—. Parece que yo encontré un umbral del tiempo, pero podría haber muchos más.

—¿Qué eventos importantes sucedieron tres mil años atrás? —continuó ella.

—Abraham y Sara dejaron su hogar —dijo el obispo—, y salieron al desierto. Pero ya había faraones en Egipto, y la Esfinge formulaba sus enigmas.

—¿Qué más?

—Gilgamesh —continuó el obispo—, creo que él estaba por ahí entonces.

—Pero no era de por aquí.

—De Uruk[12] —dijo el obispo—. Al otro lado del mundo, y allí se cultivaba la poesía sumeria, que lloró la muerte de Damuzi, el dios pastor —cortó más pan—. Damuzi fue consorte de la diosa madre Innana. Déjame pensar. Regresando a Egipto. Tampoco es un lugar cercano a éste. La gran pirámide fue construida en Giza. La pirámide de Keops se ajusta en dimensiones y diseño a las medidas astronómicas, como Stonehenge, en astronomía, si no en arquitectura. Las estrellas nos han enseñado más de lo que percibimos —divagaba felizmente—. Me pregunto cómo sería vivir en un planeta cuya atmósfera fuera demasiado densa para impedir que viéramos las estrellas. Este pan no está tan malo, despúes de todo.

---

[12] Antigua ciudad de Mesopotamia situada en la ribera oriental del Éufrates.

—Obispo, por favor —Polly untó la jalea sobre su pan—. Tal vez se lo hayas contado a mis abuelos, pero ¿cómo conociste a Anaral y Karralys? ¿Cuándo?

—Todo comenzó la primavera pasada —el obispo flexionó las piernas y se puso cómodo, con un trozo de pan untado con jalea en la mano—. Jamás en la vida había estado tan desocupado, y deambulaba en busca de tareas cuando me topé con un viejo almacén subterráneo detrás del establo donde Louise estaciona su auto. Al menos, así se le llamaba, y en los días en los que se suponía que uno debía protegerse de un posible ataque nuclear, algunos de esos almacenes se reutilizaron como refugios antibombas.

—No servirían de mucho ante un ataque nuclear —dijo Polly.

—Louise nunca le prestó atención al almacén. Ella siempre dijo que cuando se jubilara tendría un huerto y le daría su uso original: un lugar para guardar tubérculos. Pero la cuestión es que algunas de los antiguos almacenes no se construyeron para ese uso.

—¿Entonces para qué?

—Fueron excavados siglos antes de que las personas que conocemos como los primeros colonos vinieran de Inglaterra, y fueron hechos para ser lugares sagrados, donde los sacerdotes o druidas o quienes fueran pudieran comulgar con los muertos y con los dioses del inframundo. Ellos creían que aquellos que habían muerto todavía podían conceder consejo y ayuda, durante innumerables generaciones.

—Oh, eso me gusta —dijo Polly—. ¿Mis abuelos tienen uno?

—Antes sí, pero lo removieron cuando construyeron la alberca, por lo que sólo tenía el de Louise para entretenerme.

Pasé semanas escarbando con una espátula y después con una pala. Allí encontré la primera de las piedras Ogam, y la única que no estaba en la tierra de tus abuelos. A lo largo de los años, el almacén se había llenado de hojas, tierra suelta y otros restos, y eso había protegido la piedra. Lo que había escrito en ella era mucho más legible que en aquéllas que he encontrado en los muros del exterior.

—¿Qué decía?

—Era un símbolo conmemorativo en honor a las madres.

La puerta de un auto se cerró de golpe y entró la doctora Louise, diciendo:

—Hola, llegué más temprano de lo que pensaba. Espero que haya quedado algo de té para mí.

—Mucho —dijo el obispo—. Hice una olla grande, y Polly y yo hemos estado bebiendo chocolate.

La doctora Louise se quitó la pesada chaqueta y su bata blanca, y las colgó de las cornamentas de ciervos que estaban a un lado de la puerta.

—Heredé estas cornamentas con la casa.

Polly rio.

—No tienes aspecto de cazadora.

—Difícilmente —la doctora se sirvió pan con mantequilla—. Nase, te estás domesticando realmente en tu vejez. Esto no está tan mal.

—Tiene mejor aspecto ahora que cuando lo saqué del horno.

—Obispo —dijo Polly en voz baja—, por favor, continúe.

—Si estoy en lo cierto acerca de esos almacenes, y por supuesto puedo no estarlo, eran antiguos dispositivos del tiempo, una forma en la que los druidas podrían estar en comunión con su pasado, con sus dioses, con los poderes, tanto del bien como del mal, perdidos para nosotros hace mucho. Podrías decir que son cápsulas del tiempo de tres mil años de antigüedad.

—¿Has estado viendo demasiada televisión? —preguntó la doctora Louise.

—Tal vez haya afectado a mis metáforas —estuvo de acuerdo su hermano—. Durante toda la primavera, aquel hueco subterráneo me estuvo atrayendo, pero también me alejaba. Encontré otras piedras Ogam en los muros de piedra de Alex y Kate, y trabajé en la traducción de su escritura. Hallé tres en un pequeño montón de piedras cerca de tu roca-mirador de las estrellas, Polly. Sabía que la roca-mirador de las estrellas tenía algo especial, que era un lugar de poder, un poder benigno.

—Siempre fue un lugar especial para mi madre y sus hermanos —concedió Polly—. Siga, obispo, por favor.

—A mediados de junio, cuando los días se alargaban hacia el solsticio de verano, una temprana ola de calor nos golpeó, y el almacén estaba fresco, así que pasé más tiempo allí. Ya no cavaba, sólo me sentaba en la tierra, a menudo moviéndome más allá del pensamiento hacia el oscuro y atemporal espacio de la contemplación.

—Temía que te estuvieras convirtiendo en un pagano —comentó la doctora Louise con ironía.

—No, Louise, no. No lo hice entonces y tampoco ahora soy devoto de los dioses antiguos. No, el Dios al que he tratado de servir toda mi vida sigue siendo lo suficientemente bueno para mí. Cristo no apareció sólo como Jesús de Nazaret hace dos mil años, no lo olvides. Cristo está, estará y ciertamente estuvo en el momento en que los druidas excavaron el almacén subterráneo hace tres mil años, tanto como ahora.

Pero nosotros, personas racionales y civilizadas, hemos dado la espalda a las sombras de Dios porque tenemos miedo de lo numinoso e inexplicable. Perdóname, ya estoy predicando. He pasado gran parte de mi vida dando sermones y es un hábito que me cuesta evitar.

—Eres un buen predicador —dijo la doctora Louise con un orgullo sincero.

—Y entonces... por favor —urgió Polly.

—En la Víspera de San Juan —continuó el obispo— estaba en el agujero. Cuando lo llamé como cápsula del tiempo de tres mil años de antigüedad, en cierto modo estaba bromeando. Era una metáfora que me parecía acertada. Entonces, lo que sucedió fue que estaba ahí y, de pronto, sin transición, me encontraba en la roca-mirador de las estrellas, y conmigo estaba Anaral.

—Y...

—Esa primera vez no pudimos entendernos, excepto por gestos. Saqué algunas conclusiones, porque obviamente ella no era una chica normal: había una dignidad, cierta nobleza en ella que la distinguían. Pero pasó un tiempo antes de que conociéramos el idioma del otro lo suficiente para comunicarnos, y que yo en verdad creyera que me había trasladado a través de un dilatado periodo de tiempo.

—Obispo —preguntó Polly—, ¿puede usted entrar y salir del umbral del tiempo siempre que así lo desea?

—Oh, no —sacudió la cabeza—. No estoy seguro de cómo ni de cuándo sucede. Hay una sensación distinta, como dijiste: relámpagos, la tierra se agita, si no es que tiembla, y parece que algo le sucede al aire. Después de esa primera vez, nunca más ha sucedido en el almacén subterráneo, siempre en la roca-mirador de las estrellas. Voy allí y espero, y a veces

Annie o Karralys vienen a mí. Pero hay semanas en las que nada ocurre.

—Gracias por el té. Tengo algunos gráficos que repasar —dijo la doctora Louise.

El obispo habló con tono severo.

—Sé que te ofende, Louise. Intento no hablar de ello delante de ti.

—Ésa tampoco es la solución —dijo la doctora—. Sigo preguntándome qué pensará la familia de Polly de tu locura —se volvió hacia ella—. ¿Vas a hablarles sobre esto?

—Por supuesto, pero todavía no. Primero necesito entenderlo mejor. Y no quiero preocuparlos.

—Puede que tengas que hacerlo —dijo la doctora.

Los ojos del obispo estaban cerrados, como si estuviera escuchando algo.

—Una de las piedras del túmulo que hallé junto a la roca-mirador de las estrellas tenía una runa encantadora: *Abrázame en paz mientras duermo. Despiértame con la sonrisa del sol. Con agua pura sacia mi sed. Déjame ser feliz en tu amor.* Posee una simplicidad que ya no existe, al menos en nuestra llamada civilización superior.

—No desestimes nuestra civilización —le advirtió su hermana—. Las cataratas solían dejar ciegas a las personas, y aún ocurre en muchas partes del mundo, pero los implantes de lentes permiten que veas como un hombre mucho más joven.

—Eso es tecnología, no civilización —el obispo estaba irritable—. Me siento agradecido todos los días por poder leer y escribir. No subestimo el conocimiento. Pero nos metemos en problemas cuando lo confundimos con la verdad.

—Está bien, Nase.

—La verdad es eterna. El conocimiento es mutable. Confundirlos es desastroso.

—Querido, no es mi caso —dijo la doctora Louise—. Pero puedo concebir que tus aventuras tienen poco que ver con el conocimiento o la verdad. Están más allá de la razón. Y ahora me temo que han molestado mucho a Kate y Alex.

—Lo siento —dijo el obispo—. No esperaba que Polly se involucrara. Si me he callado hasta ahora, no ha sido sólo por tu disgusto ante lo que ha estado sucediendo, sino porque pensé que era mi propia y única aventura. Nunca esperé que Polly... simplemente tengo que tener fe en que todo esto albergue un significado.

La doctora Louise suspiró y se levantó.

—En verdad, tengo que revisar esos gráficos.

Polly también se puso en pie.

—Será mejor que regrese, prometí no llegar tarde.

Anduvo por el largo camino de tierra. Las ranas de árbol cantaban su despedida otoñal al verano y algunos insectos persistentes chirriaban a lo lejos. Por encima de ella volaba una gran manada de gansos, dirigiéndose hacia el sur. Su evocador gemido era nuevo para Polly, y ella lo encontraba emocionante y triste. A ambos lados de la carretera, los arbustos eran rojos y del color del óxido. Había algunas matas de hierba de varias clases y de aspecto seco. Cuando giró por una curva, pudo ver las colinas sombreadas de violeta. Colinas bajas erosionadas por los siglos. Colinas reconfortantes.

Cuando su abuela vino a darle las buenas noches, Polly estaba concentrada en el cuaderno del obispo Colubra.

—Este lenguaje ogámico no es demasiado difícil, siempre y cuando no trate de conectarlo con las raíces latinas o griegas, sino que piense en él como un lenguaje inventado.

—Polly —su abuela se sentó en el borde de la cama—. Espero que no tengas la oportunidad de hablar este idioma.

—Me encantan los idiomas, Abu. Son divertidos. Sabes cuánto le encanta al abuelo hacer su crucigrama en el periódico todos los días. Para mí es algo parecido.

Su abuela le revolvió el cabello.

—Quiero que te diviertas, querida, pero que no te metas en líos. Espero que te diviertas con Zachary el jueves. Aunque tengo la sensación de que es un joven complicado, y me incomoda la idea de que creas que ha visto a alguien del pasado.

—También me parece bastante incómodo.

—¿Te mantendrás alejada de la alberca y de la roca-mirador de las estrellas?

—Sí. Lo haré —suspiró Polly, luego señaló la pila de libros que aún estaba sobre la mesita de noche—. Revisé las partes que marcaste y tomé notas. Me encanta aprender de ti, Abu.

—¿No echas de menos la escuela?

—No me gusta mucho. Estaba acostumbrada a que mamá y papá me enseñaran cuando vivíamos en Gea, y la escuela de Cowpertown me resultó bastante aburrida después de eso. No era tan buena en la escuela. Buena, pero no muy buena.

—Tu madre debe haber entendido eso. Para ella la escuela fue desastrosa hasta que entró en la universidad.

—Me parece difícil de creer.

—Créelo.

—Pero ella es tan brillante.

—Ella es buena con las cosas difíciles, pero no con las fáciles, y supongo que te pareces a ella en eso.

—Bueno... quizá. Como Zachary, soy mejor con algo si me interesa. La única profesora que realmente me agradaba se marchó. Y el año pasado pude ir a Beau Allaire y hacer mis deberes allí; Max lo hacía interesante.

—Su muerte debe ser una gran pena para ti —su abuela le tocó la rodilla suavemente.

—Sí. Lo es. Pero Max querría que yo siguiera con mi vida, y eso es lo que estoy tratando de hacer. Pero sí, la echo de menos... —por un momento su voz se estremeció.

—Max también era una persona muy cercana para Sandy y Rhea. Sandy dice que su muerte ha dejado un gran agujero en sus vidas.

—Supongo que el planeta está lleno de agujeros, ¿no es así? Formado por todas las personas que han vivido y ya han muerto. ¿Esos agujeros se llenan alguna vez?

—Buena pregunta.

—Abu, esas personas que vi cuando viajé al pasado... Anaral y... Tal vez no quieras hablar de eso.

—Continúa.

—Quizás han estado muertas desde hace tres mil años —la joven se estremeció involuntariamente—. ¿Qué pasa con sus agujeros? ¿Los agujeros están siempre ahí, esperando a ser llenados?

—Siempre has tendido a hacer preguntas sin respuesta. Nada sé sobre esos agujeros. Lo único que sé es que Max te transmitió grandes riquezas, y todos nosotros seríamos menos sin aquellos a quienes amamos y aquellos que nos han amado y murieron —su abuela se levantó, se inclinó y besó a Polly—. Buenas noches, querida. Descansa.

* * *

Polly despertó congelada. Su edredón se había deslizado hasta el suelo. Había tenido un sueño vívido, no una pesadilla, de Zachary conduciendo por un camino sinuoso en la camioneta azul del obispo. Ella estaba en la parte trasera de la camioneta y la lluvia helada la empapaba. Cada vez que Zachary pasaba por encima de un bache, casi salía despedida. A un lado de la carretera había un acantilado, al otro un descenso hacia un valle muy profundo. La camioneta cayó en un bache y...

Despertó. El cálido cuerpo de Hadrón no estaba a su lado. Polly tomó el edredón y se acurrucó debajo. Sus pies eran como dos témpanos de hielo. Resultaba imposible que volviera a conciliar el sueño a menos que entrara en calor.

El significado del sueño era evidente para ella. Se trataba simplemente de su reacción a la llamada de Zachary y no tenía un significado particular propio. Había soñado con la lluvia que la enfriaba porque el edredón se había caído de la cama y ella se había quedado congelada. El viento golpeaba contra la casa, lo cual acentuaba el frío.

La alberca. Era, con mucho, el lugar más cálido de la casa. Olvidando sus promesas, olvidando momentáneamente las razones para eso, sólo consciente de que estaba temblando, bajó las escaleras de puntillas. Todo fuego estaba apagado. La casa estaba fría. Abrió la puerta que daba a la alberca y se encontró con un calor húmedo y el olor a hierba de todas las plantas que florecían allí.

La luz de la luna se colaba a través de los cristales. Las plantas que colgaban de las ventanas formaban sombras extrañas. Luego, cuando sus ojos se adaptaron, vio una sombra inesperada, una oscuridad en una de las sillas que había junto a la alberca. Alguien estaba sentado allí.

Aterrorizada, pulsó el interruptor y la habitación se inundó de luz.

Anaral saltó de la silla como una gacela salvaje, más asustada que Polly. Seguramente el mundo de Anaral conocía la electricidad sólo como un rayo desatado y peligroso.

El corazón de Polly dejó de latir en su garganta.

—Son luces, luces eléctricas. No tengas miedo.

Anaral se desplomó, más que sentarse.

—El obispo me habló de las luces. Sí. Aun así, me asustan. ¿Alguien más puede oírnos?

—Si hablamos bajito no. ¿Cómo llegaste hasta aquí?

—Vine desde nuestras grandes piedras erguidas a este lugar del agua dentro de una caja —Anaral se refería a la alberca, que estaba sobre un río subterráneo—. En tu círculo del tiempo donde está tu agua dentro de una caja, en mi círculo es nuestro lugar más sagrado, las piedras que se yerguen sobre la esencia del agua. Me recosté sobre la piedra *sarsen* y pensé en ti y pedí venir.[13] Y vine —miró a Polly con una sonrisa radiante. Luego se levantó y caminó lentamente por la habitación, mirando las sillas que había junto a la alberca y la bicicleta estática que usaba la abuela de Polly cuando el clima era demasiado inclemente para caminar afuera—. El obispo dice que vives en casa. ¿Estamos en casa?

—Sí. Ésta es la nueva ala que se construyó para la alberca… el agua dentro de una caja —por supuesto, Anaral nada sabía sobre una "casa" o de su contenido.

---

[13] Las sarsen son rocas de arenisca silicificada que quizá se remonten a la era cenozoica. Es el tipo de piedras que conforma el monumento megalítico de Stonehenge.

Anaral tomó un libro de bolsillo que estaba sobre una mesa pequeña junto a la silla donde ella había estado sentada.

—Un día obispo trajo libro para enseñar. Obispo dice que en libros hay historias.

—Muchas historias.

—Karralys dice que para contar historias la escritura tiene que ser más... más completa que la nuestra, menos simple.

—Sí, más compleja.

—Los druidas tienen historias aquí —Anaral se tocó la frente—. Muchas historias. Guardamos la memoria. Sin nuestra memoria estaríamos... menos. No sé la palabra.

—Nuestros libros son como los guardianes de la memoria. En ellos están contenidas las historias de muchas personas, muchos tiempos, muchas culturas.

—¿Culturas?

—Las personas que viven en diferentes círculos de lugar y de tiempo.

Anaral asintió.

—¿Estás segura de que no eres un druida?

Polly rio.

—Segurísima.

—Pero tú tienes dones. Puedes cruzar el umbral del tiempo. Hacer eso requiere mucho entrenamiento, y Karralys estaba preocupado de que no hubiera un umbral para mí, aunque tengo el entrenamiento suficiente. Entonces vi al obispo antes de que él me viera a mí, y ahora estoy practicando el don y el entrenamiento al acercarme a ti. Y tú cruzaste a mi tiempo.

Polly extendió las manos.

—No sé cómo lo hice, Anaral. No tengo idea y no sé si podría hacerlo de nuevo.

—Karralys ha estado en muchos lugares, en muchos tiempos diferentes. Yo he cruzado sólo un umbral, sólo te he visto a ti y al obispo. Karralys dice que el hecho de que hayas venido tiene significado, que tiene significado para el patrón.

—¿Qué patrón?

—El patrón de líneas trazado entre las estrellas, entre las personas, entre los lugares, entre los círculos, como la línea que hay entre la gran piedra y el agua dentro de caja.

Polly pensó en el libro de constelaciones que tenía en su habitación, con las líneas dibujadas entre las estrellas.

Anaral la miró, sonriendo.

—Es cómodo, esto en lo que estoy sentada.

—Una silla.

—En las grandes piedras hay sillas, pero muy diferentes a ésta, talladas en piedra. Ésta sostiene mi cuerpo con más suavidad.

Polly se preguntó qué pensaría Anaral del resto de la casa, del dormitorio, de la cocina. Todas las cosas que Polly daba por hechas: agua corriente, calentador, baños, refrigeradores, microondas, procesadores de alimentos, ¿le parecerían milagros a Anaral o los consideraría mágicos, tal vez malignamente hechizados?

—Anaral, me alegra mucho verte, incluso en mitad de la noche. Pero… ¿por qué has venido?

—Para comprobar si podía —dijo Anaral simplemente—. Todos los demás estaban dormidos, así que podía practicar mi don sola. Vine y te llamé. Para conocerte. Para saber por qué puedes viajar a mi círculo del tiempo. Para saber si has sido enviada a nosotros por la Presencia.

—¿Por la Presencia?

—Aquel que es más que la Madre, o la diosa. El hacedor de las estrellas, el creador del viento, el que hace crecer las tierras, el que hace que salga el sol, el que nos trae la lluvia. Aquel que cuida de todos. Karralys dice que sólo ocurre una o dos veces que las líneas se toquen en un patrón, de modo que los círculos del tiempo se unen con el umbral abierto en ambas direcciones. Cuando esto sucede, hay una razón.

—¿Se lo has preguntado al obispo?

—El obispo también dice que hay una razón, pero no sabe cuál es. ¿Tú sí?

Polly negó con la cabeza.

—No tengo la más remota idea.

—La más rem…

—No sé la razón, Anaral. Pero me agradas y me alegra que estés aquí. Me gustaría conocerte mejor.

—¿Amigas?

—Sí. Me gustaría que fuéramos amigas.

—A veces la vida de los druidas es solitaria. Las amigas se cuidan mutuamente.

—Sí.

—¿Se protegen?

—Las amigas hacen todo lo que pueden para protegerse mutuamente.

—Pero no siempre es posible —Anaral negó con la cabeza—. En una tormenta terrible, o cuando los rayos comienzan a sacudir el cielo, o cuando otras tribus atacan.

—Las amigas lo intentan —dijo Polly con firmeza—. Las amigas se preocupan —se sintió profundamente cercana a Anaral. ¿Era posible desarrollar una amistad real con una chica de hacía tres mil años?—. Me gustaría ser tu amiga, Anaral.

—Eso es bueno. Yo soy tu amiga —Anaral se puso en pie—. El obispo me llama Annie.

—Sí. Annie.

—Quería que te despertaras y que vinieras aquí, al agua dentro de una caja. Y viniste. Gracias.

—El edredón cayó de mi cama. Tenía frío —edredón, cama, no tendría sentido para Anaral.

—Viniste, Polly. Ahora me marcho —Anaral se dirigió a una de las ventanas que daban al norte—. ¿Lo ves? Ahora sé cómo abrirla —saltó con suavidad y se adentró en la noche.

Polly la miró hasta que desapareció en la espesura del bosque, entonces cerró la ventana. Se quedó en la alberca durante varios minutos más, pero nada sucedió. El agua estaba tranquila. Se sentó en una de las sillas que había junto a la alberca y se preguntó acerca de lo sucedido, hasta que se adormeció y se le cerraron los párpados. Ahora había entrado en calor. Incluso sus dedos de los pies. ¿Anaral había sido parte de un sueño? Subió las escaleras. Tal vez lo entendería mejor por la mañana.

Despertó más tarde de lo habitual, se vistió y bajó las escaleras. Su abuelo estaba sentado a la mesa bebiendo café y resolviendo su crucigrama. Polly se sirvió media taza de café, la terminó de llenar con leche y la metió al microondas. Por el momento, ella había olvidado su mal sueño, que había ido a la alberca para calentarse, la visita de Anaral.

—Esto hace que el café con leche sea mucho más fácil de preparar. Odio lavar una cacerola manchada de leche.

—Polly —su abuelo levantó la vista del periódico—. Dime lo que sabes acerca del tiempo.

Ella se sentó.

—No sé mucho.

—Dime lo que sabes.

—Bueno, está el... mmm... el continuo espacio-tiempo, por supuesto.

—¿Y eso significa?

—Bueno, que el tiempo no es una cosa aislada, separada del espacio. Forman algo juntos, y eso es el espacio-tiempo. Pero sé que el tiempo no existe si no hay masa en movimiento.

Su abuelo asintió.

—Correcto. ¿Y la famosa ecuación de Einstein?

—Bueno, masa y energía son equivalentes, por lo que cualquier energía que un objeto utilice aumentaría su masa, y eso haría más difícil aumentar su velocidad.

—¿Y si se aproximase a la velocidad de la luz?

—Su masa sería tan grande que nunca podría alcanzar la velocidad de la luz.

—¿Así que en términos de viajes espaciales?

—No se puede separar el viaje espacial del viaje en el tiempo.

—Buena chica. ¿Por lo tanto?

—¿Cómo viajé tres mil años atrás en el tiempo? No lo sé, abuelo —de pronto recordó la visita de Anaral la noche anterior, pero éste no era el momento para hablar de ello.

La puerta de la despensa se abrió y entró su abuela.

—Ésa es la pregunta del millón de dólares, ¿no es así? —dijo su abuelo.

—Y parece que he desmoronado la ecuación de Einstein. Quiero decir, ¿no llegué más rápido que la velocidad de la luz? Me refiero a que estaba aquí y en un instante estaba allí.

—Departamento de confusión absoluta —dijo su abuelo.

La abuela Murry rebanó pan y lo metió en la tostadora.

—Una teoría que encuentro bastante reconfortante es que el tiempo existe para que no todo suceda al mismo tiempo.

—¡Qué imagen! —Polly había ignorado la alarma del temporizador del microondas. Abrió la puerta, sacó su taza y se sentó en su sitio. Hadrón se levantó de su alfombra de retazos junto a la chimenea, la saludó rozándose entre sus piernas, ronroneó, entonces regresó a la chimenea.

La abuela Murry tomó el pan de la tostadora y lo puso en un plato frente a Polly.

—Come.

—Gracias. El pan del abuelo sabe delicioso tostado.

Su abuela continuó:

—Tu abuelo y yo hemos vivido con contradicciones toda nuestra vida. Sus intereses han estado relacionados con la teoría general de la relatividad, que se ocupa de la gravedad y el macrocosmos. Mientras que yo he dedicado mi vida al microcosmos, al mundo de la física de las partículas y la mecánica cuántica. Hasta ahora, estas teorías parecen ser incompatibles entre sí.

—Si pudiéramos hallar una teoría cuántica de la gravedad —dijo el abuelo Murry—, quizá podríamos resolver el problema.

—¿Eso explicaría el continuo espacio-tiempo? —preguntó Polly.

—Ésa es la esperanza —dijo la abuela Murry, y se volvió para contestar el teléfono.

Y entonces Polly recordó su sueño: Zachary. Esperaba que fuera Zachary el que llamaba.

Pero su abuela la desmintió:

—Buenos días, Nason... Sí, estamos todos aquí en un solo tiempo y lugar... Eso es muy considerado de tu parte, pero ¿por qué no vienen los dos? Sabes que a ti y a Louise les gusta nadar... Nase, a mí me gusta cocinar... No, no traigas nada. Nos vemos esta tarde.

Ella se volvió hacia su esposo y Polly.

—Como ya saben, se trataba de Nason. Louise lo llenó de pesar y remordimiento, y ahora no consigue disuadirlo de su creencia de que él podría proteger a Polly del pasado si está aquí con ella, lo que por supuesto tiene mucha lógica y en nada se contradice. Vendrán a cenar.

El abuelo Murry sonrió.

—Ésa fue, al menos en parte, su motivación para llamar.

Su esposa le devolvió la sonrisa.

—Cocinar nunca ha sido lo propio de Louise. Como cocinera se defiende a la perfección, pero en su mente no es lo más importante.

—Y Nase tiene unos gustos más *gourmet* —agregó él.

—Y Abu es una magnífica cocinera —dijo Polly.

Su abuela se sonrojó.

—Oh, cielos, parece que estaba buscando recibir un cumplido.

—Uno bien merecido —dijo su marido.

—Yo disfruto cocinando, es una terapia para mí. La terapia de Louise es cuidar su jardín de rosas. Como habrás notado, Polly, no tenemos rosas.

—Acéptalo con gentileza, mi amor —dijo su esposo—. Eres una buena cocinera.

—Gracias, querido —se sentó, puso los codos en la mesa y la barbilla en las manos—. Polly, está el asunto de tus padres.

Polly la miró inquisitivamente.

—Tu abuelo cree que tienes razón, que no sería seguro sacarte del teseracto, y enviarte de regreso a Benne Seed. Y si yo no tomara en serio su miedo por esto, estarías con tus padres en este momento.

—¿Hasta dónde puedo llegar? —preguntó Polly—. ¿A qué distancia del umbral del tiempo?

Su abuelo dobló su periódico.

—No estoy seguro. Supongo que a unos quince kilómetros, quizá más. Tal vez tan lejos como se extienda la influencia de Anaral y su gente. Pero no será un área ilimitada.

—Bueno, estoy en el teseracto realmente —y les habló de la visita de Anaral.

Sus abuelos se miraron preocupados.

—No se lo digan ni a mamá ni a papá —insistió Polly—. Aún no. No sabemos lo suficiente. Suena demasiado imposible.

Su abuelo dijo:

—Por lo que conozco de tu padre, vendría a buscarte y no habría ninguna posibilidad de razonar con él. Y eso podría ser fatal.

—Odio los secretos —dijo su abuela—, pero estoy de acuerdo en que lo mejor será guardar silencio por unos días.

—Hasta después de Noche de Brujas —dijo su abuelo.

—Mañana —agregó su abuela.

—Samhain —concluyó Polly.

—Les contaremos todo el domingo, cuando llamen —dijo su abuela.

Ambos abuelos miraron a Polly y luego se vieron entre ellos con tristeza.

* * *

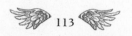

La mañana transcurrió sin incidentes. Polly pasó una hora con su abuela en el laboratorio, hasta que sus dedos se enfriaron demasiado. Después fue a su habitación, se sentó a su escritorio y escribió las respuestas a algunas de las preguntas que su abuela le había formulado. Le resultaba inusualmente difícil concentrarse. Por fin, cerró su cuaderno y bajó las escaleras. Era hora de una caminata rápida antes del almuerzo.

Había prometido no ir hacia el bosque y la roca-mirador de las estrellas, así que anduvo por el camino de tierra frente a la casa. Originalmente había sido uno de los primeros caminos postales, pero debido al cambio demográfico ahora era sólo una vereda. La cochera conducía a un sendero pavimentado, con granjas hacia arriba y algunas viviendas abajo. El sendero atravesaba pastizales, arboledas y zonas de arbustos. Era un lugar agradable para caminar, y Polly deambulaba por ahí, recogiendo las flores de otoño que se iba encontrando.

Cuando llegó a casa, la doctora Louise había llamado para decirles que tenía una urgencia y no podrían ir a cenar. ¿Estaba bien si cambiaban los planes para el día siguiente? Nase tenía muchas ganas de estar con Polly el jueves.

El jueves llegó, nítido y hermoso. Los días de otoño transcurrían perfectos, azules y dorados, y las hojas caían sin cesar. Polly trabajaba con su abuelo por la mañana, iniciándose en las matemáticas avanzadas. Alrededor de las once, él fue a la ciudad para afilar su motosierra, mientras su abuela, como de costumbre, trabajaba en el laboratorio.

Ella siguió hasta el final del camino y regresó. Alrededor de dos kilómetros. Luego cruzó el campo hacia el muro de piedra. No iría más allá. Seguramente llegar hasta el muro de piedra debería estar bien.

Louise la Más Grande estaba allí, tomando el sol. Polly estaba acostumbrada a todo tipo de extraños animales marinos, y una vez su padre había tenido una pecera de anguilas en casa con algún propósito experimental, pero ella sabía poco acerca de las serpientes. Polly miró a Louise, que yacía plácidamente envuelta en un halo de luz dorada, pero no se sintió lo suficientemente cómoda para sentarse en el muro junto a ella.

Como si fuera consciente de su vacilación, Louise levantó ligeramente la cabeza, y Polly pensó que la serpiente le hacía un amable gesto de asentimiento antes de deslizarse hacia el muro y desaparecer de su vista. ¿O acaso la estaba antropomorfizando, viendo el comportamiento humano en la serpiente?

En ogámico, serpiente se decía *nasske*. Estaba en el vocabulario que había recogido el obispo. Eso significaba que las personas que usaban ese lenguaje sabían acerca de las serpientes. Ella siguió mirando al muro, pero después de unos minutos sin señales de Louise, se sentó. Sintió las piedras cálidas y reconfortantes. Esto era lo más lejos que podía llegar sin romper su promesa. La brisa agitó las hojas que permanecían en los árboles y se inclinaban sobre el muro, lo cual provocaba que los patrones de luz y sombra cambiaran. El día era dorado y ámbar y rojizo y cobrizo y broncíneo, con ocasionales destellos llameantes.

Un susurro hizo que se diera vuelta y allí, al otro lado del muro, apareció el joven con la piel de lobo en la cabeza, sosteniendo su lanza. Él le hizo una seña.

—No puedo ir. Lo siento, lo prometí —explicó, y se dio cuenta de que él no podía entenderle.

Él le sonrió y se señaló.

115

—Tav —ella le devolvió la sonrisa.

—Polly —respondió la joven, señalándose.

Él repitió después de ella:

—Pol-ii —entonces miró hacia arriba, señaló el sol, luego señaló su cabello y aplaudió alegremente.

—Sólo soy pelirroja —ella se sonrojó, porque obviamente él estaba admirando su cabello.

Una vez más, señaló el sol entonces su cabello, diciendo:

—*Ha lou*, Pol-ii.

Visualizó una página del cuaderno del obispo Colubra. *Ha lou* era una forma de saludo. Bastante fácil de recordar. El cuaderno del obispo contenía varios saludos utilizados a lo largo de los años: *hallo*, hola, *hello, hail, howdy, hi*. El negativo, *na*, también era simple. No en inglés y español, *non* en francés, *nicht* en alemán, *nyet* en ruso. El sonido ene parecía universal, pensó ella, excepto en griego, donde el sonido *neh* significaba *sí*.

Tav sonrió y estalló en una corriente de palabras incomprensibles.

Ella sonrió, sacudiendo la cabeza:

—*Na* —ella no tenía el vocabulario suficiente para decir "No entiendo".

Con cuidado, con ternura, el joven colocó su gran lanza en el suelo. Luego se sentó a su lado en el muro. Señaló el sol:

—*Sonno* —entonces, con extrema delicadeza, las puntas de sus dedos tocaron su cabello y se retiraron—. *Rhuadd* —extendió la mano, pronunció una palabra y se tocó los ojos. Volvió a hablar, y se tocó la nariz. Él le estaba enseñando sus palabras en ogámico. Algunas de las palabras, como *sol* y *rojo*, Polly las reconoció de la lista del vocabulario del obispo Colubra. Otras eran nuevas para ella. Polly aprendía rápidamente y Tav reía encantado. Después de que hubieron trabajado, o jugado, juntos durante media hora, él la miró y habló con lentitud, con cuidado.

—Tú, *sonno*. Tav —tocó su cabello pálido—, *mona*. Tú venir esta noche.

Ella sacudió su cabeza.

—Ser gran festival. Samhain. Música. Gran música. Mucha alegría.

Ella podía entenderlo bastante bien, pero aún no hilaba suficientes palabras para explicarle que había prometido no cruzar el muro, ni ir a la roca-mirador de las estrellas. ¿Y Tav entendía que estaban separados no sólo por el muro de piedra sino por tres mil años de tiempo?

De pronto, él se puso en pie. Louise había salido de su escondite. Tav alcanzó su lanza.

—¡No! —gritó Polly—. ¡No le hagas daño! ¡Es inofensiva!

Si Tav no entendía sus palabras, no podría entender su intención, así que se interpuso entre la serpiente y el joven.

Él apoyó la lanza en el suelo, con cuidado de no estropear las plumas.

—Sólo protegerte —le dijo, tanto en lenguaje de señas como en palabras—. Serpiente tener mucho poder. El poder de *maná*, poder bueno, pero a veces poder dañino.

Con gran dificultad Polly intentó explicarle que Louise era una serpiente negra inofensiva, y muy especial, una amiga de la familia.

Tav le hizo saber que la amistad de Louise era buena.

—Tú tener don. Don de la Madre. ¿Vendrás? ¿Esta noche?

—No puedo. Yo... —¿cuál era la palabra para promesa? ¿O para abuelos? Madre era algo así como *modr*—. Madre dice que no —eso era lo mejor que podía expresarlo.

Él rio.

—¡Madre te envió! ¡Vendrás! —se inclinó hacia ella de nuevo y le tocó delicadamente el cabello con la punta de los dedos. Se sintió como un beso. Luego recogió su lanza y caminó por el sendero en dirección a la roca-mirador de las estrellas.

Polly regresó a casa. El tacto de sus dedos había sido suave, agradable. De hecho, había comparado su cabello rojo con el sol. Su miedo hacia él se había desvanecido. Pero ella también se sentía confundida. ¿Por qué había estado listo para matar a Louise? ¿Había creído en verdad que la serpiente estaba a punto de atacar? ¿Qué había querido decir con poder bueno y poder dañino? Ciertamente su intención no había sido la de matar por matar, sino para protegerla.

En el almuerzo habló a sus abuelos sobre Tav. Ellos escucharon e hicieron pocos comentarios. Era evidente que estaban profundamente consternados.

—No volveré a cruzar el campo hacia el muro de piedra —prometió—. Pero él fue encantador, en verdad encantador.

—¿Hace tres mil años? —su abuelo le preguntó con ironía.

Sus abuelos no la reprendieron por ir al muro de piedra. Todos permanecieron inusualmente silenciosos durante el resto del almuerzo.

CINCO

A las dos en punto Zachary llegó en su auto deportivo rojo. A Polly volvió a sorprenderle lo absolutamente feliz que se mostraba, como Hamlet. Pensó en un Hamlet con atuendo moderno: jeans negros, un suéter de cuello alto azul pálido y su chaqueta negra sobre el brazo. Su cabello oscuro enmarcaba el pálido rostro. Tav había comparado a Polly con el sol, y a sí mismo con la luna. Aunque el cabello de Zachary era tan oscuro como el de Tav era blanco, él era mucho más una criatura nocturna que diurna.

Antes de sentarse, saludó a los abuelos con deferencia y les contó un poco acerca de su trabajo en el despacho de abogados en Hartford.

—Largas horas en un escritorio —dijo—. Me siento como si hubiera salido de debajo de una piedra. Pero tengo la suerte de tener una pasantía, y estoy aprendiendo mucho.

Una vez más, está causando una buena impresión, pensó ella.

—He hecho un poco de investigación sobre el Ogam —dijo él—. Como lenguaje, no es tan difícil, ¿cierto? Realmente parece que esta tierra hubiera sido visitada hace tres mil años, mucho antes de lo que cualquiera hubiera imaginado. La gente primitiva no era tan primitiva como nos gustaría creer, y llevaron a cabo una increíble cantidad de viajes a todo tipo de lugares. Y los druidas, por ejemplo, no eran salvajes ignorantes que se dedicaban a cortar las gargantas de sus víctimas sacrificiales. Podían navegar guiándose con las estrellas y, de hecho, su conocimiento astronómico era asombroso.

—El obispo Colubra estaría de acuerdo con eso —dijo Polly.

Sus abuelos se mostraron educados, pero no entusiastas.

—La verdad es que me gustaría hablar con el obispo. Mi jefe, a quien he estado sonsacando, es erudito, pero aburrido —dijo Zachary.

El abuelo Murry sonrió.

—Dejemos a Polly en el siglo veinte —su sonrisa era tensa.

—Por mí está bien. ¿Hay algún lugar por aquí al que podamos ir? —respondió Zachary.

Hasta donde ella sabía, el pueblo consistía en una oficina de correos, una tienda, una iglesia, una gasolinera y un local con equipamiento para granjas.

Su abuelo sugirió rápidamente que fueran al club campestre, al que ya había llamado con antelación para pedir un pase de invitado. Polly sabía que su abuelo jugaba ocasionalmente al golf cuando necesitaba hablar con un colega fuera de casa.

—Es un paseo encantador —le dijo a Zachary—, especialmente ahora que los colores siguen siendo brillantes. Pero no hay mucho que hacer en el club en esta época del año si no eres golfista.

—Mi papá lo es —dijo Zachary—. Tengo pensado practicarlo cuando sea rico y famoso.

—La alberca está cerrada durante el invierno. Pero pueden tomar un refrigerio, y hay algunos lugares agradables para pasear —era obvio que los quería lejos de casa. Y eso, dadas las circunstancias, resultaba comprensible.

—¿Estoy bien vestida para ir al club? —llevaba unos jeans y una blusa de franela.

—Estás bien —Zachary y sus abuelos le aseguraron simultáneamente.

—Pero llévate una chamarra —agregó su abuela.

Polly y Zachary salieron por el lado de la despensa y ella tomó el anorak rojo de uno de los percheros. Zachary señaló la puerta del laboratorio de su abuela.

—¿Qué hay ahí?

—El laboratorio de Abu.

—¿Podemos echar un vistazo? Me siento muy honrado de haber conocido a tu abuela, Pol, y me encantaría ver dónde trabaja.

—Sólo un vistazo —ella abrió la puerta—. "Verboten",[14] entrar en el laboratorio sin Abu está prohibido, pero a ella no le importará si sólo miramos ahora.

Zachary observó con interés, contemplando el mostrador con todo su equipo.

—¿Qué es eso?

—Un microscopio electrónico.

—¿Para qué sirve?

—Oh, para muchas cosas. Demostró, por ejemplo, la existencia de una membrana plasmática adherida a cada célula, que la separa del ambiente interno. Pero no creo que Abu lo haya usado en años. La mayor parte de su trabajo sucede ahora en su cabeza.

—Tus padres también son científicos, ¿cierto?

---

[14] "Prohibido", en alemán.

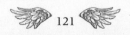

—Mi padre es biólogo marino, por eso hemos vivido mayormente en islas. Mi mamá hace todo el trabajo en su computadora. Ella es un genio matemático —la joven dio un paso atrás y cerró la puerta con cuidado.

Zachary no había estacionado su automóvil en la entrada, sino en el camino de tierra que estaba frente a la casa, así que caminaron por el césped.

—Escucha —dijo él—, no quise causarte mala impresión con esa llamada telefónica.

—No lo hiciste —pero lo observó inquisitivamente.

Él miraba a la casa.

—Esto es hermoso, la casa de tus abuelos. No tenemos casas tan antiguas en California.

—Me encanta —dijo ella—. Estoy muy feliz aquí.

—Puedo entenderlo —mantuvo la puerta del auto abierta para ella. Cuando salían, señaló la nueva ala—. Hey, ¿eso es una alberca?

—Sí, una alberca pequeña. El médico le hizo la recomendación al abuelo, por su artritis.

—Eso es fantástico. Es el mejor ejercicio del mundo, dice mi médico. ¿Hay buenos lugares para esquiar por aquí?

—Sí. ¿Tú esquías?

Condujo lentamente por el camino de tierra.

—Aunque parezca mentira, así es. Siendo como soy, una persona totalmente no cinética, no soy muy bueno, pero con el tiempo, podría mejorar. ¿Tú esquías?

—He pasado mi vida en climas cálidos. Pero Abu dice que irá a esquiar conmigo este invierno.

Una vez que estuvieron en la carretera, la conducción de Zachary le recordó a la del obispo Colubra, aunque quizás era un poco menos errática.

—¡Vaya! El otoño es maravilloso —dijo él—. Un par de mis escuelas preparatorias no estaban lejos de aquí. Pero estos colores siempre me producen gran emoción. Mira ese árbol dorado de allí. Ya no quedan muchos olmos. ¿No es precioso?

—Lo es. Y hay un arce casi púrpura que se ve desde los ventanales de la cocina. Nunca había visto los colores del otoño y me siento abrumada.

—Me alegra que estuvieras aquí hace una semana. Ya pasó su primer esplendor —dijo Zachary—, pero aún resulta impresionante.

—Aquí es —Polly señaló un cartel que indicaba el largo camino de acceso al club campestre. En la cima de la colina había un gran edificio blanco con una imponente vista a través del valle, el que había estado cubierto por un lago hacía tres mil años.

Zachary la llevó al bar y, una vez ahí, le preguntó qué quería tomar.

—No te preocupes, dulce Pol. Yo conduzco, así que pediré una Coca. Si no recuerdo mal, te gusta la limonada.

—Así es, qué lindo que lo recuerdes.

—No he olvidado muchas cosas sobre ti —él ordenó las bebidas y se sentaron en taburetes altos. La luz tardía del sol del otoño llegaba a través de las ventanas y tocaba el cabello de Polly. Zachary silbó—. Había olvidado lo hermosa que eres.

Ella sintió cómo se ruborizaba. Comprendió que ahora tenía mucho mejor aspecto que en su adolescencia, pero no se consideraba hermosa, ni siquiera bonita, y ahora tanto Tav como Zachary le decían que lo era.

—El verano pasado en Grecia ya eras encantadora —continuó Zachary—, pero ahora luces aún mejor. Me alegro de haber podido encontrarte.

—Yo también —tomó un sorbo de su limonada, que estaba muy ácida. El pasado verano en Atenas le había sorprendido que Zachary hubiera querido disfrutar tanto de su compañía; todavía era asombroso para ella.

—¿Qué haces durante todo el día?

—Oh, muchas cosas. Abu y el abuelo se preocupan por mi aburrimiento, pero los días transcurren tan pronto que es difícil darse cuenta a la hora de acostarse de que otro día ha pasado. Por las mañanas estudio con mis abuelos. Doy paseos. Nado. De vez en cuando vienen amigos para cenar. Puede que no parezca emocionante, pero es justo lo que necesito —no sonaba emocionante mientras ella decía, pero aunque Zachary la había sorprendido al saber acerca de las piedras Ogam y, aún más sorprendente, había visto a Karralys, ella no estaba preparada para hablarle ni de Anaral ni de Tav.

Entonces él buscó en su bolsa de cuero.

—Te traje un regalo.

—¡Genial, un regalo de no cumpleaños! —exclamó Polly.

Él le entregó algo plano y rectangular envuelto en un papel de seda rosa arrugado. Ella retiró el papel y se encontró una imagen enmarcada en un delgado trozo de madera: un ángel, inmensamente alto y con alas enormes, inclinándose protectoramente sobre un niño pequeño.

—¡Un ángel de la guarda! ¡Es precioso! ¡Gracias!

—Lo encontré en una colorida tienda de antigüedades de Turquía, no mucho después de dejarte en el aeropuerto de Atenas el verano pasado. Cuando miré adonde te encontrabas para despedirme, parecías tan perdida que pensé que necesitabas un ángel guardián. Así que cuando vi esto, me hizo pensar en ti y lo compré, pensé en dártelo si alguna vez volvíamos a encontrarnos, y mira, aquí estamos.

—Gracias, Zachary. En verdad, muchas gracias.

—No es una pieza original ni nada por el estilo. Supongo que carece de valor.

—Me encanta —lo guardó con cuidado en el bolsillo más grande del anorak—. Fue muy tierno que pensaras en ello.

—¿Por qué pareces tan sorprendida? ¿Es porque se trata de la representación de un ángel?

—Bueno... algo así.

—Supongo que dejé claro que yo no creo en nada.

Ella asintió.

—Toma todo lo que puedas. Ahora mismo. Porque eso es lo que hay. Ésa sigue siendo mi política. Pero tenía una abuela que en verdad creía en los ángeles, y que ellos se preocupan por nosotros —se detuvo, apuró el agua formada por el hielo derretido que quedaba en el fondo de su vaso—. Ella me amaba. A mí, Zachary, no a lo que se espera de mí.

—Las abuelas son maravillosas. La mía lo es. Y mi abuelo también.

—No conocí tanto a mi abuelo. Los padres de papá murieron jóvenes. Los que yo conocí fueron los padres de mamá, y vivían cerca de nosotros. Mi abuelo había sido un exitoso jugador de polo, hasta que cayó de su caballo y se aplastó la columna. Y mi abuela siguió creyendo en los ángeles, y en mí, mientras él maldecía desde su silla de ruedas hasta el día en que murió. ¿Otra limonada?

—No, gracias.

—¿Damos una vuelta en auto y vemos qué descubrimos?

—Por supuesto. Eso estaría bien.

Durante los primeros kilómetros, él se mantuvo en silencio, y Polly pensó que, al hablar de sus abuelos, Zachary acababa de revelarle más de lo que había estado dispuesto a mostrarle cuando estuvieron juntos en Atenas. Ella miró su rostro, y le pareció muy delgado.

—¿Has perdido peso? —la pregunta se le escapó antes de que se diera cuenta de que se trataba de algo personal, y que no debía haberlo hecho.

—Un poco. Mira, ese arce está completamente desnudo —tarareó una melodía, entonces dijo—: Si llega el otoño, ¿puede el invierno hallarse lejos?[15]

—¿Dónde está la flauta que tenías el otro día? —preguntó ella.

—Oh, se la di a uno de los muchachos de la oficina. Noté que debía emplear demasiado aire para tocarla —se disculpó rápidamente—. Lo siento, dulce Polly, lo siento. Paso los días en una oficina, arruinando mis ojos y sin hacer ejercicio. Llegados a este punto, ni siquiera sé por qué lo hago, pero parece que todavía quiero aprenderlo todo acerca de los seguros y sus ramificaciones legales —se desvió por un camino lateral que serpenteaba a través de un pinar.

—¿Qué pasa con la universidad? —preguntó ella.

—Espero regresar el próximo semestre. No estoy seguro de que un título universitario sea necesario en realidad, pero para las escuelas de derecho sí lo son. El mundo de ahí fuera es difícil, y siempre he querido prepararme para ello. La universidad forma parte de ese requisito.

Un avión pasó volando muy por encima de ellos. Polly levantó la vista, pero no pudo verlo. Debía haber pasado antes

---

[15] Parece que esta frase hace mención al poema "Oda al viento del oeste" de Percy Bysshe Shelley: *O Wind, if Winter comes, can Spring be far behind?* (¡Oh, viento!, si llega el invierno, ¿puede la primavera hallarse lejos?).

de que les llegara su sonido. El camino se volvió bruscamente cuesta arriba.

—¿Qué hay de ti, Polly?

—¿Qué hay de qué?

—¿Planeas *ir* a la universidad?

—Por supuesto.

—¿Quieres ser científica?

—No lo sé. Me interesan muchas cosas. Un problema es… bueno, Max decía que tengo demasiadas opciones.

—¿Ya lo superaste?

—¿Qué cosa?

—La muerte de tu amiga.

—Zachary, la muerte de alguien no se supera. Nunca. Uno simplemente aprende a seguir viviendo de la mejor manera posible.

—Yo superé la muerte de mamá —él suspiró.

¿La superó? ¿En verdad?, se preguntó ella. *¿Y qué hay de la abuela que creyó en él?*

—No quiero superar la muerte de Max. Ella siempre será parte de mí y yo seré… más… porque ella fue mi amiga.

—Oh, Polly —retiró la mano del volante y la estiró para tocar su hombro con suavidad—. Me enseñas mucho y te quiero por eso, Polly. Polly, si voy a verte tanto como quiero hacerlo durante estos próximos meses, hay algo que debo decirte —entonces se quedó en silencio. El camino salía del bosque, pasaba por una granja y entonces les ofrecía una vista amplia a lo largo de un valle hacia una cordillera de montañas que se extendía más allá, una vista mucho más espectacular que la apacible perspectiva que se divisaba desde la casa de sus abuelos. Detuvo el auto, apagó el motor y se quedó allí, mirando hacia fuera.

Ella esperó. Y cuando pensó que ya no iba a decirle lo que pretendía, habló en voz baja:

—Polly, si yo muriera, ¿lo superarías?

Ella se giró para mirarlo.

—Siempre he sido mi peor enemigo, y ahora estoy pagando por ello —los ojos de él se llenaron de lágrimas.

—Zachary. ¿Qué sucede?

—Mi corazón. Nunca ha estado muy bien. Y ahora...

Ella miró su pálido rostro, el ligero tono azulado de sus labios, sus ojos que intentaban contener las lágrimas. Extendió una mano para tocarlo.

—No me toques, por favor. No quiero llorar. Pero no quiero morir. No estoy listo. Pero sólo tengo... oh, nadie es concreto al respecto, pero es probable que ni siquiera me quede tiempo para regresar a la facultad.

—Oh, Zachary —ella se sentó, sin tocarlo, cumpliendo su deseo—. ¿Qué pasa con la cirugía a corazón abierto?

—No ayudaría mucho.

—Si te cuidaras, si no trabajaras tanto...

Sacudió la cabeza, levantó la mano y se frotó las lágrimas con la palma de la mano.

—Oh, Zach...

—Mira, te estoy lastimando sólo por existir. No quiero usar el chantaje emocional. Dulce Polly, lo que estoy haciendo es vivir como si fuera a seguir viviendo: trabajando en Hartford este semestre, planeando volver a la universidad, a la facultad. Mis médicos dicen que es lo mejor. No esforzarme demasiado, y vivir mientras pueda. Así que lo que realmente me gustaría es verte de manera regular. ¿Sería posible?

—Bueno, por supuesto, Zach —cualquier palabra parecía por completo inadecuada.

Volvió a arrancar el auto y aceleró, demasiado. Él había dicho que no quería morir, que no estaba listo. Él había dicho que no quería hacerle daño.

—Disminuye la velocidad un poco, ¿eh? —le sugirió ella.

Él retiró el pie del acelerador y condujo a una velocidad más moderada. En silencio. Ella no lo rompió porque no había nada que decir. Cuando llegaron a la propiedad de sus abuelos, giró hacia el camino de tierra que había frente a la casa y detuvo el automóvil en el pabellón que albergaba la alberca.

—He sido horrible —dijo él—. Lo siento.

—No has sido horrible.

Zachary la buscó para besarla y ella dejó que sus labios tocaran los suyos, luego se apartó suavemente. Polly sentía una profunda simpatía por él, pero besarse por simpatía sólo podía causar problemas.

En lugar de intentar besarla otra vez, como ella esperaba, él miró por el parabrisas.

—Hey, ¿quién es esa chica?

Ella miró, pero no vio a nadie.

—¿Quién?

—Acaba de dar la vuelta a la esquina de tu alberca —señaló él.

—¿Quién? —preguntó Polly de nuevo.

—Una chica con una larga trenza negra. Dio media vuelta y salió corriendo.

Polly miraba fijamente. Ahí estaba el pabellón blanco de la alberca, con lilas plantadas debajo de las ventanas, sus hojas se habían tornado grises con el otoño y caían lentamente al suelo. No había nadie.

Zachary explicó:

—Ella estaba caminando simplemente hacia tu alberca, una chica guapa, pero cuando me vio y le sonreí, huyó. Como un ciervo.

Anaral. Tenía que ser Anaral, no podía ser nadie más. Primero Karralys y ahora Anaral... ¿por qué?

—¿Es alguien que conoces? —preguntó él.

—Bueno, sí, pero...

—Escucha, no quise preocuparte hablándote sobre mí. Lo siento.

Por supuesto que estaba preocupada. Preocupada en todos los sentidos.

—Polly, sabes que lo último que quiero en el mundo es herirte, pero pensé que debías saber sobre mí. Sé que a menudo he sido autodestructivo, pero no esperaba que... —una vez más sus ojos oscuros brillaban con lágrimas. Las contuvo con rabia—. Lo siento, no estoy siendo justo. Será mejor que me vaya, te veré pronto... ¿quizás este fin de semana?

Ella asintió lentamente. Ahora Zachary había visto a Anaral. ¿Qué pensarían sus abuelos? ¿El obispo Colubra? Desabrochó el cinturón de seguridad. Estaba muy conmocionada, tanto por lo que Zachary le había contado sobre su corazón como por el hecho de que él hubiera visto a Anaral. Aguzó el oído para oír a los Colubra. Tal vez si ellos venían, Zachary hablaría con el obispo.

—Escucha, ¿estás ocupado esta noche? ¿Podrías quedarte a cenar?

—¿Esta noche?

—Si te parece bien. La doctora Louise y el obispo Colubra también vendrán, y el obispo Colubra conoce muy bien a Anaral... la chica que viste —también pensó que la doctora

Louise podría consultar a los médicos de Zachary y ver si había alguna esperanza mejor para él.

—No, lo siento. Ojalá pudiera, en verdad. Pero prometí a mi jefe que cenaría con él y le dejaría hablar sobre las piedras Ogam. Por fortuna, no intenta pedir la cena en ogámico. Se quedaría estupefacto si supiera que he visto una piedra Ogam.

Si supiera que Zachary vio a una chica de los tiempos de Ogam...

—Estoy libre el sábado —continuó—. ¿Podría venir ese día?

—Sí, por favor, hazlo.

—Tal vez vayamos simplemente a dar un paseo por el terreno de tus abuelos. Me gustaría estar contigo. Pero ahora, necesito en verdad regresar a Hartford.

Zachary salió del auto y se acercó a ella.

—No te preocupes demasiado, linda Pol. No voy a hacer que cargues con mi muerte. Eso no sería justo. Todavía me queda algo de tiempo —la abrazó brevemente y se sintió dolorosamente delgado.

Los Colubra no estaban, y quizá no llegarían sino hasta dentro de una hora. Era la Víspera de Todos los Santos. Samhain. Eso lo hacía diferente. Al menos estaba segura de que el obispo pensaba que era así. Samhain debía ser el motivo por el que Zachary había podido ver a Anaral. Sin embargo, días antes él también había visto a Karralys. ¿Era debido a que a medida que se acercaba la llegada de Samhain, los umbrales comenzaban a abrirse?

Caminó lentamente por la casa, arrastrando los pies entre las hojas caídas, luego alrededor del pabellón de la alberca. La casa daba al sur. El pabellón estaba en el extremo este, y tenía ventanas en los tres lados y tragaluces al norte y al sur. Cruzó el campo por la esquina noreste, aunque no iba a atravesarlo. No se acercaría al muro de piedra.

Por el campo, caminaba en dirección a ella el joven con los ojos intensamente azules. Esta vez no iba acompañado por el perro, sino por un lobo gris. Cuando vio a Polly, habló con el lobo, que se dio la vuelta, corrió por el campo y desapareció en el bosque.

Atónita, Polly se quedó quieta y esperó. Él caminó hacia ella sin prisa, sonriendo levemente. Era imposible saber qué edad tenía. Ciertamente, mayor que ella, pero había una serena atemporalidad en su rostro.

—Karralys…

Él asintió.

—Tú debes ser Pol-ii —al igual que Anaral, hablaba con lentitud y cuidado, con un rastro indeterminado en su acento. Quizás el obispo Colubra también le había enseñado inglés—. Es hora de que hablemos. Lamento que Anaral no me llamara cuando viniste a nosotros.

Ella lo miró fijamente.

—¿Quién eres tú?

—Como tú misma dijiste: Karralys.

—¿Un druida?

Él asintió con gravedad.

—¿Viniste de Inglaterra… de Bretaña?

De nuevo el leve asentimiento. El azul de sus ojos era sereno.

—¿Por qué viniste?

—Fui desterrado.

Ella lo miró con asombro.

—Por herejía —dijo en voz baja—. ¿Has oído hablar del castigo por herejía?

—Sí —pensó en Giordano Bruno, quemado en la hoguera por su comprensión del tiempo y porque no creía que el planeta Tierra fuera el centro de todas las cosas. Se preguntaba cuál podría haber sido la herejía de Karralys, que había provocado su expulsión de Bretaña y ser enviado tan lejos de casa. ¿En qué creían los druidas?

—He estado aquí, en esta tierra, durante lo que ustedes llamarían tres años —dijo él—. Es una tierra buena. Benigna. El gran río subterráneo fluye desde el lugar de nuestras piedras erguidas —señaló a la alberca— hacia el lago, con su benevolencia. Creo que esta tierra, estas montañas, el lago, son el lugar donde la Presencia me ha llamado a ser. Cuando fui desterrado, me aferré a la esperanza de que hubiera una razón para dejar mi hogar y de encontrar un nuevo hogar esperándome, y así ocurrió. La Presencia calmó la tormenta que me arrastró hasta aquí, vino la promesa del arcoíris y supe que estaba donde debía estar —él le sonrió—. ¿Y tú? ¿Tú también fuiste desterrada?

Ella rio.

—No, no fui desterrada. Necesitaba una educación mejor de la que podía recibir en el colegio de mi ciudad, por lo que mis padres me enviaron aquí. Pero no fui desterrada. Es maravilloso estar aquí.

—Yo también lo encuentro maravilloso —por encima de Karralys, en lo alto del cielo, volaba un águila—. Aquí tienes —señaló el pabellón con la alberca— agua que está contenida en los cuatro lados, y está en el mismo espacio que nuestras grandes piedras erguidas, nuestro lugar más sagrado, incluso más sagrado que la roca y el altar que están junto al lago. Pero para ti, el lago se ha ido, y las grandes piedras, y no hay nieve en las colinas. Te veo y me pregunto qué ha sucedido.

—También me lo pregunto.

—El obispo Garza…

—El obispo Colubra —ella rio con deleite al saber que Karralys también pensaba que el obispo era una garza.

—Sí. Él es, según creo, una especie de druida.

El águila se elevó, hasta que se perdió en la inmensidad azul. Polly la vio desaparecer, entonces preguntó:

—¿El obispo Colubra pasa mucho tiempo contigo?

—Cuando puede. El umbral no se abre siempre para él, y no puede abandonar su propio círculo. Él es sabio en los caminos de la paciencia y el amor. Ha convertido su pérdida en compasión.

¿Qué pérdida?, se preguntó Polly fugazmente.

Pero Karralys continuó:

—Él tiene mucho conocimiento del corazón, pero no entiende por qué pudiste verme junto al roble, o por qué el joven me vio. No entiende cómo entraste en nuestro tiempo.

—Tampoco yo lo entiendo.

—En Samhain es más posible que en otras ocasiones. Tiene que haber una razón. Anaral dice que no eres un druida.

—Cielos, no.

—Tiene que haber una razón para que hayas venido. Tal vez Garza abrió el umbral del tiempo especialmente para ti.

—Pero no soy la única. Oh, Karralys… —tomó una profunda bocanada de aire fresco—. Karralys, Zachary estuvo aquí conmigo hace unos minutos, y vio a Anaral —Karralys parecía conmocionado, como si se hubiera quedado congelado.

—¿Quién vio a Anaral?

En su urgencia, Polly sonaba impaciente:

—El que viste junto al roble. Su nombre es Zachary Grey, es un joven que conocí el verano pasado en Grecia.

—En...

—Grecia. Está lejos, en el sur de Europa, cerca de Asia. No importa. La cuestión es que se trata de alguien que conocí el verano pasado, pero no lo conozco muy bien. Esta tarde me dijo que su corazón se está agotando, que va a morir. Y entonces vio a Anaral.

Karralys asintió varias veces, sobriamente.

—A veces, cuando la muerte está cerca, el umbral se abre.

De pronto, las palabras de Zachary sonaron terriblemente verdaderas. Ella no le había entendido por completo ni le había creído del todo antes, pero ahora no tenía dudas.

—Pero no ha cruzado el umbral.

—No —dijo Karralys—. No. Él nos ha vislumbrado cuando hemos cruzado el umbral y entrado en su círculo. Pero tú... tú has entrado en nuestro círculo, y eso es muy diferente.

—Pero... —ella no estaba segura de lo que quería preguntar.

—Cuando estamos en tu círculo, no somos invisibles —dijo Karralys—. La gente no espera vernos, por lo que interpretan que somos de su propio tiempo, por así decirlo.

—¿Quieres decir que la gente no sabe qué... o a quién vio? Quiero decir, yo no lo sabía cuando te vi junto al roble.

—Exactamente —respondió Karralys.

—Y cuando vi a Anaral por primera vez, en la alberca, pensé que era sólo una chica...

—Sí.

—Pero entonces, cuando caminaba hacia la roca-mirador de las estrellas, todo cambió, y ya estaba en tu tiempo... —de nuevo su voz se apagó.

—Hay un patrón —dijo Karralys—. Hay líneas dibujadas entre las estrellas, y líneas dibujadas entre lugares, y líneas trazadas entre personas, y líneas que vinculan las tres. Puede que, de hecho, Zachary sea como tú.

Polly frunció el ceño.

—Parece extraño que su jefe esté tan interesado en las piedras Ogam. Pero, Karralys, ¿qué pasa con la doctora Louise? Ella vio a Anaral.

—Eso fue por casualidad, por una urgencia. Anaral no encaja en su cosmovisión, por lo que ella no cree. Pero tú, Polly, debes ser parte del patrón. Hay una fuerte línea trazada desde tu círculo hasta el nuestro. Tengo miedo por ti.

—¿Miedo? ¿Por qué?

—¿Has hablado con mi coterráneo? ¿Tav?

—Sí —ella sonrió. Tanto a Zachary como a Tav les gustaba su cabello rojo. Tav intentó enseñarle el lenguaje ogámico y fue como un juego, y ambos rieron y lo pasaron bien.

—No debes hablar con él.

—¿Por qué no? He estado estudiando el vocabulario ogámico recogido por el obispo Colubra, y Tav me enseñó algunas palabras más.

—La mano que alimenta al pollo termina retorciéndole el cuello.

—¿Qué?

—Si tú le gustas a Tav, y a ti te agrada él, será aún más difícil.

—¿Qué será más difícil?

—No cruzar el umbral de nuevo. Hay peligro para ti.

—No lo entiendo.

—Anaral ha venido a verte demasiado a menudo. Es muy joven y debe aprender a no malgastar su poder. Habla con Garza, cuéntaselo. Cuéntale acerca de este… ¿puedes repetirme su nombre otra vez, por favor?

—Zachary. Zachary Grey.

—Él altera el patrón. Díselo al obispo Garza. ¿Lo harás?

—Sí —de pronto recordó al obispo diciendo que Zachary no tenía buen aspecto. La doctora Louise también había dicho que estaba demasiado pálido.

—Debo irme —Karralys se inclinó hacia ella, se dio la vuelta y se alejó por el campo. Ella lo observó hasta que oyó que un automóvil llegaba demasiado rápido y patinaba sobre el macadán hasta detenerse. Era el obispo Colubra.

El obispo y la doctora Louise habían traído sus trajes de baño, pero todos se sentaron alrededor de la mesa y escucharon mientras Polly les contaba acerca de Zachary, y de Karralys.

—No le creí todo a Zachary, que su corazón estuviera tan mal, hasta que Karralys... —su voz vaciló.

—Espera un momento —dijo la doctora Louise—. Me gustaría hablar con su médico. Alguien que se encuentra en las últimas etapas de una insuficiencia cardiaca no trabaja en un despacho de abogados ni conduce autos deportivos. Estaría bastante bien si guardara reposo. Se ve pálido, como si no saliera lo suficiente al aire libre, pero no parece que se encuentre en su lecho de muerte.

—No es que dijera que está en su lecho de muerte —corrigió Polly—. No dio un límite de tiempo. Sólo que no era probable que regresara a la facultad. Y para eso quedan al menos un par de años.

—Aun así, me suena demasiado dramático.

—Bueno, yo también lo pensé, pero Karralys...

La doctora Louise la interrumpió con brusquedad.

—Karralys no es médico.

—Es un druida —dijo el obispo—, y yo me tomo muy en serio lo que él dice.

—¿En verdad, Nason? Pensé que eras más ortodoxo.

—Soy completamente ortodoxo —protestó el obispo—. Eso no significa que deba tener la mente cerrada.

—¿Desde cuándo esta extraña fe en los druidas ha sido parte de tu ortodoxia? ¿No estaban involucrados en lo esotérico y lo oculto?

—Me parecen mucho menos esotéricos y ocultos que la medicina moderna.

—Ustedes dos, ya basta —intervino el abuelo Murry.

—Y si quieren darse un chapuzón antes de la cena —sugirió la abuela Murry—, háganlo ahora. ¿Peleaban así cuando eran niños?

—Volvíamos locos a nuestros padres —sonrió la doctora Louise.

El obispo se levantó. Era treinta centímetros más alto que su hermana.

—Pero en las cosas grandes, en las cuestiones importantes, siempre nos manteníamos unidos. Por cierto, Louise, San Columba[16] consideraba a Cristo como su druida. Ustedes, los científicos, pueden ser terriblemente literales. En realidad no se sabe mucho acerca de los druidas, cuando parece que eran sólo hombres sabios de su tiempo. César consideraba que todos los de rango especial o cierta dignidad eran druidas.

—Nase, vayamos a nadar —se quejó la doctora Louise.

---

[16] San Columba, también conocido como Columba de Iona, fue un monje misionero conocido por reintroducir el cristianismo en Escocia a comienzos de la Edad Media.

—Por supuesto. Estoy hablando más de la cuenta otra vez. Alex, ¿puedo cambiarme en tu estudio?

—Sí. Y Louise puede hacerlo en la habitación de los gemelos. Saldré y traeré algo más de leña para el fuego. Es un trabajo interminable.

—Yo pondré la mesa —dijo Polly.

Su abuela estaba lavando brócoli.

—Mañana a primera hora sacaré esas piedras Ogam del aparador de la cocina y las pondré afuera, en algún lugar. Lo haría esta noche, pero Alex y Nase... él, sobre todo... se opondrían.

—¿Por qué? —preguntó Polly—. Quiero decir, ¿por qué quieres sacarlas?

—Este mueble ya está lo suficientemente desordenado. Unas piedras grandes no son los objetos de decoración habituales en una cocina. Y si esa escritura ogámica fue grabada en ellas hace tres mil años, es posible que tengan algo que ver con la capacidad de Anaral y Karralys de venir a nuestro tiempo y espacio. Y la tuya para trasladarte al de ellos. Iré al laboratorio y traeré la comida. Es una de mis famosas cazuelas borgoña al mechero Bunsen.

Cuando la puerta se cerró detrás de su abuela, Polly recordó que Karralys le había advertido de algún tipo de peligro. Ella lo había olvidado debido a su preocupación por Zachary, y tampoco lo tomó muy en serio porque no podía creer que Tav, con aquella risa mientras le enseñaba Ogam, con sus dedos que besaban suavemente su cabello, fuera una amenaza para ella.

Abrió un cajón del mostrador de la cocina y sacó los manteles, luego comenzó a colocarlos sobre la mesa. Lentamente dispuso la cubertería de plata, la vajilla de porcelana y los vasos. ¿Había estudiado historia inglesa alguna vez? Recordó algunos de los libros, sobre todo novelas históricas, que había leído. Recordó que Bretaña estaba formada por muchas tribus guerreras en los primeros tiempos prerromanos, y que empalaban las cabezas de sus enemigos en estacas y, sí, también habían practicado sacrificios humanos, al menos algunas de ellas. Uf. Eso fue hace mucho tiempo, y era una manera de ver el Universo por completo distinta a la de hoy.

Estaba doblando las servilletas cuando su abuela entró con una cazuela humeante.

—Abu, ¿tienes una enciclopedia?

—En la sala. Es la *Enciclopedia Británica* de 1911, que se suponía que era especialmente buena. Ya es por completo obsoleta en lo que respecta a la ciencia, pero debería estar bien en cuanto a los druidas, si eso es lo que quieres comprobar. Se encuentra en el estante inferior, a la derecha de la chimenea.

Polly tomó la enciclopedia, el volumen D. Sólo había una página sobre los druidas. Pero sí, había una mención a César, el obispo tenía razón. Los druidas pasaban por un riguroso adiestramiento, con mucha memorización de la sabiduría transmitida. Anaral le había dicho eso.

Su abuela le preguntó desde la cocina:

—¿Encontraste algo?

Polly tomó el volumen y entró en la cocina.

—Algo. Los druidas estudiaron astronomía y geografía y cualquier ciencia que se conociera en su tiempo. Oh, y esto es fascinante. Se sugiere que podrían haber estado influenciados por Pitágoras.

—Interesante, en efecto —su abuela cortaba verduras para la ensalada.

—Oh, escucha, Abu, esto me gusta: antes de una batalla, los druidas se interponían a menudo entre los dos ejércitos para detener la guerra y traer la paz.

—Los ejércitos debían ser muy pequeños —comentó su abuela.

Polly estuvo de acuerdo.

—Es difícil recordar en este mundo tan poblado que dos ejércitos pudieran ser lo suficientemente pequeños para que un druida se apresurase entre ellos y detuviera el enfrentamiento.

—Entonces, eran pacificadores —dijo su abuela—. Eso me gusta.

Polly siguió leyendo.

—Los robles eran especiales para ellos. Puedo ver por qué: son los árboles más majestuosos de por aquí. Ésta es toda la información que hay sobre los primeros druidas. Más tarde, después de que entrara el Imperio Romano, hubo enemistad entre los druidas y los cristianos. Cada uno parecía ser una amenaza para el otro. Me pregunto si en verdad fue así.

—Los cristianos se amenazan incluso mutuamente —dijo su abuela—, hay malentendidos entre protestantes y católicos, liberales y fundamentalistas.

—¿No sería genial —sugirió Polly— si hubiera druidas que se interpusieran entre las líneas de combate de musulmanes y cristianos y palestinos y judíos en Oriente Medio, o entre católicos y protestantes en Irlanda?

—Y entre Louise y Nason cuando discuten —dijo su abuela, mientras la doctora y su hermano bajaban las escaleras vestidos con sus trajes de baño y llevando toallas.

Polly guardó la enciclopedia. Por lo menos, había aprendido algo.

El obispo, evidentemente continuando una línea de pensamiento, siguió diciendo:

—Las personas que están detrás de la construcción de Stonehenge se hacían las mismas preguntas que los físicos como Alex se formulan hoy acerca de la naturaleza del Universo.

El abuelo Murry entró con una pila de madera en un arnés de lona y la dejó junto a la chimenea del comedor.

—Todavía no hemos llegado a una Teoría de la Gran Unificación, Nase, a una que funcione.[17]

El obispo se dirigió hacia la alberca; sus piernas se mostraban debajo de su albornoz.

—El motivo de la construcción de Stonehenge era ciertamente religioso, es decir, más genuinamente religioso… que los rudimentarios rituales y los "servicios de culto" que pasan por religiosos en la mayoría de nuestras iglesias hoy día.

—Viniendo de alguien que ha dedicado su vida a la institución religiosa, es un comentario bastante triste —comentó su hermana.

El obispo abrió la puerta y siguió hablando por encima de su hombro:

—Triste, tal vez, pero cierto. Y no te sorprendas. Vamos, pensé que íbamos a nadar.

—¿Y quién nos detiene? —los dos entraron por la puerta hacia el sitio de la alberca, y la cerraron con cuidado.

El abuelo Murry puso un tronco de gran tamaño en el fuego.

—Polly buscó información de los druidas en la enciclopedia —dijo la abuela Murry—, pero el artículo no era particularmente esclarecedor.

---

[17] La Teoría de la Gran Unificación pretende unir tres de las cuatro fuerzas fundamentales de la naturaleza: la fuerza nuclear débil, la fuerza nuclear fuerte y la fuerza electromagnética, dejando fuera la fuerza de la gravedad, que sí se incluiría en una eventual Teoría del Todo.

—Necesitamos más que una enciclopedia para explicar la apertura del umbral del tiempo de Nase —el abuelo Murry sopló a través de una larga y delgada pipa, y las llamas se encendieron con todo su brillo—. Y la implicación de Polly en ello. Resulta incomprensible.

—No es la primera cosa incomprensible que sucede en nuestra vida —le recordó su esposa.

—¿Les habían pasado cosas tan raras como ésta antes?

Su abuela rio.

—Sí, Polly, así es, pero eso no hace que esto sea menos extraño.

El abuelo Murry se puso en pie con un crujido de sus articulaciones.

—El amigo de Polly, Zachary, me parece que le añade un componente nuevo e inesperado. ¿Por qué este chico relativamente extraño ve a personas de hace tres mil años que tú y yo nunca hemos visto?

—Nadie le habló de ellas —dijo la abuela Murry—, así que no tuvo tiempo de levantar un muro de incredulidad.

—¿Eso hemos hecho?

—¿No lo crees? ¿Y no es lo mismo que ha hecho Louise?

—Eso parece.

—¿Recuerdas la cita favorita de Sandy? *Algunas cosas deben creerse para poder ser vistas.*[18] Louise no cree, aunque ya vio a esta chica. Al parecer, Zachary no tiene idea de qué… o a quién… ha visto.

El abuelo Murry se quitó las gafas y las limpió en su camisa, exhaló vaho en ellas, volvió a limpiarlas y se las colocó.

---

[18] Ver *Un torrente de aguas turbulentas* de Madeleine L'Engle, cuarto volumen de esta serie.

—¿Por qué demonios pensé que en la vejez habría menos imprevistos? ¿No sería agradable tomar una copa de vino en la cena? Bajaré al sótano y traeré una botella —en un momento volvió a subir con una botella de aspecto bastante polvoriento—. Hay un perro ladrando afuera.

Había... un perro que ladraba con una urgencia constante.

—Los perros ladran afuera todo el tiempo —dijo su esposa.

—No de esta manera. No se trata de un simple ladrido a una ardilla o a un niño en bicicleta. Está ladrando hacia nuestra casa —dejó la botella y salió por la puerta de la despensa. El perro seguía ladrando—. No es uno de los perros de las granjas que hay camino arriba —dijo mientras regresaba—. Y no tiene collar. Está sentado frente a la cochera y ladra como si quisiera que lo dejaran entrar.

—¿Y bien? —la abuela Murry estaba limpiando la botella con un paño húmedo—. ¿Quieres que abra la botella para darle la oportunidad al vino de respirar?

—Por favor, Louise cree que deberíamos tener otro perro.

—Alex, si vas a dejar entrar al perro, por el amor de Dios, hazlo ya, pero recuerda que tenemos compañía para cenar.

—Polly, ven conmigo y estudiemos la situación. Estoy de acuerdo con Louise, esta casa no está bien sin un perro. Un perro da protección —caminó por la despensa y la cochera, y Polly lo siguió. Bajo los últimos rayos de luz de la tarde, un perro estaba sentado en el camino, ladrando. Cuando aparecieron, se puso en pie y comenzó a menear la cola con esperanza. Era un perro de tamaño mediano a grande, con unas hermosas orejas aguzadas, con puntas negras, y un extremo negro también al final de su larga cola; por lo demás, era de un suave color dorado. Se acercó tímidamente a ellos, moviendo la cola. El abuelo Murry extendió la mano y el perro la acarició con su hocico.

—¿Qué piensas? —le pregunto a Polly.

—Abuelo, se parece al perro que vi con Karralys —pero tal vez Karralys había estado acompañado por un lobo en lugar de un perro aquella tarde. Ella no podía estar segura.

—Se parece a la mitad de los perros de granja de por aquí —dijo su abuelo—. Dudo que haya alguna conexión. Es un bonito cruce. Está delgado —le pasó las manos por su caja torácica y el perro meneó la cola alegremente—, pero ciertamente no está muerto de hambre. Al menos, podríamos dejarlo pasar y darle de comer.

—Abuelo —Polly puso su brazo alrededor de la cintura de su abuelo y lo abrazó—. Todo es una locura. Viajé tres mil años en el tiempo, y Zachary vio a Anaral, y... y... tú estás pensando en adoptar un perro callejero.

—Cuando todo es un disparate —dijo su abuelo—, un perro puede ser un recordatorio de cordura. ¿Lo llevamos dentro?

—¿A Abu no le importará?

—¿Tú qué piensas?

—Bueno, abuelo, ella es bastante imperturbable, pero...

—No creo que un perro la saque de sus casillas —el abuelo Murry puso su mano en el cuello del perro, donde tendría que haber un collar, y entró en la cochera; el perro caminó a su lado, gimiendo muy suavemente, a través de la despensa y hasta la cocina, justo cuando los Colubra entraban en la otra dirección, envueltos en toallas.

—Veo que te estás tomando en serio mi consejo sobre tener otro perro —dijo la doctora Louise.

—Oh, cielos —la voz del obispo Colubra parecía conmocionada.

La abuela Murry miró al perro.

—Parece limpio. Por lo que veo no tiene pulgas ni garrapatas. Dientes en buen estado. Encías sanas. Pelaje brillante. ¿Qué pasa, Nase?

—No estoy seguro, pero creo que he visto antes a ese perro.

—¿Dónde? —preguntó su hermana.

—Tres mil años atrás.

SEIS

El silencio en la cocina fue interrumpido por el tamborileo de los dedos de la doctora Louise sobre la mesa.

El abuelo Murry puso un tazón de comida junto a la puerta de la despensa.

—¿Estás seguro?

El obispo se frotó los ojos.

—Podría estar equivocado.

Hadrón, dormido sobre su alfombra de retazos, observaba con un ojo receloso. El perro comía hambriento, pero ordenadamente. Cuando terminó, Hadrón se inclinó para inspeccionar el tazón y lo lamió en busca de posibles migajas, mientras el perro permanecía en pie, moviendo su larga cola.

La abuela Murry sacó una manta vieja de la cochera.

—Puede quedarse aquí por esta noche. Si es un perro de hace tres mil años, no quiero que… —su voz se apagó.

La doctora Louise rio.

—Si es de hace tres mil años, ¿crees que tenerlo dentro o fuera de la casa supondría alguna diferencia?

La abuela Murry estaba disgustada.

—Tienes razón, por supuesto. Pero de alguna manera siento que es más libre de ir y venir si está afuera. Por esta noche, en cualquier caso. Mañana ya veremos. Ahora nos sentaremos alrededor de la mesa y disfrutaremos una comida civilizada con un buen vaso de borgoña —ella se lavó las manos—. Bueno, estamos listos, todos a la mesa.

Las cortinas de la cocina estaban corridas a lo largo del ventanal y el fuego en la chimenea crepitaba agradablemente. El aroma del guiso de la abuela Murry era tentador. Debería haber sido una noche normal y agradable, pero no lo fue.

—Obispo, háblanos sobre el perro, por favor —pidió Polly.

Él levantó su copa de vino de modo que la luz tocó el líquido y brilló como un rubí.

—Me estoy haciendo viejo. No estoy seguro, tal vez esté equivocado, pero Karralys tiene un perro como éste.

—Sí —estuvo de acuerdo Polly—. La primera vez que vi a Karralys, junto al gran roble, llevaba un perro así.

—¿Era este perro? —exigió su abuelo.

—Esta clase de perro, con orejas grandes y puntas negras.

—¿Estás seguro de que Karralys tiene un perro?

—Sí, ¿por qué? —preguntó el obispo.

—Es sólo que me parece muy poco probable. Hace tres mil años había muy pocos perros domesticados. Había lobos, y perros lobo. Pero la crianza de perros comenzó a ser mencionada en Egipto…

—No sabemos exactamente hace cuánto tiempo vivió Karralys. Tres mil años es sólo una conjetura oportuna. De cualquier forma, ¿cómo sabes eso?

—Soy una reserva de información inútil.

—No tan inútil —dijo su esposa—. Este perro no parece tener sangre de lobo. Es poco probable que tu Karralys haya tenido un perro así.

—A menos que —dijo el obispo—, lo trajera al Nuevo Mundo con él.

—¿A qué viene todo este alboroto? —la doctora Louise enarcó las cejas—. Si están viendo a gente de hace tres mil años, ¿por qué tanto alboroto por un perro?

—Es algo más —dijo el obispo—. Creo que se trata de una señal.

—¿De qué? —su hermana sonaba impaciente.

—Lo sé, lo sé, Louise, está en contra de toda tu preparación académica. Pero tú curaste a Annie, tienes que admitirlo.

—Curé a una chica cuyo dedo estaba gravemente lacerado y necesitaba atención inmediata. Ella no era tan diferente de todos los otros gorriones caídos que, según crees, es tu deber rescatar.

—Louise —intervino la abuela Murry—, me cuesta creer que Nase haya llevado a Anaral a tu consultorio y que la hayas tratado como a una paciente normal.

—Como a una paciente normal —dijo con firmeza la doctora Louise—. No tengo idea de si la chica cuyo dedo curé era de hace tres mil años o no, no tengo idea.

—Me dijiste que la llevara de vuelta —dijo el obispo.

—A donde fuera. A cuando fuera.

—Louise, todo comenzó en tu almacén subterráneo con la primera piedra Ogam.

—Sólo soy una simple episcopalista[19] —dijo la doctora Louise—. Esto es demasiado para mí.

—Tú no eres nada simple, ése es tu problema —el obispo miró a las piedras Ogam que seguían en la alacena—. Y

---

observar la caída de los gorriones es una actividad que no te resulta desconocida, Louise. Tal vez deberías venir conmigo a la roca-mirador de las estrellas, quizá si cruzaras el umbral del tiempo…

La doctora Louise negó con la cabeza.

—No, gracias.

El plato del obispo estaba vacío y tomó una gran porción del tazón que la abuela Murry le ofreció. La cantidad de comida que lograba ingerir parecía directamente desproporcional a su longilínea delgadez.

—Esto es maravilloso, Kate. Y el vino… uno no bebe un vino así todas las noches.

El abuelo Murry volvió a llenar el vaso del obispo.

—Todo en su honor.

El obispo bebió un sorbo, agradecido.

—Las palabras que están grabadas en las piedras Ogam, si las he descifrado correctamente, son pacíficas, gentiles. En memoria de los difuntos. Y ocasionalmente, algunas parecen formar parte de una runa. La que Polly cargó por mí, por ejemplo, decía: "Permite que la canción de nuestras hermanas, las estrellas, se eleve en nuestros corazones…" y ahí se interrumpe. ¿No es hermoso? Pero, ¡ay!, en el tiempo de Annie, como ahora, las cosas sagradas no siempre se honraban. Las palabras… las runas, por ejemplo, a veces se usaban mal. Tenían que ser usadas como bendiciones, pero a veces se utilizaban para causar mal. Y fueron usadas para influir en el clima, la fertilidad, el amor humano. Sí, a veces se abusaba de las runas, pero nunca se olvidó que tenían poder…

—Estás dando una conferencia de nuevo —comentó su hermana.

Pero Polly, interesada, preguntó:

—¿Quieres decir que el viejo dicho "¡Los palos y las piedras pueden romper mis huesos, pero las palabras nunca me lastimarán!" es incorrecto?

El obispo estuvo de acuerdo.

—Totalmente.

La abuela Murry empujó su silla un poco hacia atrás y Hadrón, tomando esto como una invitación, dejó su lugar junto a la chimenea y saltó a su regazo.

—Ese pequeño dicho no tiene en cuenta que las palabras poseen poder, un poder intrínseco. Yo te amo. ¿Qué puede ser más poderoso que esa pequeña trinidad? Por otro lado, los chismes maliciosos consiguen causar un daño espantoso —continuó el obispo.

—Si la doctora Louise me dijera que tengo un aspecto horrible, sentiría mis articulaciones enrojecidas e inflamadas —dijo el abuelo Murry.

—Sin embargo, puedo decir felizmente que estás de maravilla —aseveró la doctora Louise.

—Definitivamente, la natación ayuda —dijo el abuelo Murry—, pero respondemos a la sugestión.

La doctora Louise siguió el hilo de su propio pensamiento.

—Soy internista, no cardióloga, pero me gustaría echarle un vistazo a Zachary. Me pareció un joven encantador y no me gusta cómo suena todo esto.

—Vendrá el sábado —dijo Polly—. También me gustaría que lo vieras, doctora Louise, me encantaría.

—¿Es un amigo especial para ti? —preguntó ella.

—Es un amigo. No lo conozco tan bien, ni siquiera lo suficiente para saber si es probable que esté exagerando. Sé que estaba asustado.

—Una de las piedras Ogam —el obispo frunció el ceño ligeramente, recordando— dice así: "De los espantos y los miedos podemos ser salvados por el aliento del viento y el silencio de la lluvia".

—¿La runa es una especie de oración? —preguntó Polly.

—Si uno cree realmente en la oración, así es.

—¿Igual que el Canon de Tallis?[20] —sugirió ella.

—*Esta noche todas las alabanzas son para ti, Dios mío* —asintió el obispo—, *por todas las bendiciones de la luz, que toda carne mortal guarde silencio.*

La abuela Murry llevó la ensaladera a la mesa.

—Vaya conversación para un grupo de científicos pragmáticos… salvo por ti, Nase.

—¡Ay! —el obispo Colubra tomó un trozo de pan y lo mojó en su salsa—. A menudo, los obispos se limitan a lo pragmático. Y hay momentos en que el pragmatismo es esencial. El problema es que entonces tendemos a olvidar que hay algo más. Pero hay algo más, ¿cierto, Louise, incluso en las ciencias más pragmáticas?

—Louise tiene una excelente reputación como especialista en diagnósticos —dijo la abuela Murry— y, ¿estoy en lo cierto, Louise?, realiza sus diagnósticos no sólo a partir de la observación, la información y el conocimiento, sino también a partir de su instinto.

La doctora Louise estuvo de acuerdo.

—Intuición —el obispo sonrió a su hermana—. La comprensión del corazón, más que de la mente.

---

[20] Thomas Tallis fue un compositor inglés que nació probablemente hacia 1510 y murió el 23 de noviembre de 1585. Fue denominado el "padre de la música catedralicia inglesa".

—Siempre fuiste sabio, hermano mayor —de pronto la voz de la doctora Louise sonó melancólica—. Siempre fuiste en quien pude recurrir para hallar sensatez cuando las cosas se salían de control. Y ahora pensaría que te has vuelto loco de no ser porque estas personas, eminentemente sanas, sentadas alrededor de la mesa te toman en serio. Y Polly, que me parece la persona más prudente, vive las mismas alucinaciones que tú.

—Alucinaciones masivas, aunque dos personas difícilmente son una masa —dijo la abuela Murry—. Es una posibilidad, pero no una probabilidad.

—Ojalá no me sintiera tan indignada —se disculpó la doctora Louise—. Me estoy volviendo demasiado gruñona. Cuando Nase me llevó a Annie, ¿me trasladé a su alucinación? Si no fuera por esa posibilidad, podría olvidar todo el asunto y regresar a mi mundo racional.

La abuela Murry llevó la cazuela al mostrador y trajo el frutero.

—No puedo comer más —se apresuró Polly—, ni siquiera una manzana. De todos modos, me gustan más nuestras graciosas y torcidas manzanitas, que éstas de aspecto perfecto.

El obispo metió la mano en el frutero y se sirvió.

Nadie pidió café y la doctora Louise se levantó y anunció que era hora de irse a casa.

Polly y sus abuelos salieron para despedir a los Colubra. El viento del noroeste era frío, pero el cielo estaba despejado y claro, y las estrellas deslumbrantes como diamantes. La Vía Láctea extendía su río distante a través del cielo.

El obispo levantó su rostro a la luz de las estrellas.

—¿Cuántos millones de años estamos viendo, Alex?

—Muchos.

—¿Cuál es la estrella más cercana?

153

—Proxima Centauri, a unos cuatro años luz de distancia.

—¿Y a cuántos kilómetros?

—Oh, a unos cuarenta billones de kilómetros.

El aliento del obispo se veía a la luz de la puerta de la cochera.

—Mira esa estrella justo arriba. La estamos viendo en el tiempo y en el espacio, y ha transcurrido mucho tiempo. No sabemos cuál es el aspecto de esa estrella ahora, o incluso si todavía esté allí. Podría haberse convertido en una supernova. O haber colapsado y estar convertida en un agujero negro. Qué extraordinario ver una estrella en el momento presente y, al mismo tiempo, millones de años atrás.

La doctora Louise tomó el brazo de su hermano con afecto.

—Basta de fantasear, Nase.

—¿En verdad es fantasear? —pero se metió en el auto, y se puso al volante.

—Louise muestra tanto valor como confianza al dejar que Nason conduzca —murmuró la abuela Murry.

La doctora Louise se echó a reír mientras subía al asiento del pasajero.

—Él también solía volar mucho.

—Un pensamiento aterrador —dijo la abuela Murry.

Se despidieron mientras el obispo arrancaba levantando una nube de polvo.

—Bueno, Polly —la abuela Murry se sentó a un lado de la cama de su nieta.

—Abu, no tiene ningún sentido mantenerme encerrada. Zachary vio a Anaral justo afuera del pabellón de la alberca, la

vio en verdad, aunque nos parezca extraño. Y yo vi a Karralys —pensó en la advertencia del joven, pero dijo con firmeza—, no creo que esté en peligro.

—Tal vez no por Annie o Karralys, pero vagar en el tiempo no me parece particularmente seguro.

—En realidad, no es vagar en el tiempo —dijo Polly—. Se trata sólo de un particular círculo del tiempo, hace unos tres mil años, hasta ahora, y viceversa.

—No quiero que te pierdas tres mil años atrás.

—En verdad, no creo que eso vaya a suceder, Abu.

La abuela Murry alisó con suavidad el cabello despeinado de Polly.

—El obispo Colubra sugirió que no fueras a la roca-mirador de las estrellas hasta después del fin de semana. Por favor, acata esa sugerencia. Para mi tranquilidad. Y tampoco te acerques al muro de piedra.

—No lo haré. Por ti.

Su abuela le dio un beso de buenas noches y se marchó. El viento siguió aumentando y azotando la casa. Una de las persianas golpeteaba. Polly escuchó a sus abuelos preparándose para ir a la cama. Ella no tenía sueño, cualquier cosa menos sueño. Se movía de un lado a otro. Acurrucada. Extendida. Se dejó caer sobre su espalda. Suspiró. El insomnio era algo que rara vez le preocupaba, pero esta noche no podía dormir. Encendió la lámpara de la mesita de noche e intentó leer, pero no podía concentrarse en el libro. Sentía sus ojos granulosos, pero no adormilados. No conseguía sentirse cómoda en la cama porque algo la estaba sacando de ella.

La alberca. Tenía que ir a la alberca.

Tonterías, Polly, ése es el último lugar del mundo al que debes ir. Lo prometiste. No actúes como una demente.

Pero la alberca seguía llamándola. Tal vez Annie estaba allí, tal vez la necesitaba.

No. La alberca no, se acostó y se llevó el cobertor sobre la cabeza… No. No. Duérmete. Olvida la alberca.

Pero no podía. Casi sin voluntad, sacó las piernas de la cama y se calzó las pantuflas. Bajó las escaleras.

Cuando salió a la alberca, la luna, que hacía sólo unos días había estado llena, brillaba a través del cielo, por lo que no fue necesario encender las luces. Se quitó el camisón y se metió en el agua, que se sentía considerablemente más fría que durante el día. Nadó de espaldas para poder contemplar el cielo nocturno, con sólo una pizca de las estrellas más brillantes visibles debido a la luz de la luna. Luego nadó por debajo de la superficie a lo largo de la alberca, y creyó ver un metal que brillaba en el extremo más profundo.

Se zambulló y recogió algo duro y brillante. Era un círculo de plata con una luna creciente. Al principio pensó que era una torques, pero no tenía abertura, y se dio cuenta de que era para usarse en la cabeza. La colocó sobre su cabello mojado, y la sintió fresca y firme. Se la quitó y la miró de nuevo. No sabía mucho acerca de joyas, pero sabía que esta pequeña diadema era hermosa. ¿Qué hacía una diadema de plata con una luna creciente en la alberca de sus abuelos?

Salió del agua, se envolvió en una toalla grande y se sentó para secarse antes de regresar a su fría habitación. Todavía se sentía completamente despierta. A la luz de la luna, podía ver el gran reloj en el otro extremo de la alberca. No era aún medianoche. Se puso su cálido camisón, con la intención de subir las escaleras, pero la diadema plateada reflejó la luz, ella la levantó y la miró de nuevo, y una vez más la colocó sobre su cabeza, con la luna creciente en el centro de su frente.

El tejido de su silla ya no se sentía suave y elástico bajo su peso, sino duro y frío, y soplaba un viento fuerte.

Ella se estremeció.

Estaba sentada en una silla de piedra, ligeramente ahuecada, de modo que sus manos descansaban sobre unos reposabrazos bajos. Un círculo de sillas similares rodeaba un gran altar, similar a aquel donde Anaral había entonado su canción de alabanza a la Madre, pero varias veces más grande. Detrás de cada silla había una gran piedra en pie. El lugar le recordaba las imágenes que había visto de Stonehenge, salvo que allá no había tronos o montañas escarpadas en el fondo, ni nieve en los picos blancos a la luz de la luna.

No debería haber ido a la alberca.

Su respiración era rápida, asustada. Su corazón latía dolorosamente. Karralys estaba sentado en uno de los tronos, aproximadamente a un cuarto de distancia alrededor del círculo donde se encontraba Polly. Llevaba una torques de bronce con una piedra que ella pensó podía ser un cuarzo ahumado, y que le recordaba al topacio del anillo del obispo Colubra. Vestía una túnica larga que parecía lino blanco, pero que tal vez se trataba de un muy suave cuero blanqueado. Su perro estaba a su lado, sentado muy erguido, con las orejas atentas; un perro que se parecía al que el abuelo Murry había llevado a casa. Anaral estaba a su derecha, con una diadema plateada similar a la que Polly había encontrado en la alberca y que todavía estaba sobre su cabeza.

Al otro lado del altar de Karralys se encontraba Tav, vestía una túnica corta y ligera, una piel de gato montés sobre un hombro y correas de cuero alrededor de las muñecas y la parte superior de los brazos. Su gran lanza estaba apoyada contra su asiento. Había otros hombres y mujeres, algunos jóvenes, algunos viejos, muchos con pieles de animales o capas de plumas. Sólo Anaral y Polly portaban las diademas de plata. La silla que se hallaba a la izquierda de Karralys estaba vacía.

La luna estaba justo detrás de la piedra erguida que sostenía la silla de Karralys, y sobre la luna había una estrella brillante. No, no era una estrella, pensó Polly, sino un planeta. Ella comenzó a hablar, quiso preguntar, pero Anaral levantó una mano para que guardara silencio.

Al fondo había más personas, y ella escuchó el sonido bajo, casi subliminal, de un tambor. A lo lejos se oía el eco del sonido. Por lo demás, sólo había silencio. Todos los rostros en el círculo tenían una expresión grave. Expectante.

Karralys y Anaral se levantaron y se dirigieron hacia el exterior del círculo, donde se había dispuesto una gran hoguera, aún sin fuego, en un pozo poco profundo. Anaral le dio a Karralys una piedra de pedernal, éste lanzó una chispa y encendió el fuego. Los dos druidas alzaron sus brazos en un amplio gesto de alabanza y bailaron juntos, lenta y majestuosamente, primero alrededor del fuego y luego del círculo de rocas erguidas. Después, una por una, cada persona que formaba el círculo tomó una tea, la encendió en el fuego y se la entregó a una de las personas que estaban fuera del círculo.

Cuando se completó el paso del fuego, hubo un estallido en forma de canción, rico en armonía y alegre en su melodía. El corazón de Polly se elevó con las voces de las personas que se hallaban dentro y alrededor del círculo, de modo que olvidó su miedo. Poco a poco la canción terminó en un suave silencio.

Entonces Karralys habló con una voz grave y sonora.

—El año ha sido generoso —señaló la silla vacía que estaba junto a la suya—. El Anciano Lobo Gris vivió muchos años y se reunió con sus antepasados durante la noche del sexto día de la luna. Su espíritu continuará cuidándonos, unido a los espíritus del Pueblo del Viento que están entre las estrellas, pero cuyo afán nunca está lejos de nosotros —una suave brisa tocó las mejillas de Polly, moviéndose sobre el gran círculo de altas piedras. Detrás de ellos, las sombras oscilaban en color púrpura, plateado, índigo... sombras de hombres y mujeres tan altas que parecían llegar a las estrellas. Polly no podía entender todo lo que se decía, pero se sentía envuelta en una energía bondadosa.

Karralys continuó:

—Cachorro aún es joven, pero tiene el don, y aprenderá bajo la guía de los que se fueron antes que él.

Un hombre joven, muy joven, de hecho, vestido con una piel de lobo gris, se levantó.

—Y bajo tu guía, Karralys —se dio la vuelta lentamente y se inclinó ante la asamblea.

Entonces Tav habló, en pie y apoyado en su gran lanza. La luz de la luna tocó su cabello y lo convirtió en plateado. Sus ojos grises brillaban como la plata. La luz de la luna bañaba el círculo de plumas de su lanza.

—Hemos honrado el ritual. El fuego arde. Centellea tan brillante como la cabeza de aquélla que la Madre nos ha enviado —señaló a Polly, y su rostro era solemne.

—Tav, asumes demasiado y demasiado rápidamente —lo reprendió Karralys.

—La Madre ha cumplido su promesa —dijo Tav—. Y yo también. Ella ha venido —de nuevo su lanza apuntó hacia Polly.

—Tú la trajiste —Karralys habló con severidad.

—Hice lo que la Madre ordenó. Puse la diadema sobre el altar y ella se transportó al lugar del agua sagrada.

—El tiempo fluye en Samhain —dijo Karralys—. Esto puede no haber sido la voluntad de la Madre.

—Escúchenme —Tav se inclinó hacia delante con seriedad—. La Madre habla en la oscuridad, en las aguas, en el vientre de la tierra. Ella nunca debe ser entendida directamente.

—¡Ella no pide sangre! —la voz de Anaral resonó con claridad.

—No —estuvo de acuerdo Tav—, la madre no quiere la sangre de sus hijos. De sus hijos. ¡Escúchenme! Esta chica con cabeza de sol no es de los suyos ni de los nuestros. Ha sido enviada a nosotros para que la Madre pueda ser alimentada y su demanda cumplida.

Tav hablaba más rápido que Karralys, y Polly no entendía las implicaciones de su discurso porque estaba luchando por entender las frases en ogámico. Si escuchaba con atención, podía distinguir cada palabra, pero le tomaba varios segundos antes de que las oraciones tuvieran sentido. El fuego tenía algo que ver con Samhain, un fuego sagrado que se pasaba a cada familia de la tribu. El baile había sido hermoso y sereno, y el canto había sido pura alegría, y la había despojado de su miedo, pero ahora Tav entonaba una nota diferente, una sombría, y su piel hormigueaba.

—¿Y qué es lo que dice la diosa? —preguntó Karralys.

Tav miró a la luna.

—La diosa dice que hay peligro para nosotros. Un grave peligro. No ha habido lluvia para el Pueblo Más Allá del Lago. La semana pasada, un grupo de asalto hurtó ovejas de nuestros rebaños, y dos vacas. Sus tambores nos dicen que sus cultivos se marchitan. La tierra está seca y debe ser alimentada.

Karralys habló:

—Ah, Tav, no es sangre lo que nuestra Madre exige, ni tampoco los dioses más allá del lago. Lo que se nos pide es cuidar de las cosechas, que no abusemos de la tierra sembrando los mismos tipos de cultivos en el mismo lugar durante muchos años seguidos, y sin regar los brotes jóvenes. Nuestra Madre no es un monstruo devorador, sino una amorosa creadora de vida.

—Y por esas ideas extrañas te expulsaron de tu hogar. Excomulgado —la luz de la luna iluminó los ojos de Tav.

—¿Y a ti, Tav? ¿Por qué te expulsaron de tu hogar? —preguntó Karralys.

—No has olvidado que hubo un momento en que la lluvia no llegaba, y los pequeños habitantes del norte vinieron y nos robaron el ganado. Nuestras cosechas se marchitaban, así como sucede ahora con las del Pueblo Más Allá del Lago. Entonces entendí que se exigía sangre, no la de un cordero, sino sangre real, humana. Un invasor vino de noche, peleé contra él en combate justo y acabé con su vida. Así tuvimos el sacrificio necesario. Lo puse en el altar, sí, lo puse en el altar porque tú no lo hubieras hecho, ni se lo hubieras permitido a otro. Yo, sólo yo, obedecí a la Madre. Y así tuvimos la sangre que trajo la lluvia, aunque fui expulsado por asumir el papel sacrificial de un druida. Por eso, ambos fuimos expulsados... tú por negarte, y yo por hacer lo que tú deberías haber hecho. La Madre exigió sangre entonces, y la exige ahora. Si no tenemos cuidado, las tribus que son más fuertes que nosotros vendrán y nos alejarán de nuestra tierra.

Anaral se levantó.

—Tav, aquí en mi tierra, tú y Karralys han vivido juntos en armonía durante tres vueltas del sol. No reavives viejas disputas, especialmente esta noche.

La voz de Tav sonaba apremiante.

—Habrá más ataques. Y nosotros tampoco hemos tenido lluvia desde la última luna.

—Nuestros cultivos han sido cosechados. El maíz fue abundante —sonrió Karralys.

—El agua del lago está baja. Los ríos se secan. Incluso el río subterráneo que da agua a nuestros cultivos fluye con menos caudal.

—Como siempre en esta época del año. Cuando lleguen las nieves del invierno, los ríos volverán a llenarse.

—Las nieves invernales podrían no llegar —advirtió Tav—, si no se le da a la tierra lo que exige.

—Tav —Karralys lo miró con severidad—. ¿Por qué volver a mencionar lo que se resolvió cuando fuimos uno con el Pueblo del Viento? Aquellos de esta tierra que nos han recibido en sus vidas prohíben tal sacrificio. Al igual que yo.

—Hay otros pueblos, al otro lado del lago, más allá de las montañas, que no piensan como tú o como el Pueblo del Viento. Debemos protegernos. ¿No oyes los tambores que hacen eco a los nuestros y que no son sólo un eco? Es el Pueblo Más Allá del Lago. ¿Crees que se detendrán con un pequeño asalto? Por favor, entiéndelo. Sé que no te gusta el sacrificio, y tampoco a mí —miró a Polly con rostro angustiado—. Pero a menos que obedezcamos, nuestra tierra está condenada.

Detrás de Karralys, la luna se deslizó por debajo de las piedras erectas, los grandes menhires, dejando que la estrella resplandeciera brillantemente justo encima, casi como una joya tocando su cabello rubio.

La voz de Tav resonó con apremio.

—¿Será suficiente una lanza de guerra si otros quieren nuestra tierra? —alzó su gran lanza—. ¿Y entonces por qué, Karralys, por qué nos han enviado a esta desconocida iluminada por el sol?

—Iluminada por el sol, sí —dijo Karralys—. La vida, no la muerte.

—Se ha abierto un umbral del tiempo —dijo Anaral.

—¿Y por qué? ¿Un umbral del tiempo se abre una vez cada cuántos cientos de años? ¿Por qué ahora? ¿Por qué aquí? ¿Y cuando el tiempo es de necesidad?

Anaral se levantó de nuevo.

—Ella ha sido enviada para bien, no para mal. Esta chica y también el anciano Garza. Han venido por nuestro bien. Debemos tratarlos con cortesía y hospitalidad hasta que lo entendamos.

—¡Yo lo entiendo! —gritó Tav—. ¿Por qué sus oídos están cerrados?

—Quizá sean tus oídos los que están cerrados —lo reprendió Karralys suavemente.

—Extraño nuestro hogar —dijo Tav—. Alrededor de nuestras piedras erguidas había estacas, y de las estacas pendían los cráneos de nuestros enemigos. La sangre corría desde el altar hasta el suelo, y los veranos eran clementes y los inviernos cortos. Aquí nos marchitamos por el calor del sol, o nuestros huesos se quiebran por el hielo y el frío. Sí, hemos sido tratados con amabilidad por el Pueblo del Viento, pero sus formas no son nuestras viejas y familiares costumbres. Y ahora se ha abierto un umbral del tiempo y, si no tenemos cuidado, se volverá a cerrar y habremos perdido a aquélla que se nos ha enviado.

Detrás de Karralys, la estrella también se ocultaba por debajo de la gran piedra. Él se levantó, caminó lentamente alrededor de la mesa y tomó la diadema plateada de la cabeza de Polly.

—Vete a casa —le ordenó—. Ve a casa.

SIETE

Se incorporó velozmente, como si se hubiera quedado dormida. Miró a su alrededor. No había diadema de plata con una luna creciente. Sólo vestía su camisón húmedo. La alberca ondulaba a la luz de las estrellas. La luna se había ocultado. Se escuchó el sonido lejano de la campana de la iglesia del pueblo, doce notas, arrastradas y distorsionadas por el viento. Ella se estremeció.

Lo único que sabía era que no había sido un sueño.

Cuando Polly despertó, era de día y el sol entraba en su habitación. Se quedó en la cama debatiéndose. ¿Cómo podría explicar a sus abuelos lo que había pasado? En Samhain. Pero ya había terminado, era viernes, Día de Todos los Santos.

Los oyó subir desde la alberca. Se vistió y bajó las escaleras; se sentía cansada y ansiosa. El café todavía goteaba en la jarra de vidrio a través del filtro. Ella tomó una taza de la alacena. Las piedras Ogam todavía estaban allí. Se preguntó adónde las llevaría su abuela. Esperó hasta que el café dejó de gotear, llenó su taza y le agregó leche. Estaba demasiado cansada para prepararse un *café au lait*.

Sus abuelos bajaron y entraron en la cocina. La saludaron y le preguntaron:

—¿Qué ocurre?

Ella comenzó a contar su historia.

—Aguarda —dijo su abuelo, que se sirvió una taza de café y se sentó en su sitio.

Su abuela se sentó también.

—Continúa.

La escucharon sin interrumpirla. No le dijeron que no debería haber bajado a la alberca. Cuando terminó, se miraron.

—Será mejor que llamemos a Nase —dijo su abuelo.

Mientras esperaban al obispo, desayunaron. La abuela Murry había preparado avena la noche anterior y estaba en la parte trasera de la estufa, caliente, sobre una olla doble. De inmediato sacó azúcar morena, pasas y leche.

—Sírvanse.

—No me gustan las implicaciones de todo esto —dijo el abuelo Murry—. Parece que es imposible proteger a Polly, a menos que la encadenemos a uno de nosotros.

Dejaron de hablar cuando oyeron unos ladridos insistentes afuera. El abuelo Murry se llevó la mano a la frente.

—Casi lo había olvidado… —salió por la puerta de la despensa y entró con el perro, que brincaba entusiasmado—. Polly, ¿es el perro de Karralys?

—Creo que sí.

El abuelo Murry negó con la cabeza, volvió a la cochera, regresó con la manta y la dejó cerca de la estufa de leña. El perro se recostó sobre ella, agitando la cola, y Hadrón saltó encima de él, jugando con su cola como si fuera un ratón. El perro suspiró con resignación.

—Tres mil años no parecen suponer una gran diferencia para Hadrón —dijo él—. De alguna manera, me resulta reconfortante. Pero tal vez estoy aferrándome a un clavo ardiendo.

El obispo llegó acompañado por la doctora Louise.

—Quiero asegurarme de que la cordura supere la fantasía de mi hermano —dijo ella—. No tengo que ir al hospital hasta dentro de una hora.

—El perro todavía está aquí —el obispo pasó la mano sobre la cabeza del animal, y acarició sus grandes orejas.

—Anoche estaba con Karralys —dijo Polly—, sea cuando sea que fuera anoche…

—¿Ya desayunaron? —preguntó la abuela Murry.

—Hace un buen rato —respondió la doctora Louise.

El obispo miró a la estufa.

—Hace mucho rato.

La abuela Murry le entregó un cuenco.

—Sírvete, Nason. Esta mañana sólo hay avena.

Llenó su tazón, lo colmó de azúcar morena y pasas, le agregó leche y se sentó a la mesa.

—Me resulta reconfortante que el perro esté aquí. Estoy seguro de que es una protección. Ahora, Polly, dime exactamente lo que pasó anoche. No te olvides de nada.

—No podía dormir —comenzó a decir—, y era como si la alberca estuviera tirando de mí. No puedo explicarlo. Sabía que no debía ir a la alberca, no quería ir, pero seguía tirando de mí. Y fui.

El obispo escuchó con atención, al tiempo que comía; levantó la mirada mientras ella describía la diadema plateada con la luna creciente.

—Seguramente —dijo él— se trata de un símbolo de la diosa luna. ¿Dijiste que Annie también usaba una?

—Sí.

—La diosa luna. Y la Madre, la tierra. Lo que tenemos aquí, como ven, es una mezcla entre la tradición nativa americana y la celta, que se superponen de muchas maneras. Continúa.

Después de un rato, el abuelo Murry la interrumpió:

—¿Dices que Karralys y esta otra persona…?

—Tav.

—¿… que llevan aquí, en el Nuevo Mundo, sólo tres años?

—Creo que sí, abuelo. Eso es lo que dijeron Anaral y Karralys.

El obispo asintió.

—Sí. Eso es lo que me dijeron a mí también. Yo le he prestado menos atención al tiempo que al viaje. Karralys y Tav llegaron en barco. Por supuesto, eso no sería posible ahora que el lago ya no existe, junto con el resto del derretimiento de los glaciares. Pero hace tres mil años es muy probable que uno pudiera haber venido primero cruzando el océano después a través de los ríos… y quizá lo que ahora son simples arroyos entonces hayan sido ríos de considerable calado… y de esa forma llegaron al lago y a este lugar. ¿Tú qué piensas, Alex?

—Posiblemente —estuvo de acuerdo el abuelo Murry—. Una vez que arribaron a este continente, tal vez hayan proseguido su camino hacia el interior en algún tipo de bote.

—Lo que resulta difícil de entender es que hayan atravesado el océano —dijo la doctora Louise.

—Recuerda que hubo gente que cruzó los océanos —dijo su hermano—, guiados por las estrellas. Y los druidas eran astrónomos.

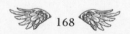

El obispo se sirvió más avena.

—Prosigue, Polly.

Cuando ella terminó, el cuenco del obispo estaba de nuevo vacío.

—De acuerdo, entonces formaste parte de la celebración de Samhain del Pueblo del Viento.

—¿Y Karralys y Tav fueron aceptados por los nativos... por el Pueblo del Viento? —preguntó el abuelo Murry.

—Karralys se convirtió en su nuevo líder —dijo el obispo—. Él y Tav fueron arrastrados a través del lago por un huracán, que en sí mismo había parecido un presagio —tomó un puñado de pasas—. Karralys y Tav fueron expulsados de Bretaña por herejías opuestas: Karralys por su negativa a derramar sangre, y Tav no tanto por derramarla sino por ejecutar el sacrificio que debería haber realizado un druida. Tav creía que se exigía el sacrificio humano, que la tierra clamaba sangre, y actuó en consecuencia.

—Polly. Sangre —la voz del abuelo Murry era profunda—. Está pensando en Polly.

Hasta que su abuelo lo expresó de una manera tan clara, Polly no había asimilado del todo la importancia de las palabras de Tav la noche anterior.

—¿El sacrificio de sangre formaba parte del ritual druídico? —preguntó la abuela Murry.

—No ha sido probado —dijo el obispo—. Existe la teoría de que la Madre Tierra exigía sangre y que cada año, quizás en Samhain, se realizaba un sacrificio humano. Si era posible, se escogía un prisionero. Si no, por lo general el más débil de la tribu era colocado sobre el altar y su sangre se entregaba a la tierra.

Polly se estremeció.

—¿Qué pasa con los cráneos? —preguntó la doctora Louise.

—Eso entiendo que era una práctica común entre algunas de las tribus. Los cráneos de los enemigos se colocaban en estacas altas circundando el altar o los menhires. Recuerda, estas personas pertenecían a la Edad de Piedra y su pensamiento era muy diferente al nuestro.

—Sed de sangre —declaró la doctora Louise.

El obispo preguntó con suavidad:

—¿Más sed de sangre que incinerar a las personas con napalm? ¿O con bombas de hidrógeno? Parece que somos criaturas sedientas de sangre, los así llamados seres humanos, y me temo que los pacificadores como Karralys son parte de una minoría.

—Mientras tanto —preguntó el abuelo Murry—. ¿Qué pasa con Polly?

—Samhain ya terminó —repuso el obispo—, y Karralys pudo enviar a Polly de regreso a casa a salvo.

—¿Crees que el peligro ya terminó?

El obispo asintió.

—Así debería ser. El momento pasó.

El perro se levantó de la manta y se acercó a Polly, se sentó a su lado y apoyó la cabeza en su rodilla. Ella puso la mano en su cuello, que se sentía fuerte y cálido. Su pelaje, aunque no largo, era suave.

El obispo asintió de nuevo.

—Karralys y Annie protegerán a Polly. Karralys envió a su perro.

El abuelo Murry habló bruscamente.

—No se trata necesariamente del mismo perro. No quiero que Polly vuelva a verlos, a ninguno de ellos. Y en cuanto el umbral del tiempo se cierre, quiero que Polly salga de aquí.

—Pero, abuelo, si el umbral del tiempo se cierra, entonces no habrá problema de que yo esté aquí, ya no tendremos que preocuparnos por el teseracto.

El obispo estuvo de acuerdo, entonces añadió:

—Samhain terminó. Éste es el Día de Todos los Santos, cuando recordamos a los que ya se fueron. Es un día tranquilo en el que podemos dejar que nuestro dolor se convierta en paz.

—Nason —la voz del abuelo Murry chirrió—, ¿qué hacemos ahora? ¿Puedes garantizar que el peligro para Polly ya terminó?

El obispo miró la última pasa de su plato como si buscara una respuesta.

—No lo sé. Si no fuera por ese joven, Zachary.

—¿Qué pasa con él?

—Su parte en todo esto, sea la que sea, no se ha llevado a cabo.

—¿Polly está todavía dentro del teseracto? —preguntó la abuela Murry en voz baja.

Otra vez el obispo miró la pasa fijamente.

—Hay demasiadas preguntas sin resolver.

—¿Es eso una respuesta?

—No lo sé —el obispo miró al abuelo Murry—. No entiendo tu teseracto. Polly ha atravesado el umbral del tiempo, y si yo fui quien lo abrió… les pido una disculpa.

—Obispo —lo interrumpió Polly—. Tav, ¿qué pasa con él?

—Tav tiene motivos de preocupación. Hay tribus vecinas que no son tan pacíficas como la del Pueblo del Viento. Han tenido varios veranos de sequía, mucho más severos al otro lado del lago, donde no hay un río subterráneo que pueda usarse para regar, así que los asaltos ya comenzaron. Esta tierra es particularmente deseable y Tav está listo para luchar por protegerla.

—¿Y Karralys? —preguntó el abuelo Murry.

—No estoy seguro —el obispo se frotó la frente—. Él busca la paz, pero no es fácil mantener la paz sin apoyo del pueblo.

El abuelo Murry fue a la alacena.

—Desearía que no hubieras encontrado las piedras Ogam y que nunca hubieras abierto el umbral del tiempo.

—Fue… fue involuntario. Yo no planeé todo esto.

—¿No? Tú abriste el umbral del tiempo por completo cuando llevaste a Annie al consultorio de Louise —la voz del abuelo Murry sonaba serena, pero contenía una acusación.

La doctora Louise intervino rápidamente:

—Ella habría perdido el uso de su dedo índice y quizá la infección se habría extendido si yo no hubiera usado antibióticos. Lo que podría parecer un simple desliz con el cuchillo, habría resultado fatal.

La abuela Murry sonrió levemente.

—Hermano y hermana se mantienen unidos cuando las cosas se ponen difíciles —le murmuró a Polly—. Como sea, Alex, tú y yo estábamos fascinados, incrédulos pero fascinados, hasta que Polly se involucró en el asunto.

—¿Sería seguro si enviáramos a Polly a su casa en la isla de Benne Seed? —preguntó el abuelo Murry.

—No… —comenzó a decir Polly, pero el obispo la interrumpió, levantando su mano con autoridad.

—Creo que todavía no. Las cosas tienen que desarrollarse. Pero mientras tanto, la mantendremos a salvo aquí. Uno de nosotros debe estar con ella en todo momento para evitar que vuelva a ocurrir lo de anoche.

—Tú no, Nase, por favor —dijo la abuela Murry—. Lo siento, pero fuiste tú quien abrió la puerta.

—Tal vez tengas razón —admitió el obispo—, pero tú, querida. Y Alex. Sólo quédense con ella.

—¿Qué pasaría —sugirió el abuelo Murry— si sellan aquel almacén subterráneo?

—Nada, me temo. Aquel almacén sólo es cercano a la roca-mirador de las estrellas, y al lugar donde está situada tu alberca. Éstos son los lugares sagrados.

—¿Sagrados? —preguntó la doctora Louise.

—Sagrados. Hemos perdido el sentido de lo sagrado del espacio, y nos hemos conformado con lo literal y demostrable. Recordemos algunos de los espacios sagrados, como el Monte Moriah en Jerusalén o la Abadía de Glastonbury. El monte Moriah ya era santo antes de que Abraham llevara allí a Isaac. Así fue con Betel, la casa de Dios, antes de que Jacob tuviera su sueño, o antes de que el Arca de la Alianza descansara allí brevemente, según el Libro de los Jueces.

—Nase —dijo su hermana en voz baja—, estás subiendo al púlpito de nuevo.

Pero éste continuó:

—Una teoría es que tales espacios sagrados estaban conectados por líneas ley.

La doctora Louise lo interrumpió:

—Nase, ¿qué diablos son las líneas ley?

—Son líneas de energía electromagnética, en Inglaterra están bien documentadas, que conducen de un lugar sagrado a otro, simplemente son líneas de energía. Sospecho que hay una línea ley entre el almacén subterráneo y la roca-mirador de las estrellas, entre la roca-mirador de las estrellas y la alberca.

—Qué disparates están de moda —dijo su hermana.

Pero Polly recordó que Karralys hablaba de líneas entre las estrellas, entre lugares, entre personas. No le parecía ningún disparate.

—Puede convertirse en una moda —le dijo el obispo a su hermana—, pero eso no hace que la santidad original sea menos sagrada.

—No quiero que caigas en modas a tu avanzada edad —le advirtió la doctora Louise.

—Louise, yo no pedí nada de esto ni estaba buscando piedras Ogam. Pero difícilmente pueden ser clasificadas como disparates. Ni siquiera tenía idea de que tu almacén no fuera, de hecho, un sitio para almacenar. No esperaba que Annie atravesara tres mil años de tiempo. Pero Annie es una criatura encantadora e inocente, y siento una cierta... una marcada... responsabilidad hacia ella.

—¿Cómo puedes ser responsable de alguien que lleva muerto aproximadamente tres mil años? —le reclamó la doctora Louise—. Su historia ya fue contada. Kaput. Ç'est fini.

—¿Lo está? —susurró el obispo—. ¿Lo está?

La doctora Louise se dirigió a la puerta.

—Tengo que ir al hospital. Pero creo que podría ser una buena idea que vinieran a almorzar a nuestra casa y que pasemos el resto del día juntos. El mayor riesgo para Polly parece provenir de aquí, y creo que hay una cierta seguridad para ella al estar con nosotros, personas pragmáticas, que bien podemos mantener cerrado el umbral del tiempo de Nase porque, básicamente, todavía no hemos concedido nuestra suspensión voluntaria de incredulidad.

Este plan fue aceptado de inmediato, aunque hubo una discusión importante sobre si a Polly se le debía permitir subir a la camioneta con el obispo.

—En la carretera no hay umbrales del tiempo —dijo el obispo—. Iremos directamente a tu casa, Louise, y Kate y Alex pueden venir detrás de nosotros.

—¿Por qué no puede ir Polly con Kate y Alex?

—Me siento responsable.

—Nase, tú eres la última persona con la que debería estar.

Pero el obispo era persistente y finalmente se acordó que Polly iría con él, siempre y cuando se mantuviera dentro del límite de velocidad y sus abuelos los siguieran justo detrás.

—Estaré en casa para el almuerzo —dijo la doctora Louise—. Compraré algunos embutidos en el camino.

Polly se subió a la camioneta después del obispo. El perro gimió y ladró, poco dispuesto a quedarse atrás.

—Vete —le ordenó al perro el abuelo Murry—. Ve al lugar de donde provienes.

El obispo arrancó el motor.

—Polly, lo siento.

Ella suspiró.

—No lo sientas. No fue algo que tú planearas. Además, puede ser aterrador, pero también es emocionante.

—Desearía tener algo que darte para protegerte, un talismán de algún tipo.

Se había puesto el anorak rojo. Entonces se palpó el bolsillo y sacó el ángel que le había regalado Zachary.

—Zachary me dio esto ayer por la tarde.

El obispo lo tomó mientras mantenía una mano ligeramente en el volante.

—¡Un ángel de la guarda! ¡Es precioso, absolutamente precioso!

Detrás de ellos, los Murry tocaron el claxon y el obispo pisó con menos fuerza el acelerador y le devolvió la imagen a Polly.

—Es un recordatorio de que hay poderes de amor en el Universo, y mientras tú respondas con amor, ellos te ayudarán.

Ella regresó la imagen a su bolsillo.

—Una vez, mi tío Sandy me dio una de san Jorge y el dragón.

—¿Y no impidió que te sucedieran cosas malas? —sugirió el obispo—. Un objeto como ése no pretende ser un ídolo, sólo un recordatorio de que el amor es más grande que el odio.

—¿Real y verdaderamente crees eso?

El obispo asintió tranquilamente. Luego añadió:

—Sabes un poco de física, ¿no?

—¿Eso es un sequitur?[21]

—En efecto, ¿sabes cómo llaman los físicos a las interacciones electromagnéticas, gravitatorias, y a las fuerzas fuertes y débiles muy diferentes que se dan en la naturaleza?

—No.

—La jerarquía de las interacciones. Jerarquía fue la palabra utilizada por Dionisio Aeropagita para referirse a la disposición de los ángeles en tres divisiones, cada una de las cuales consta de tres órdenes. Hoy día los físicos organizan las interacciones fundamentales de la materia en jerarquías, pero eso te muestra que al menos han oído hablar de los ángeles.

—¿Por qué muestra eso?

---

[21] Una conclusión que se desprende de las premisas.

—Tu abuelo me lo confirmó.

—¿Eso significa que él cree en los ángeles?

—Quizá. Yo sí, aunque no tengan el aspecto de ese hermoso ángel de tu estampa. ¿Qué es lo primero que dicen los ángeles en las Escrituras cuando aparecen ante alguien?

—¿Qué?

—¡No temas! Eso te da una idea del aspecto que deben tener.

Una vez más los Murry tocaron el claxon, y una vez más el obispo redujo la velocidad, luego subió la colina hacia la casa de la doctora Louise, se detuvo y apagó el motor. Los Murry se estacionaron a su lado.

Se sentaron a la mesa de la cocina de la doctora Louise.

—Éste es, por mucho, el lugar más cálido de la casa —dijo el obispo.

Polly sintió que una oleada de irrealidad la inundaba. En cierto modo ella estaba tan fuera del mundo con sus abuelos o allí, en la cocina de la doctora Louise, como cuando se trasladó a la época de Anaral. Sus abuelos estaban aislados en su propio y especial universo científico. Su casa estaba fuera del pueblo. Podía pasar días sin ver a alguien más si no iba a la oficina de correos o a la tienda.

En casa, aunque el hogar de los O'Keefe en la isla de Benne Seed estaba tan aislada como la de sus abuelos, la escuela y sus hermanos la mantenían en contacto con el mundo real. ¿Qué tan real era el mundo? Las drogas eran un problema en Cowptown. Así como el embarazo adolescente. Y así como la falta de motivación, una perezosa convicción de que el mundo les debía la vida a los estudiantes.

177

De pronto se dio cuenta de que, aunque había un televisor en el estudio de su abuelo, nunca lo habían encendido. La radio siempre sintonizaba una estación de música clásica. Sus abuelos leían el periódico, y ella había asumido que si algo trascendental llegaba a suceder, se lo dirían. Pero ella, por así decirlo, se había alejado de la sociedad desde que vivía con ellos.

Miró a sus abuelos y al obispo.

—Zachary vendrá mañana. ¿Qué vamos a hacer con él?

—Quiero que Louise lo vea —dijo la abuela Murry.

—Ella no es cardióloga —advirtió el abuelo Murry.

—Ella ha sido doctora general durante tanto tiempo en un lugar donde hay pocos especialistas que tiene un conocimiento considerable basado en años y años de experiencia.

—Bien, te lo concedo, pero sospecho que a Zachary le gustaría que lo tratáramos con la mayor normalidad posible. Su visión de Annie pudo haber sido una aberración. O puede que no haya sido Annie a quien vio, en cualquier caso.

—¿Quién más podría haber sido? —preguntó Polly.

Todos levantaron la mirada cuando escucharon un ladrido insistente en el exterior. El obispo se acercó a la puerta, la abrió y el perro entró, moviendo la cola; juagueteó primero con el abuelo Murry y con Polly, después con los demás.

El obispo puso la mano sobre la cabeza del perro.

—No podemos escapar del pasado, ni siquiera aquí.

—Es un perro absolutamente ordinario —el abuelo Murry estaba determinado—. Todavía no estoy seguro de que sea otra cosa que un perro callejero.

—Él es la protección —dijo el obispo—, no te lo tomes a la ligera.

El perro saltó hacia la abuela Murry y apoyó la cabeza en sus rodillas. Distraída, acarició las orejas del animal.

—Parece que no tenemos muchas opciones acerca de quedarnos con esta criatura.

—Los eligió —sonrió el obispo. Como respuesta, la cola del perro golpeó contra el suelo—. Ahora tendrían que ponerle nombre.

—Si le ponemos nombre, nos comprometeremos con él —dijo el abuelo Murry.

—Pero ya lo estamos, ¿no? —preguntó Polly.

Su abuela suspiró ligeramente.

—Eso parece.

—Y la doctora Louise dijo que necesitaban un perro —agregó Polly.

—¿Te gustaría elegir el nombre, Polly? —sugirió el obispo.

Miró al perro, un animal magnífico aunque parecía no pertenecer a una raza específica. Su pelaje bronceado era elegante y lustroso, y el trazo negro alrededor de sus orejas le confería un aspecto distinguido. Su fina cola era inusualmente larga, con la punta en negro.

—Debería tener un nombre celta, supongo. Es decir, si tiene algo que ver con Karralys.

—Él sólo puede ser un perro callejero —el abuelo Murry no estaba dispuesto a rendirse.

—Ogam. ¿Por qué no lo llamamos Ogam?

—¿Por qué no? —preguntó la abuela de Polly—. Ponerle nombre a un perro es una cosa normal, un asunto ordinario, y necesitamos cosas comunes y corrientes en este momento.

El perro se instaló a los pies de Polly, roncando ligeramente y contento.

—Bien, Polly —dijo su abuelo—. Tengamos un momento normal y corriente. ¿Cuál es el principio de incertidumbre de Heisenberg?

Ella suspiró, relajándose en el mundo de la física de partículas, lo cual, por extraño que pareciera, resultaba un alivio bienvenido.

—Bueno, si mides la velocidad de una partícula, no puedes determinar su posición. Y si determinas su posición, no puedes cuantificar su velocidad. Puedes hacer una u otra, pero no ambas al mismo tiempo.

—Correcto. ¿Cuántos quarks tiene un protón?

—Tres. Uno de cada color.

—¿Posición?

—Dos quarks arriba y uno abajo.

—¿Y los quarks son…?

—Unas partículas infinitamente pequeñas. La palabra quark viene de *Finnegans Wake*.

—Así que Murray Gell-Mann, quien los nombró, obviamente leyó a Joyce. Encuentro eso bastante reconfortante.

También Polly. Para ella, estudiar con su abuelo era normal y corriente, pero no lo era estar sentada en la cocina de la doctora Louise.

Sus abuelos también sentían el cambio. La clase terminó. Su abuela tomó el ramo de rosas marchitas de la mesa y vació el agua del jarrón.

—Tiraré éstas en la composta y veré si puedo traer algunas más.

El abuelo Murry miró a su nieta.

—¿Estás bien?

—Sí, claro.

—Si salgo al jardín con tu abuela, ¿te quedarás aquí?

—No iré a ninguna parte.

—Ni yo —prometió el obispo.

—Estaremos afuera sólo unos minutos.

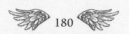

Cuando la puerta se cerró detrás del abuelo Murry, el obispo preguntó:

—¿Qué pasó anoche...?

—Fue bastante aterrador.

—¿Aterrador? —preguntó—. ¿Estás asustada?

—Un poco.

—Un poco no es suficiente. No podemos permitirte volver a cruzar por el umbral del tiempo.

Polly miró al perro, Ogam. Su nariz negra brillaba, sus ojos estaban cerrados y tenía unas pestañas largas y oscuras.

—Atravesé el umbral del tiempo anoche porque bajé a la alberca y me puse la diadema de plata.

—No lo hagas de nuevo.

—Por supuesto que no, obispo. Pero la primera vez que *crucé* sólo iba caminando hacia la roca-mirador de las estrellas.

—Me gustaría que pudieras ir a casa.

—Obispo, estoy en un teseracto. El abuelo cree realmente que podría afectarme si me sacaran de él.

—Tal vez tenga razón. ¿Cree él que Tav te pondría en el altar para realizar un sacrificio?

—No lo sé. No estoy segura de creerlo yo misma.

—Créelo, niña. La idea del sacrificio de sangre ha desaparecido de nuestro marco de referencia, pero no es tan diferente o peor que las cosas que suceden hoy día. ¿Qué otra cosa es la silla eléctrica o la inyección letal sino un sacrificio humano?

—Nos dicen que es para proteger a la sociedad —repuso Polly.

—¿No está Tav intentando proteger a su sociedad de la única manera que conoce? Él cree que si la Madre no está satis-

fecha, su tierra y su gente serán conquistadas por tribus más fuertes.

—Le agrado a Tav —dijo Polly en voz baja.

—¿Quién podría evitarlo? —preguntó el obispo—. Su gusto por ti sólo hará que sea más difícil para él hacer lo que cree que está llamado a hacer. ¿Lo entiendes? Él tiene que obedecer a la Madre tanto si quiere como si no.

—Lo que ella pide no suena muy maternal —dijo Polly.

El obispo continuó:

—No quiero hablar de esta manera delante de tus abuelos. Ya están lo suficientemente estresados, y teniendo en cuenta que sería perjudicial que te fueras, no tiene sentido preocuparlos más.

—Estoy de acuerdo —dijo Polly—, y prometo no hacer nada estúpido.

—Ahora, acerca de Zachary.

—No entiendo qué tiene que ver él con todo esto.

—Karralys podría tener razón. Si él está cerca de la muerte...

—No creo que su muerte sea inminente, ni algo por el estilo. Pero está asustado.

—¿De qué?

—De la muerte, teme a la muerte.

—Sí —asintió el obispo.

—Piensa que la muerte es el final. Puf. La aniquilación.

—¿Y tú, Polly?

—No puedo imaginar que Max se haya ido completamente del Universo. No necesito saber cómo está, de alguna manera, sé que Max está... aprendiendo lo que necesita aprender, haciendo lo que se supone que debe hacer. Pero no puedo imaginarla completamente ausente.

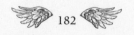

—Lo que crees es lo que yo también creo —dijo el obispo—. Es suficiente.

Los Murry regresaron en ese momento; la abuela Murry llevaba unas pocas rosas amarillas que todavía crecían en un rincón resguardado. Ella cortó sus tallos, las colocó en el jarrón y lo acomodó sobre la mesa. Todos estaban al límite, fuera de lugar, tratando de normalizar lo que no era normal.

—Al menos se lo toman en serio —dijo Polly—, y no creen que el obispo y yo perdimos la razón.

—Lo haríamos si pudiéramos —dijo su abuela.

—Sólo desearía —el abuelo Murry extendió sus manos nudosas— que pudiéramos estar en esto contigo.

La doctora Louise entró con dos bolsas de papel marrón que dejó sobre la mesa; luego se retiró el abrigo y lo colgó de las cornamentas.

—Pan… no es tan bueno como el tuyo, Alex, pero no está mal. Y un surtido de embutidos.

El obispo desempacó las bolsas y preparó los platos con pan y carne, mientras la doctora Louise sacaba condimentos del refrigerador y una jarra con leche.

—Voy a preparar té —ofreció el obispo.

Se sentaron alrededor de la mesa, y se hicieron sándwiches.

Y no sabemos qué decir, pensó Polly.

La doctora Louise suspiró.

—Es el Día de Todos los Santos —dijo el obispo—. Siempre es un día emotivo para Louise y para mí.

Hubo un silencio, y Polly miró inquisitivamente a sus abuelos. La abuela Murry habló en voz baja.

—Fue en esta fecha que el esposo de Louise y su bebé, y la esposa de Nason, murieron en un accidente de tren. Louise sobrevivió y Nason estaba lejos.

—Sucedió hace mucho tiempo —la expresión de la doctora Louise era tranquila—. Estaba embarazada otra vez y lo perdí. Pensé que había perdido todo lo que hacía que la vida valiera la pena, pero Nason siguió apoyándome, fui a la facultad de medicina y he tenido una buena vida. Tengo una buena vida.

—Y yo —dijo el obispo—, con amigos que mantienen las estrellas en sus cursos para mí, y una fe en el propósito amoroso de Dios y el eventual desarrollo de su patrón.

—¿Y todo esto? —preguntó la doctora Louise—. Esta cápsula del tiempo de tres mil años que has abierto, ¿qué le hace esto a tu fe?

El obispo sonrió.

—¿A qué te refieres? La ensancha, espero.

La doctora Louise rio suavemente.

—Nason, si hubieras sido un druida, tal vez habrías sido excomulgado por herejía, al igual que Karralys.

—La herejía de ayer se convierte en el dogma de mañana —respondió el obispo con suavidad, y Polly pensó una vez más en Giordano Bruno.

Después del almuerzo salieron a caminar por el bosque que había detrás de la casa de la doctora Louise con Ogam pisándoles los talones; a ratos, corría en círculos a toda velocidad, pero siempre regresaba junto a ellos.

—Se comporta como un perro común —dijo el obispo—. Bendito Og.

—Puede que a ti te dé sensación de seguridad, Nase —dijo la doctora Louise—, pero a mí me recuerda la razón por la que estamos cuidando de Polly, y eso es algo que preferiría olvidar.

Encontraron algunas hermosas setas color rosa pálido, vieron las brillantes bayas rojas de un nabo indio e intentaron fingir que estaban centrados en dar un paseo por la naturaleza. El viento creciente y su propia inquietud los empujaron de regreso hacia la casa. El obispo preparó té a partir de una selección de hierbas del jardín. Jugaron a Botticelli[22] y otros juegos de palabras, pero no pudieron concentrarse. Cuando el sol se ocultó tras las montañas, el abuelo Murry se puso en pie.

—Es hora de que regresemos a casa. Estaremos atentos a Polly. Y, como dices, Nase, Samhain ha terminado. Dejaremos al perro aquí.

Pero no mucho después de que llegaran a casa, se oyó un fuerte e insistente ladrido afuera.

—Se quedará en la cochera —dijo la abuela Murry.

Disfrutaron de una cena tranquila con música de fondo. Luego Polly ayudó a su abuelo a lavar los platos. Cuando terminaron, éste sugirió:

—Vayamos a dar un breve paseo alrededor de la casa.

Se pusieron los anoraks y, tan pronto como salieron de la casa, Og saltó a su lado.

—Solíamos pasear a nuestros perros tres veces alrededor del huerto —dijo su abuelo—. Podríamos continuar con la tradición. Ayuda a mantener alejadas a las marmotas. He arado y abonado la mitad del jardín, pero todavía tenemos algunos brotes buenos de brócoli, zanahorias y remolachas. El huerto de los gemelos era magnífico. Después de que se fueron de casa para ir a la universidad, cultivaron abetos de Navidad durante un tiempo, pero cuando vendieron todos, me di cuenta de que quería tener un huerto nuevamente. ¿A qué hora viene tu amigo mañana?

---

[22] Botticelli es un juego de adivinanzas en el que se requiere que los jugadores tengan un buen conocimiento de los detalles biográficos de personas famosas.

—Alrededor de las dos, creo.

Og echó a correr hacia el campo, el abuelo Murry silbó y éste se volvió y corrió hacia ellos.

—Buen chico —lo elogió el abuelo Murry—, aunque el silbido fue un acto reflejo. Debería haberte dejado correr —se puso en pie y levantó el rostro hacia el cielo. Era una noche clara, la Vía Láctea formaba un río de estrellas. Polly inclinó la cabeza para buscar la estrella polar.

—Puedo entender que la gente vea un carro grande o uno pequeño en el cielo nocturno —dijo ella—, pero no osos. Y tal vez, si se trazan líneas entre esas estrellas, podría dibujarse una silla torcida para Casiopea —¿líneas ley entre las estrellas?

—Ahí está el cinturón de Orión —señaló su abuelo—. ¿Ves esas tres estrellas brillantes?

—Un cinturón, pasa —dijo ella—, pero no veo a Orión el cazador. Alguna noche, ¿podrías darme una lección simple de astronomía a la antigua? —mientras hablaba una estrella fugaz cruzó el cielo y desapareció en un destello de luz verde.

—Por supuesto. Déjame refrescar un poco la memoria. Sería bueno tener un perro de nuevo. Asegura las caminatas nocturnas, y eso significa tener la oportunidad de mirar al cielo.

—Abuelo, ¿de dónde crees que vino Og?

—La verdad es que no creo que venga de tres mil años atrás. Hay perros callejeros a menudo en el pueblo, las personas los sacan de sus autos y los abandonan cuando regresan a la ciudad.

—¡La gente no hace eso!

—Sí lo hace. Consiguen un cachorro o un gatito para pasar el verano, pero cuando regresan a la ciudad abandonan aquí a su mascota. Tal vez la ciudad se haya metido en su torrente sanguíneo y estén bajo la ilusión de que los perros y gatos del campo pueden valerse por sí mismos. Llamé por teléfono para ver si alguien había perdido un perro, pero hasta ahora, nadie lo ha hecho. Es un perro dulce, pero dormirá esta noche en la cochera. No dentro de casa.

La abuela Murry entró en la habitación de Polly, vestida con su camisón.

—Polly, cariño, me alegra que ésta sea una cama doble. Voy a dormir contigo.

—Abu, todo está bien. No me iré, no bajaré las escaleras. Lo prometo.

—Tu abuelo y yo nos sentiremos mejor si estoy aquí contigo.

—Pero no estarás tan cómoda, te despertaré...

—Por favor, por nuestra tranquilidad.

—Está bien, Abu, pero no creo que sea realmente necesario. Quiero decir, no me molesta, pero...

La abuela Murry rio.

—Complácenos. Sólo queremos asegurarnos de que uno de nosotros esté contigo —se metió en la cama junto a Polly—. Leamos un rato.

Polly tomó un libro, pero no podía concentrarse. Después de media hora, su abuela le dio un beso de buenas noches y se giró para dormir. Polly apagó la luz, pero no tenía sueño. Hadrón estaba tendido entre ellas, ronroneando somnoliento.

De nuevo, la alberca tiraba de ella. La arrastraba. Esta vez resistiría. Se apretó contra la espalda de su abuela. ¿Era la influencia de Tav lo que arrastraba de ella hacia la alberca y hacia el pasado, así como la luna arrastra la marea?

Polly se puso rígida. No. No. No iría a la alberca. Si se levantaba de la cama, su abuela se despertaría, la detendría.

Lo que a Tav le importaba era proteger la tierra, los rebaños, la gente, y Polly no podía evitar sentir simpatía por eso. Cuando los O'Keefe habían tenido que abandonar la isla de Gea, con sus playas doradas y sus aguas azules, fue debido a los especuladores, la codicia y la corrupción, y a las personas que ansiaban dinero y poder e ignoraban la belleza de la isla, las aves y los animales y los nativos, que vivían de forma muy parecida a como debían haber vivido muchos siglos antes. Y la isla de Benne Seed ya se estaba desarrollando, y pronto también cambiaría irrevocablemente, sin tener en cuenta a las aves cuyo hábitat había sido el bosque silvestre, o a los árboles de doscientos y trescientos años de antigüedad.

¿Es todo avaricia y corrupción?, se preguntó. Nos hemos convertido en un planeta superpoblado. La gente necesita lugares para vivir.

Pero los condominios y los hoteles turísticos eran para los ricos, no para los necesitados. Nadie construía condominios en el Sahara o en los desiertos de Kalahari. Aún no.

Sin embargo, tres mil años atrás el planeta no estaba superpoblado. Había tierra suficiente para todos. ¿La sequía era lo suficientemente grave para enviar a las tribus lejos de sus lugares de origen hacia tierras que pertenecían a otros? ¿La historia del planeta no era acaso la de personas que se apoderaban de las tierras de otros? ¿No tomaron Jacob y su pueblo la tierra de Canaán? Los romanos, y los sajones, y los normandos se apoderaron unos después de otros de las islas británicas, después fueron los británicos quienes conquistaron la India. Y si algunos de los peregrinos estadounidenses quisieron vivir en paz con los indios, no fueron la mayoría. La mayoría se apoderó por la fuerza de lo que no era suyo.

Ella suspiró. No había respuestas fáciles en el mundo.

La atracción de la alberca había disminuido. Polly se acurrucó contra su abuela y comenzó a dormir.

OCHO

Polly durmió hasta tarde y, cuando se levantó, tanto su abuela como Hadrón se habían ido. Se apresuró a bajar las escaleras.

Ella tenía la firme determinación de llevar a cabo esta aventura. Todos sus sentidos se encontraban inusualmente alertas. El olor a peligro se sentía en el aire, y la invadía una fuerte sensación de que, aunque quisiera, era imposible que pudiera huir de lo que le esperaba.

¿Podría Tav sacrificarla sin la venia de Karralys o Anaral? Ellos nunca lo consentirían. Eran los líderes de la tribu, y serían escuchados.

Ella sorbió su café pensativamente. Sus abuelos venían de la alberca. Su abuelo se vistió y luego se acercó a la mesa con el periódico de la mañana. Cuando su abuela salió del laboratorio con su taza de café, el perro entró de un salto, brincó y saludó a Polly y a su abuelo. Luego se acercó a Hadrón y lamió al gato, que agitó la cola con indiferencia. Polly miraba ociosamente al enorme perro y al gato a medio crecer. Hadrón se había puesto en pie de un salto y estaba lavando el rostro de Og diligentemente mientras el perro aguardaba con paciencia.

—Abuelo, mira.

Él sonrió a las dos criaturas.

—Nuestros animales siempre han sido amigos, pero esto es notable. Tengo la sensación de que no vamos a poder deshacernos de Og y, curiosamente, tampoco lo deseo. Ojalá pudiera aferrarme a la idea de que es sólo un perro callejero —tomó un bolígrafo y comenzó a resolver su crucigrama.

La doctora Louise llegó poco después del almuerzo. Las nubes se deslizaban por el cielo, y aunque hacía calor bajo el sol, el viento era intenso.

—¿Dónde está Nase? —preguntó la abuela Murry.

—No lo sé —la doctora Louise parecía preocupada—. Se fue con sus botas de montaña justo después del desayuno y dijo que se encontraría aquí conmigo.

—Creo que tenemos suficientes piedras Ogam —la abuela Murry miró las dos que estaban en la alacena, y que aún no había retirado de ahí.

—No creo que estuviera buscando piedras Ogam. Parecía inusualmente preocupado. ¿Sabes, Kate?, mi venida aquí es en realidad bastante tonta. No puedo pedirle a ese joven que me deje escuchar su corazón por las buenas, y tampoco soy alguien que valga para los diagnósticos a larga distancia. Necesito conocer su historial, hablar con su médico. Pero también siento la necesidad de proteger a Polly. El sábado no tengo citas en el consultorio y sólo debo ver a un paciente en el hospital; además, le prometí a Nason que me encontraría aquí con él.

—Me alegra que hayas venido —dijo la abuela Murry, y Polly hizo eco de esto.

—Y tengo curiosidad —reconoció la doctora Louise—. Creo que todo esto es una locura, pero al mismo tiempo tengo curiosidad —rio, luego miró a Polly, que estaba terminando de enjuagar los platos del almuerzo. El abuelo Murry estaba afuera, cortando más leña, una tarea interminable, y podían escuchar el golpe rítmico de su hacha. El perro estaba con él, y a ratos ladraba eufórico—. Nada nuevo, espero, Polly.

—No. Sólo desearía que el obispo estuviera aquí.

—¿Por qué?

—Quiero preguntarle por la sangre.

—¿Qué pasa con la sangre?

—Bueno, sé que la sangre es importante en todas las culturas. Y en muchas religiones orientales las mujeres tienen que ser apartadas, alejadas de los demás, durante sus periodos menstruales, porque se les tiene por impuras.

—Tal vez impuras no por las razones que crees —dijo la doctora—. Recuerda, las compresas y los tampones son invenciones de hace pocas décadas —Polly la miró inquisitivamente—. Mis abuelas, y las mujeres antes que ellas, usaban sábanas viejas, cualquier ropa de cama vieja. En la Edad de Piedra no había paños que pudieran usarse para esto. El hecho de apartar a las mujeres durante sus periodos era una simple medida sanitaria y un ritual que a menudo se anhelaba, ya que entonces las mujeres podían estar juntas y descansar del duro trabajo diario. Era un tiempo de rejuvenecimiento, paz y oración.

—No había pensado en eso —dijo Polly—. Supongo que he dado mucho por sentado. ¿Pero no estaban los hombres convencidos de que las mujeres, creo que lo leí en alguna parte, se encontraban separadas de Dios en ese momento?

La doctora Louise sonrió.

—Tendrás que preguntarle a Nase sobre eso. Todo lo que puedo decirte es que la superstición ha existido desde que el hombre es hombre.

Polly todavía tenía un paño de cocina sobre su brazo.

—Bueno. Sí. ¿Pero qué pasa con el sacrificio de sangre?

—Supongo que es una superstición —dijo la doctora Louise—. La tierra no necesita sangre humana para ser fértil.

—Pero ¿qué pasa con… qué pasa con…?

—¿Qué, Polly? —la exhortó su abuela.

—Bueno, Jesucristo, ¿no se supone que debemos creer que tuvo que derramar su sangre para salvarnos?

La doctora Louise negó con la cabeza con decisión.

—No, Polly, él no tenía que hacerlo.

—Entonces…

—Supongamos que uno de tus hermanos ha tenido un accidente y ha perdido mucha sangre y necesita una transfusión, y supongamos que tu sangre es del tipo correcto. ¿No querrías donársela?

—Bueno, claro…

—Pero lo harías por amor, no porque tuvieras que hacerlo, ¿cierto?

—Bueno, sí, por supuesto, pero…

—Soy doctora, Polly, no teóloga, y muchos dogmas cristianos no me parecen más que percebes incrustados en una gran roca. No creo que Dios exigiera que Jesús derramara sangre de mala gana. Con angustia, sí, pero lleno de amor. Lo que sea que demos, debemos darlo por amor. Ésa, creo, es la naturaleza de Dios.

—Está bien —dijo Polly—. Está bien. Eso es bueno. No lo entiendo muy bien, pero tiene algo de sentido —miró a la doctora Louise y pensó que debía ser una buena doctora, alguien en quien podrías confiar tu vida plenamente.

—Polly —dijo su abuela—, ¿a qué vienen estas preguntas?

—Oh, bueno, Tav parece creer en algún tipo de sacrificio de sangre.

—Tav vivió hace tres mil años —le recordó su abuela—. Él no sabía lo que iba a pasar mil años después.

Se oyó el ruido de un auto afuera en el camino, y el sonido del claxon. Ogam ladró, dando su informe al respecto; movía la cola de un lado a otro, listo para saludar al invitado.

La abuela Murry le dio una palmadita en la cabeza.

—Gracias, Og —y se volvió hacia la puerta—. Debe ser Zachary.

—Hazlo entrar —sugirió la doctora Louise—, y le invitaremos una taza de té.

Una vez más Zachary estacionó su auto afuera. Besó a Polly a modo de saludo, entonces dijo:

—Gracias por dejarme venir. Significa mucho para mí.

—Me alegra verte. Entra y saluda.

—¿Quién está?

—Mis abuelos… aunque el abuelo trabaja afuera. Y la amiga de Abu, la doctora Louise. La conociste la vez anterior.

—Sí. Es simpática, un poco peculiar tal vez, pero agradable, ¿qué tipo de doctora es ella? —entraron por la cochera.

—Internista. Pero, ella dice que es básicamente una doctora de campo, y que son casi una raza perdida. En peligro de extinción, en cualquier caso.

Pasaron junto al laboratorio de la abuela Murry y subieron los tres escalones hasta la cocina justo cuando el hervidor comenzó a silbar. La abuela Murry se acercó a la estufa de leña.

—Hola, Zachary. ¿Te unirás a nosotros para tomar una taza de té?

—Gracias, un té sería perfecto. Hola, doctora Colubra. Qué gusto verla de nuevo —Zachary estrechó su mano cortésmente, luego se sentó a la mesa.

La abuela Murry sirvió el té.

—¿Azúcar? ¿Limón? ¿Leche?

—Así está bien, gracias.

Ella le entregó una taza.

—Hace otro magnífico día de otoño. ¿Tú y Polly tienen planes?

Zachary vestía jeans, un voluminoso suéter estilo irlandés y zapatos deportivos de aspecto nuevo.

—Pensé que podríamos dar un paseo.

—Oh, fantástico. Si van en auto hasta la estación de esquí, hay varias rutas excelentes para caminar.

—Polly dice que hay buenos lugares para caminar por aquí.

—Los hay, pero…

¿Ahora qué?, pensó Polly. *¿Cómo van a mantenernos alejados de aquí?*

La abuela Murry estaba ocupada agregando más agua al hervidor.

—Supongo que estarán proyectando alguna buena película en la ciudad si están interesados. Está a sólo media hora en auto.

—No, gracias —dijo Zachary—. Puedo ir al cine en cualquier momento, y lo que realmente quiero es pasear sin prisa y charlar con Polly.

Polly se sentó en el taburete que había junto al aparador de la cocina, donde su abuela se puso a cortar verduras y esperó. Sabía que debía decir algo, hacer una sugerencia razonable, pero su mente estaba en blanco. ¿Cómo podría explicarle sus viajes en el tiempo? Zachary no tenía idea de que la chica que había visto era del pasado, y si a Polly le importaba él, se aseguraría de que no se viera más involucrado con todo aquello.

—Zachary —dijo la abuela Murry—, tendré que pedirte simplemente que lleves a Polly a otro lugar para dar su paseo. Como te he dicho antes, hay algunas buenas rutas de senderismo cerca de la estación de esquí.

Zachary apoyó su taza.

—El té está excelente, abuela Murry, ¿ocurre algo extraño? ¿Tiene que ver con ese tipo con el perro o la chica que vi el otro día, sobre quien Polly se mostró tan misteriosa?

—¿Anaral? En cierto modo, sí.

—No quiero presionarlos, pero ¿podrían explicármelo?

La doctora Louise se puso en pie, llevó su taza al lavabo, la enjuagó, la secó y la colocó en su repisa.

—Está bien, Zachary. ¿Te gustaría una explicación?

—Sí, por favor.

—Mi hermano, que es un obispo retirado, abrió accidentalmente un umbral del tiempo entre el presente y tres mil años atrás, en un momento en el que había druidas viviendo con los nativos de esta tierra —su voz sonaba tranquila—. La chica que viste el jueves es también druida y pertenece a esa época. Su gente es pacífica, pero uno de los celtas que llegó hasta aquí desde Bretaña cree que la Madre Tierra necesita sangre humana para detener la sequía que está atrayendo a otras tribus a esta parte del mundo, tribus que no son pacíficas.

Zachary la miró y echó a reír.

—¡Está bromeando!

—Ojalá lo estuviera.

—Pero eso es…

—¿Una locura? —la doctora Louise sonrió.

—Fuera de toda lógica.

La doctora Louise continuó, de nuevo, de una manera fresca y académica.

—Parece que hay al menos una persona en ese tiempo tan lejano que siente que Polly sería el sacrificio humano perfecto. Naturalmente, no estamos ansiosos de que Polly pase a través del umbral del tiempo y ponga su vida en peligro.

Hubo lo que a Polly le pareció un silencio eterno. Entonces Zachary habló:

—Esto es lo más absolutamente disparatado…

—Tú viste a Anaral —dijo la abuela Murry.

—Vi a una chica hermosa.

—Descríbela.

—Tenía una larga trenza negra y la piel color miel, y los ojos que no eran rasgados, pero un poco…

—¿Un poco exóticos? —le sugirió la doctora Louise.

—Exactamente, me gustaría volver a verla.

—¿Incluso si eso significara retroceder tres mil años?

—Ésa es una sugerencia extraordinaria —dijo Zachary—, sobre todo viniendo de una… una…

—Una doctora. Una doctora que rechaza por completo todo lo que ha dicho y que, sin embargo, en otro nivel de pensamiento, tiene que admitir la posibilidad.

—¿Por qué? Es imposible.

—Un montón de cosas que mis antepasados habrían considerado imposibles, como la televisión o los viajes espaciales o gran parte de la medicina moderna, ahora se dan por sentado.

—Pero a pesar de eso…

—Polly ha atravesado el umbral del tiempo. Al igual que mi hermano. Mi hermano puede ser un excéntrico, pero no tonto.

La voz de la abuela Murry también sonaba tranquila.

—No queremos exponer a Polly a ningún tipo de peligro, real o imaginario. Y quizás el peligro imaginario sea el más aterrador porque es el menos entendible.

Zachary miró a Polly, enarcando las cejas ante la historia que se esperaba que él tomara en serio.

—Bueno, sé que parece una locura, pero ahí está —dijo Polly.

—En cuyo caso —Zachary tocó su brazo con suavidad—, todavía me gustaría dar un paseo contigo. Deduzco que este umbral del tiempo está en alguna parte de este terreno, ¿no es así?

—Sí. Por la roca-mirador de las estrellas, donde estábamos el otro día, pero también en la alberca. Ahí es donde viste a Anaral.

—Una alberca difícilmente parece el lugar más probable para que exista un umbral del tiempo, o como quiera que se llame —sonaba un poco aturdido.

—La alberca está sobre un río subterráneo, y hace tres mil años allí no había ni una alberca ni una casa, sino un gran anillo de menhires.

—Si no supiera que eres una persona inteligente, quiero decir muy inteligente… ¿en verdad crees todo esto?

—He estado allí. En ese tiempo.

—Entonces, no puedo eludirlo, ¿cierto? —de pronto se echó a reír—. Me siento intrigado. Realmente intrigado. ¿Crees que la chica que vi en realidad vivió hace tres mil años?

—Sí —dijo Polly.

—¿Señora Murry? ¿Doctora Colubra?

—Parece ser una posibilidad —dijo la abuela Murry.

—¿Quién sabe, entonces? —de pronto, la voz del chico sonó melancólica. Miró a la abuela Murry y a la doctora Loui-

se—. Supongo que Polly les ha contado que tengo algunos problemas de salud.

—Ella nos dijo que tienes problemas de corazón —dijo la abuela Murry.

—Y mi esperanza de vida no es buena. Si tomo en serio todo lo que han estado diciendo, tal vez sea buena idea que vaya tres mil años atrás.

—No con Polly —la abuela Murry se mantuvo firme.

—Zach… —el tono de voz de Polly era vacilante—, ¿permitirías que la doctora Louise te examinara…? ¿Que escuchara tu corazón?

—Claro —dijo Zachary—. Pero no creo que usted —se volvió con cortesía hacia la doctora Louise— pueda encontrar mucho más que un murmullo y alguna irregularidad.

—Tal vez no —coincidió la doctora Louise—. Traje mi estetoscopio conmigo, pero eso es todo. ¿Vamos a la otra habitación?

Zachary la siguió, y Polly se volvió hacia su abuela.

—Tiene razón, supongo. Quiero decir, ella no puede descubrir mucho aquí, ¿cierto?

—Es verdad, pero Louise tiene un sexto sentido cuando se trata de un diagnóstico. Polly, ¿no puedes sugerirle a Zachary que vayan al club o de excursión por las pistas de esquí?

—Puedo sugerirlo —estuvo de acuerdo Polly—, pero no creo que Zach esté capacitado para salir de excursión.

Cuando la doctora Louise y Zachary regresaron, la expresión en el rostro de la doctora era evasiva.

—Obviamente, Zachary tiene excelentes médicos —dijo ella— que están haciendo todo lo que yo recomendaría. Bueno, queridos, necesito hacer algunas cosas. ¿Cuáles son sus planes?

—Podríamos pasear por el camino hacia el pueblo —sugirió Polly.

—Por mí está bien —dijo Zachary. Luego, a la doctora Louise—: Muchas gracias, doctora. Ha sido muy amable —y a la abuela Murry—: ¿Sería posible que tomáramos un té y unas de esas maravillosas tostadas de pan con canela cuando regresemos?

—Muy posible. Polly, caminen sólo por el sendero y la carretera que lleva al pueblo, por favor.

—Sí, Abu —ella y Zachary salieron por la despensa, y Polly tomó el anorak rojo del perchero—. ¿Estás lo suficientemente abrigado? —le preguntó ella.

—Por supuesto. Este suéter es tan grueso que podría atravesar el Ártico. Polly, me habría gustado que tu amiga doctora hubiera podido darme una buena noticia, pero no dijo mucho.

—Bueno… como tú mismo dijiste… sólo disponía de su estetoscopio.

—Polly, ¿crees en los ángeles? —se giró para seguirla mientras ella comenzaba a bajar por el sendero de tierra.

—No lo sé. Probablemente —*pero no creo*, pensó ella, *que sean hadas con varitas mágicas que puedan detener balas o enmendar un corazón enfermo.*

—Desearía que mi abuela siguiera viva… la que estaba dispuesta a dejarme ser yo y que no me cargaba con todo tipo de expectativas. He seguido las expectativas. Podría seguir los pasos de papá si tuviera una expectativa de vida para hacerlo. Pero ahora no estoy seguro de qué es lo que quiero. Tal vez haya más en la vida —se giró cuando escuchó un sonido detrás de ellos y Og corrió hacia Polly, agitando la cola y saltando de alegría.

—Abajo, Og —dijo ella con severidad, y el perro se puso obedientemente a cuatro patas.

—¡Hey! —Zachary miró a Og—. ¿De dónde viene ese perro? Quiero decir, ¿no lo había visto antes?

—Sí lo habías visto —Polly lo miró directamente—. ¿Recuerdas al joven que viste debajo del roble el día que viniste a buscarme?

—Sí. Tenía un perro.

—Era este perro —Polly trató de mantener su tono de voz tan seco y carente de emociones como el de la doctora Louise.

—Entonces, ¿por qué está aquí, obviamente pensando que ustedes son sus dueños?

—Pues la verdad es que apareció sin más.

—¿Qué quieres decir?

—Lo que acabo de decir. Así es como mis abuelos consiguen siempre a sus perros.

—Qué locura —Zachary se encogió de hombros.

—Tal vez —dijo Polly—. La cuestión es que él también ha traspasado el umbral del tiempo.

Zachary suspiró exageradamente, luego volvió a mirar a Og, que estaba junto a Polly, con su larga cola moviéndose suavemente de un lado a otro.

—¿Perros que traspasan umbrales del tiempo? Eso es tan disparatado como todo lo demás.

—Sí —estuvo de acuerdo Polly.

—Tiene un aspecto un poco extraño, me recuerda a algunos de los perros de los frisos egipcios. Bueno, si tiene tres mil años, eso lo explicaría todo, ¿cierto? —se echó a reír con un sonido corto, sin gracia—. ¿Tiene nombre?

—La mayor parte del tiempo lo llamamos Og. Es la abreviatura de Ogam.

—De alguna manera, le sienta bien —Zachary arrancó una hoja de hierba y la masticó—. Polly, este perro… es sólo otra señal. Quiero volver a ese lugar… a la roca-mirador de las estrellas… al roble… y al muro de piedra donde te encontré.

—No puedo ir allá, Zach. Lo prometí —Og le acercó su hocico a la mano y ella le rascó entre las orejas.

—Tengo un fuerte presentimiento de que si vamos allá, habrá cosas que necesito descubrir.

—No lo creo, Zach. Hay cosas que descubrir simplemente caminando por aquí. Éste es un lugar hermoso —se detuvo para contemplar un pequeño arroyo, que no era más que un chorrito deslizándose bajo unas plantas.

De pronto, añadió de forma tajante:

—Me importa un comino si es hermoso. Lo que quiero saber es si hay alguna manera de que pueda vivir un poco más. No creo que aquí sea probable, en este momento. No me gusta la forma en que tu amiga doctora cuidó sus palabras. Ni su rostro, ni la mirada en sus ojos.

—Te estás precipitando —aseguró Polly con firmeza—. Ella nada dijo porque no tenía suficientes argumentos para hacerlo.

Justo después del pequeño arroyo había un camino estrecho a su izquierda, tal vez natural.

—Vayamos por este camino —dijo Zachary.

—No creo que conduzca a alguna parte. Sólo nos guiará hacia la maleza —Polly no recordaba haber visto antes ese camino, pero corría casi paralelo al huerto y al campo que conducía al muro de piedra.

—Polly —ahora la voz de Zachary era suave. Ella lo siguió a lo largo del camino escuchando a Og pisándole los talones—. Quiero ver de qué se trata todo esto de las piedras Ogam. Si de alguna manera pudiera retroceder tres mil años, ¿qué pasaría? ¿Seguiría siendo yo mismo? ¿O mi corazón estaría bien?

—No lo sé —Polly observó a Zachary abrirse paso a través de los arbustos de zarzamora. Entonces el camino se ensanchaba ligeramente y serpenteaba entre montículos de hierba y a través de las rocas glaciales ubicuas.

—¿Estoy en lo cierto? —preguntó Zachary—. ¿Este camino conduce hacia la roca-mirador de las estrellas?

—No lo había recorrido antes. No creo que conduzca a alguna parte.

Él se inclinó hacia atrás y tomó su mano.

—Polly, por favor, necesito que me ayudes.

—Esto no va a ayudar. Vamos, vayamos a casa —ella intentó soltar su mano.

—Polly, por favor. Por favor, acompáñame en esto. Necesito tu ayuda. Por favor.

Og había corrido delante de ellos, y dio una vuelta en círculo, agitando la cola alegremente.

—Mira, el perro piensa que todo va bien —dijo Zachary.

Ahora el camino se internaba debajo de algunos manzanos y tenían que agacharse para seguir adelante. Luego se abría y se unía al camino en el muro de piedra. Louise la Más Grande yacía allí a la luz del sol, pero ellos se encontraban al otro lado del muro de piedra y Zachary se alejó de ella, siguiendo el camino hacia la roca-mirador de las estrellas.

—¡No, Zach, regresa!

Louise levantó la cabeza y comenzó a ondular parte de su cuerpo de un lado a otro.

—¡No, Zach! —repitió Polly—. ¡Zach! ¡Vuelve!

Pero él continuó por el camino y la llamó:

—¡Polly! ¡Por favor! ¡No me abandones ahora!

Og empujó contra ella, gruñendo ligeramente, pero no podía dejar que Zachary se fuera solo. Tropezando un poco, ella corrió tras él.

—Zachary, esto es una tontería. Nada va a pasar.

—Está bien, si no pasa, volveremos para tomar el té —se detuvo, respirando agitadamente. Su rostro estaba muy pálido, azulado alrededor de los labios. Extendió su mano para tomar la de ella, y ella afianzó el lazo.

Bajo sus pies, el suelo pareció temblar. Hubo un leve rumor, como de truenos lejanos. El aire que los circundaba tembló con las luces indirectas de los relámpagos tras las nubes.

—¡Hey! ¡Polly! —la voz de Zachary se elevó con sorpresa.

Los troncos de los árboles se engrosaron, las ramas se elevaron. Delante de ellos, la luz del sol brilló en el agua.

—Bueno —dijo ella inexpresivamente—, sucedió.

—¿Qué sucedió?

—Traspasamos el umbral del tiempo. Mira los árboles: son mucho más viejos, gruesos y altos. Y eso es un lago que inunda todo el valle. Y mira las montañas: son más jóvenes y más agrestes, y todavía hay mucha nieve en sus picos. Supongo que, en términos geológicos, la Edad de Hielo no ocurrió hace mucho tiempo.

Zachary miró el bosque primitivo que se extendía a su alrededor, las montañas escarpadas.

—¿Tal vez haya sufrido un ataque al corazón y esté muerto?

—No, Zach.

—Pero si ése fuera el caso —continuó él—, tú también tendrías que estar muerta.

—No, Zachary, no estamos muertos. Estamos tres mil años atrás en el tiempo.

—Pero en nuestro tiempo estaríamos muertos, ¿no?

—Estamos vivos. Ahora mismo.

—No me siento diferente —respiró profundamente, decepcionado—. Mira, el perro sigue con nosotros.

Polly le puso la mano en el brazo cuando vio que Anaral corría hacia ellos.

—¡Pol-ii! ¡Regresa! ¡No es seguro! —ella vio de pronto a Zachary, y se llevó la mano a la boca—. ¿Quién…?

—Es Zachary Grey. Te vio el otro día y supongo que tú también lo viste.

Zachary miró a Anaral.

—¿Quién eres tú?

Los ojos de Anaral estaban sombríos. Polly respondió:

—Ella es un druida.

—Santo cielo.

—Regresen, los dos. No es seguro.

—¿Qué es lo que no es seguro? —preguntó Zachary.

—Anoche hubo un asalto. Varias de nuestras mejores ovejas y vacas fueron robadas.

—¿Y qué tiene que ver eso con…? —comenzó a decir Zachary.

Anaral continuó.

—Tav está furioso, y no sólo Tav. Todos estamos en peligro. Los invasores podrían regresar en cualquier momento.

—¿Tav? —preguntó Polly.

—Tav no es el único que está listo para luchar por nuestra tierra. Karralys teme que se derrame mucha sangre. ¿Lo entiendes?

—No —dijo Zachary.

Polly aún no podía concebir pasarla bien con alguien a quien planeabas sacrificar.

Anaral la miró.

—¿Tú entendiste lo que se dijo... —hizo una pausa, en busca de las palabras adecuadas. Continuó—: alrededor de la mesa del consejo?

—Creo que la mayor parte.

—¿Qué entendiste, por favor?

—Creo... creo que Tav piensa que la Madre... ¿La Madre Tierra...?

—Sí.

—Que ella exige un sacrificio de sangre, y que me han enviado... —se le erizó la piel—. ¿Tú y Karralys...?

—No. Nosotros no. Para nosotros la Madre es amorosa y benévola. Karralys también cree que has sido enviada.

—¿Enviada?

—No para el sacrificio de sangre. Karralys se encuentra en la gran roca del altar y ora sin cesar, y dice que el patrón aún no está claro.

—Hey, ¿de qué están hablando? —preguntó Zachary.

—Bien —el rostro de Polly era rígido—. Tav cree, tal vez, que la tierra exige sangre para ser fértil, y que mi sangre... —su voz se apagó.

Anaral continuó:

—Karralys dice que hay... que hay un problema, al otro lado del agua grande de donde provienen él y Tav. Él dice que la costumbre de ofrecer la sangre de un cordero era... era... —ella se detuvo.

—¿Bastante? —sugirió Polly—. ¿Suficiente?

—Sí, y se le agradecía al cordero y se le lloraba, entonces se celebraba una gran fiesta. Pero llegó un momento en el que no llovía... recuerdas que Tav lo dijo...

—Sí.

—La sangre del cordero no fue sufi…

—Suficiente.

—Suficiente. La lluvia no caía y las cosechas morían. La gente tenía hambre. Y después de que Tav matara al hombre y su sangre fuera derramada en la tierra, la lluvia llegó.

—¿Creen que por eso vino la lluvia? —preguntó Zachary.

—No. Nosotros, el Pueblo del Viento, no intentamos decirle a la Presencia qué hacer, sino entender y usar lo que se nos da, ya sea que parezca bueno o malo. Algunas personas de mi pueblo piensan que puede haber otros dioses al otro lado del agua, dioses que estén enojados y que deben ser…

—¿Apaciguados? —sugirió Zachary.

Anaral lo miró inquisitivamente.

—¿Los dioses se enojarán con ustedes si no les dan lo que quieren? —intervino Polly.

—Sí.

Zachary frunció el ceño.

—¿Pero tú crees que tu dios te ama?

Anaral sonrió.

—Oh, sí. No siempre entendemos nuestra parte en el patrón. Y es posible que las personas trabajen contra el patrón, para… para enredar las líneas de amor entre las estrellas y las personas y los lugares. El patrón es tan perfecto como una tela de araña, y tan delicado. Y tú… —su mirada franca descansaba en la de Zachary—, no sabemos dónde encajas en el patrón, qué líneas llegan a ti, o qué líneas salen de ti, o dónde nos tocan las líneas que te tocan a ti.

Og, que había permanecido tranquilamente junto a Polly, se acercó a Anaral, y ella se agachó y le dio unas palmaditas en la cabeza.

—Karralys te lo ha enviado. Me alegro. Ahora márchense. Por favor, márchense a su propio lugar en la espiral —se volvió y corrió rápidamente.

—¡Vaya! —dijo Zachary—. Vayamos con ella —él dio unos pasos apresurados.

—No, Zach. Regresemos a casa.

—¿Por qué?

—Ya la escuchaste —respondió Polly con impaciencia.

—Sí, y estoy fascinado. Quiero saber más.

—Zachary, no es seguro.

—No es posible que creas que alguien te va a sacrificar.

—No sé qué creer. Sólo sé que deberíamos regresar a casa —caminó en dirección a la casa, o lo que debería ser la dirección a la casa, pero los árboles continuaron elevándose sobre ellos.

Desde detrás de uno de los grandes robles surgió un silbido, y ella se quedó inmóvil. Og se apretó contra las piernas de Polly, alerta, con las orejas erguidas y con la cola hacia abajo e inmóvil.

—Pol-ii —era la voz de Tav, que apareció desde detrás de un árbol, y la cola de Og comenzó a sacudirse de un lado a otro—. Estás aquí.

—¿Quién es…? —Zachary se sobresaltó—. No entiendo ni una palabra de lo que dice.

—Es Tav —dijo Polly—, y está hablando en ogámico.

—Eso lo sé —el tono de voz de Zachary sonaba irritado—. Es mucho más veloz que la versión de mi jefe.

Polly se volvió hacia Tav y, a pesar de la advertencia de Anaral, estaba absurdamente feliz de verlo.

—Es celta, un guerrero de la antigua Bretaña —Og se presionó contra Polly, pero no gruñó. Su larga cola se agitaba de un lado a otro.

Tav sostenía firmemente su gran lanza y la apuntó contra Zachary.

—¿Quién es?

—Su nombre es Zachary —Polly habló lentamente en ogámico y pronunció Zach-a-ry con cuidado—. Es de mi tiempo.

Tav arqueó las cejas.

—¿Zak?

—Zachary.

—¡Pero no necesitamos a otro! —los ojos de Tav se abrieron sorprendidos—. ¿Por qué la diosa enviaría a otro? No lo entiendo —el sol tornó su pálido cabello en un color plateado.

Zachary interrumpió.

—¿Qué dice?

Detrás de ellos se oía el sonido de los tambores, grave, amenazador. La cola de Og descendió, y comenzó a gruñir con el lomo erizado.

Tav prestó atención.

—Hay peligro. Regresa. ¿Sabes que hemos sufrido un asalto y algunos de nuestros mejores animales fueron capturados?

—Sí —dijo Polly—. Lo siento.

—Ve a casa —repitió Tav—. Pronto.

—Yo no voy a volver —murmuró Zachary.

Tav lo ignoró.

—Oh, Pol-ii mía, habrá otro asalto. Tienes que irte. No entiendo por qué este —miró a Zachary—, este Zak ha sido enviado.

El sonido de los tambores se hizo más fuerte, más cercano. Og ladró.

Polly se volvió hacia Tav.

—No sé cómo hacer que regrese.

Tav agitó su lanza.

—Vete, entonces, Pol-ii. Vete.

Pero, de pronto, el sonido de los tambores estaba sobre ellos, y se habían unido voces y gritos, cada más cerca, más fuertes, y por el camino del lago emergió un grupo de hombres con pieles, plumas y cabello oscuro. Dos de ellos arrastraban a Anaral, y otros dos habían apresado al obispo Colubra. Anaral chillaba y el obispo gritaba, tratando de liberarse.

En medio de ellos se abalanzó Tav con su gran lanza de guerra, un hombre contra una turba. Polly tomó una rama del suelo y corrió tras él. Og se lanzó hacia uno de los hombres que sostenían a Anaral. Él la dejó ir, para aferrarse a su garganta, pero ella todavía estaba presa por los brazos del otro guerrero. Polly lo golpeó con la rama, que estaba seca y se rompió, inútil. Comenzó a patear, golpear, arañar, morder, cualquier cosa que pudiera hacer para liberar a Anaral. Debió parecer una visión tan extraordinaria con su anorak rojo y su flameante cabello que casi arrancó a Anaral del agarre del guerrero antes de que él la empujara bruscamente contra el suelo.

—¡No! —gritó Anaral—. ¡Ve a casa, Pol-ii!

Los hombres gritaban, cantaban una melodía aguda, y terminaban cada línea con un estridente "¡Jau!".

De pronto, el obispo comenzó a cantar también, su voz sonaba temblorosa pero clara:

—¡*Kyrie Eleison, Christe eleison, Kyrie Eleison!*[23]

---

[23] "Señor, ten piedad, Cristo ten piedad, Señor ten piedad." Se trata de una aclamación gregoriana de alabanza que se recita al inicio de la liturgia eucarística latina. El texto se deduce del griego antiguo.

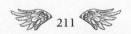

Hubo un golpe sorpresivo de silencio, luego el clamor comenzó de nuevo cuando el Pueblo del Viento llegó corriendo desde todas las direcciones empuñando lanzas, palos, arcos y flechas, gritando mientras se abalanzaban contra los invasores. El ruido y la confusión hicieron que Polly se tambaleara, pero ella continuó con su salvaje lucha.

Entonces, aparentemente de la nada, apareció Karralys con un bastón, tratando de interponerse entre los dos grupos.

—¡Deténganse! —gritó—. ¡Detengan esta locura!

—¡No puedes detenerlos! —gritó de nuevo Tav—. ¡Tienen a Anaral y al obispo Garza!

Polly fue tomada por detrás y apresada en los brazos de uno de los invasores. Ella le jaló el cabello y le retorció las plumas. Og saltó en su defensa y fue derribado por el golpe de un palo grueso.

—¡Socorro! —gritó Polly—. ¡Ayuda! —entonces una mano la abofeteó con rudeza, y ella la mordió como respuesta.

—¡Socorro!

Ahora Karralys empujaba ferozmente con su gran bastón, y sus jóvenes guerreros también gritaban, y no había más que caos y terror.

Polly liberó su cabeza de la mano del hombre.

—¡Ayuda! —gritó ella de nuevo.

Luego se hizo un extraño silencio, calmo como el ojo de un huracán. Un áspero grito de terror. Los invasores que sujetaban a Anaral y al obispo los soltaron bruscamente, y ante el asombro de Polly dieron media vuelta y echaron a correr. Ella misma fue arrojada al suelo. Se levantó y vio a Louise la Más Grande deslizándose por el camino, con su lengua roja siseante.

Tan repentinamente como había comenzado, todo terminó.

Los invasores huían, chocando entre sí, presas del miedo.

La batalla había sido ruidosa y tosca en lugar de letal. Se había reunido a los heridos.

Los invasores iban en canoas largas y rápidas, y ya estaban bien avanzados en el lago, remando ferozmente.

Entre el Pueblo del Viento había una mujer de cabello blanco que aún tenía una flecha rota clavada en su hombro. Karralys miró a su alrededor y vio a Polly.

—Nuestra Mujer Águila está herida y no puede atender a los heridos. Cachorro, el Lobo Joven, y yo tendremos que disponer de alguna ayuda. Lo que necesitamos es una mano y una cabeza firmes —la miró inquisitivamente.

—Claro, haré lo que pueda —dijo Polly—. No le temo a la sangre —miró a su alrededor buscando a Zachary, pero no lo vio por ningún lado. Mientras tanto, ella era obviamente necesaria. Se volvió hacia Karralys, quien le presentó a un joven que portaba una piel de lobo gris sobre su hombro, el joven que había estado en pie en el círculo de piedras durante la Víspera de Todos los Santos, Samhain.

—Éste es Cachorro, el Lobo Joven, nuestro sanador.

—No tengo la experiencia de Karralys o el Anciano Lobo Gris —dijo el joven—. Agradeceré tu ayuda.

Ella hizo lo que Karralys y el Lobo Joven le pidieron que hiciera cuando extrajeron la flecha del hombro de la Mujer Águila, que se había roto por el impacto. Ella apretaba los dientes mientras trabajaban, y Polly mojaba un trozo de cuero suave y limpiaba el sudor de su rostro. Luego atendieron algunos heridos con huesos rotos, y otros a los que había que detener la hemorragia de sus heridas.

La labor principal de Polly era sostener un cuenco y reponer su contenido con agua limpia del lago después de cada

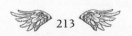

uso. Uno de los invasores yacía con una conmoción cerebral, y Karralys lo tendió en un lecho de musgo, cubierto con pieles para mantenerlo caliente. A otro lo habían abandonado con una fractura en la pierna, y Polly le ayudó a sostener su cabeza mientras Karralys y el Lobo Joven acomodaban su pierna. Era una rotura grave, y el joven invasor la abrazó en medio del sufrimiento. El Lobo Joven le dio algo de beber y le dijo que ayudaría a aliviar su dolor, entonces vertió un líquido espeso de color verdoso en la herida, donde el hueso astillado le había atravesado la piel, y le explicó que esto serviría para prevenir una infección.

Cuando la pierna estuvo colocada y entablillada, el joven invasor pudo hablar. A Polly le costaba entenderle, por lo que Karralys tradujo para ella.

—Dice que sus cultivos se han echado a perder. No hay maíz. Sus terrenos de pastoreo están secos, y la tierra está yerma y dura. No tendrán suficiente para comer este invierno. Atacarán de nuevo, esta vez con más hombres. Dice que no tienen otra opción. Si no toman nuestra tierra y nuestras cosechas y rebaños, morirán de hambre.

—¿No podrían pedir ayuda, que los dejaran tomar sólo un poco? —preguntó Polly.

Karralys suspiró.

—No es así como se hace.

—Bueno — Polly también suspiró—. Al menos nadie fue asesinado.

—Esta vez —dijo Karralys—. Gracias por tu ayuda, Pol-ii —él echó un vistazo a la mujer de cabello blanco, que todavía estaba entre los heridos, con el hombro inmovilizado con un cabestrillo de cuero rígido—. La Mujer Águila es nuestra… —hizo una pausa, buscando la palabra correcta.

—¿Médico? —sugirió Polly—. ¿Curandera? ¿Chamán?

Karralys negó con la cabeza. Ninguna de estas palabras tenía significado para él.

—Por lo que dice Garza, creo que ella es algo parecido a lo que llaman médico, mientras que ustedes no tienen a nadie como el Lobo Joven, quien es un sanador. Ella conoce las hierbas y cómo curar la fiebre y los escalofríos, y ayuda al Lobo Joven a curar a los enfermos o heridos. Pero la herida en su hombro impedirá que la Mujer Águila trabaje durante un tiempo. Donde penetra la flecha, el hueso se rompe. Lo has hecho bien. No tenías por qué habernos ayudado. ¿Has sido instruida en el cuidado de heridas?

Polly negó con la cabeza.

—Vengo de una familia numerosa y cuando vivíamos en Gea, una isla muy lejana donde no había médicos, cada vez que alguien estaba herido o enfermo, yo ayudaba a mis padres. Karralys, ¿dónde está Zachary? —ella había seguido a Zachary por un sentido de responsabilidad, y ahora no tenía idea de dónde se encontraba.

—¿Zak...?

—Estaba conmigo, aquél de quien te hablé, el que vio a Anaral. Estaba conmigo entonces, cuando empezaron los combates, me olvidé de él.

Karralys parecía preocupado.

—¿Él está aquí?

—Ésa es la razón por la que yo estoy aquí —dijo Polly—. Traté de detenerlo... pero luego no pude permitir que viniera solo, así que...

—No entiendo por qué está aquí —dijo Karralys.

—Ni yo.

—Es una complicación inesperada. Él podría cambiar el patrón.

—Karralys —Polly reflexionó antes de hacer la pregunta—, al haber venido Zachary y yo a tu tiempo, ¿no podría eso cambiar lo que suceda en el nuestro?

—Sí —respondió Karralys con calma—. El futuro es modificado a menudo por el pasado. De hecho, puede haber muchos futuros. Pero alguien que se introduzca en nuestra época y no forme parte del patrón, podría enredar y anudar las líneas.

—A menos que —cuestionó Polly— él forme parte del patrón.

—Es posible —dijo Karralys—. Aunque no sería fácil.

—¿Pero dónde está él?

Anaral se acercó a ellos cuando escuchó la pregunta.

—¿Zak? Él está bien, se encuentra con el obispo.

Entonces Polly recordó que la doctora Louise le había dicho que su hermano se había marchado con sus botas de montaña. ¿Había cruzado el umbral del tiempo, sabiendo que sería necesario?

Anaral había traído un recipiente de agua limpia para que Karralys y Polly pudieran lavarse las manos. El druida miró a Polly con gravedad.

—Has sido de gran ayuda. Eres valiente.

—Oh, no hice mucho.

—Tus manos tienen el don —enunció Karralys—. Deberías aprovecharlo. Ahora debemos unirnos a los demás en el anillo de las rocas erguidas. Nos esperan.

* * *

Se sentaron en las sillas de piedra dentro del gran círculo de menhires: Polly, Anaral, Karralys, Lobo Joven, Tav, Zachary, el obispo y otros miembros del Pueblo del Viento.

Polly todavía tenía la sensación de haber vivido una pesadilla por la extraña batalla entre los dos pequeños... grupos de guerreros, a quienes casi no se les podía llamar ejército. Pero si la escaramuza hubiera terminado de manera diferente, Anaral podría haber sido secuestrada por los invasores.

¿Y el obispo Colubra? ¿Qué hubiera pasado si los invasores se hubieran llevado al obispo? ¿Cómo habría afectado eso a los círculos del tiempo? Ella sacudió la cabeza. Lo que ahora importaba era que ella había ayudado a Cachorro y Karralys con los heridos, y tenía que entender que, aunque este enfrentamiento entre las dos tribus había terminado, el peligro seguía latente.

Miró al círculo de hombres y mujeres a su alrededor, los líderes del Pueblo del Viento. Cada uno de ellos portaba una piel de animal o plumas de ave o algo que representaba un papel específico en los asuntos de la tribu. La Mujer Águila estaba sentada en su silla con el rostro pálido pero firme, y con su brazo inmovilizado por un cabestrillo de cuero, acolchado en un lecho de musgo y helecho.

El obispo estaba sentado frente a Polly, y junto a él se hallaba Zachary, pálido como el alabastro. Karralys estaba sentado en su silla de piedra, con un aspecto increíblemente cansado. Vestía la larga túnica blanca y la torques con la piedra del mismo tono que el topacio del anillo del obispo. Og yacía junto a él, magullado por el golpe del invasor, pero Karralys les aseguró que no tenía huesos rotos.

—La serpiente —dijo Tav—. ¿Cómo fue que la serpiente puso fin a la lucha?

Karralys miró a Polly.

—Tenemos pocas serpientes, y son veneradas como diosas. Debes haber sido tú quien llamó a la serpiente… ¿llamaste a esta serpiente?

—¡No! —estaba atónita—. Sólo grité pidiendo ayuda.

—Pero la serpiente acudió de inmediato.

—Nada tuvo que ver conmigo —protestó Polly—. Tal vez ella sólo iba… sólo seguía su camino.

—Una serpiente no se lanza voluntariamente a través de las líneas de batalla —dijo Cachorro—. Tú la llamaste, y ella acudió.

Tav golpeó la base de su lanza contra el suelo duro.

—La serpiente ya vino a ti antes, en el muro, cuando hablé contigo por vez primera. Ella es tu amiga, eso fue lo que dijiste.

Cuando Polly quiso intervenir, Karralys levantó su mano otra vez.

—Los invasores deben haber creído que llamaste a la serpiente, que recibiste una asistencia especial de la diosa y que tú también tienes poderes especiales.

—*Archaiai exousiai* —dijo el obispo.

Era griego, Polly lo sabía, y significaba algo relacionado con los poderes. El obispo había proclamado el "Kyrie". ¿No sería que Louise vino tanto por eso como por su propio grito de ayuda? ¿O acaso era, seguramente lo más probable, sólo una coincidencia que la serpiente hubiera atravesado el camino justo en ese momento?

—Principados y potestades —dijo el obispo—. Pareciera que los invasores pensaron que podías invocar a los principados y las potestades —hablaba jadeante, como si apenas pudiera respirar.

—¡Obispo! —la voz de Anaral sonaba aguda y ansiosa—. ¿Sucede algo?

Toda la atención se dirigió al obispo, que estaba respirando con dolorosos jadeos. El rápido palpitar de su corazón podía vislumbrarse a través de su camisa a cuadros.

Cachorro se levantó y se acercó al obispo.

—Garza, querido nuestro, me gustaría que me permitiera tratar de frenar el latido de su corazón. Es rápido, incluso para un pájaro.

El obispo asintió.

—Por supuesto, Cachorro. Sería un gran inconveniente para todos si muriera ahora, y podría producir una paradoja que distorsionaría el futuro.

Cachorro se arrodilló junto al obispo y colocó una mano debajo de la camisa a cuadros, firmemente contra su pecho.

Polly observó que los ojos de Zachary se iluminaban con interés y esperanza.

Karralys observó a Cachorro atentamente, asintiendo con aprobación. Tav paseó su mirada de Lobo Joven a Karralys, luego a Zachary.

Zachary había desaparecido durante la lucha, y a Polly le parecía que Tav lo miraba con desprecio.

Pero en lugar de acusar a Zachary, él le preguntó:

—¿Adónde fue la serpiente?

—Louise la Más Grande —jadeó el obispo.

—Silencio, Garza —dijo Cachorro, y presionó su palma con más fuerza contra el pecho del anciano. La respiración de Lobo Joven era lenta y rítmica, y la presión de su mano reforzó el ritmo.

—¿Adónde? —repitió Tav.

—Hey —dijo Zachary—, tradúceme lo que dice, Polly.

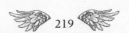

—Están hablando de la serpiente —dijo Polly—. Tav quiere saber adónde fue.

—La vi yendo por el camino de allá, y tal vez viajó tres mil años al futuro —dijo Zachary.

—Tú… —ahora la voz de Tav era definitivamente acusadora.

Los dedos de Zachary estaban blancos mientras sujetaba los lados de la silla de piedra que Karralys le había asignado.

—Hablas demasiado rápido para que te entienda, pero si quieres saber por qué no participé en esa pelea de taberna contigo, fue porque no habría sido de ayuda. Tengo el corazón débil y sólo hubiera sido un estorbo —hablaba con un rígido tono de suficiencia.

Rápidamente, Polly tradujo lo mejor que pudo para Tav y los demás.

Cachorro retiró su mano del pecho del obispo.

—Ya está. Mucho mejor.

—Sí, hijo mío —dijo el obispo Colubra—. Pude sentir mi corazón estabilizarse bajo tu mano. Te lo agradezco.

—¿Te encuentras bien? —preguntó Anaral ansiosamente.

Cachorro asintió.

—Ahora su corazón late con calma y regularidad.

—Estoy bien —dijo el obispo. Su respiración se había acompasado al ritmo de su corazón, y hablaba normalmente—. Ahora debemos pensar qué hacer a continuación.

—Por favor —dijo Zachary—. Vi que ese chico —señaló a Cachorro— estabilizó el corazón del anciano. Lo vi. Por favor, quiero que él cure mi corazón.

Polly le habló en ogámico a Cachorro.

—Sí. Lo intentaré. Ahora no. Más tarde, cuando volvamos a las tiendas —le aseguró Lobo Joven.

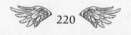

—Él intentará ayudarte —le tradujo Polly a Zachary—, más tarde.

—La serpiente —insistió Tav—. La serpiente que vino para ayudar a Pol-ii...

—No... —Polly comenzó a negar de nuevo.

Pero el obispo levantó la mano.

—Sí, Tav. No debemos olvidar a la serpiente de Polly.

—Pero ella no es...

Karralys se dirigió al obispo.

—¿Puede explicarlo?

—No estoy seguro. ¿Dijiste que para ti la serpiente es sagrada?

—Nosotros veneramos a la serpiente —convino Karralys.

—¿Y el Pueblo de Más Allá del Lago? Ellos huyeron de la serpiente.

—Cierto —Karralys apoyó su codo, y puso su barbilla en la mano—. No se retiraron sólo porque luchamos valerosamente.

Tav añadió:

—Ellos pensaron que si Pol-ii podía invocar a la serpiente, también podría hacer que la serpiente les causara un gran daño. Así es como yo me sentiría —miró a Polly y ella recordó su primera reacción ante Louise.

La joven le habló directamente a él, entonces se volvió hacia los demás.

—Louise, así es como la llamamos, es la primera serpiente inofensiva que he conocido. De donde vine, antes de vivir con mis abuelos, las serpientes eran en su mayoría muy venenosas.

—La tribu Anula, del norte de Australia, asocia a un pájaro y a una serpiente con la lluvia —dijo el obispo.

Karralys negó con la cabeza.

—El Pueblo Más Allá del Lago tiene tradiciones diferentes a las nuestras, pero que yo sepa, no creen que las serpientes puedan atraer la lluvia. Sin embargo, ni ellos ni nosotros mataríamos a una serpiente.

—Como venganza, la estirpe de la serpiente vendría y nos causaría daño. Si matamos a una serpiente en defensa propia, o por accidente, pedimos perdón al espíritu de la serpiente —dijo la Mujer Águila.

Tav apuntó con su lanza a Zachary, y todos los ojos se volvieron hacia él.

—Éste es Zachary Gray —dijo Polly.

—¿Pertenece a tu espiral del tiempo? —preguntó Cachorro.

—Él es el que vio a Anaral —explicó Karralys—, porque está cerca de la muerte.

—¿Qué está diciendo? —preguntó Zachary.

Polly estaba agradecida de que Zachary no pudiera entender fácilmente el ogámico. Sin importar lo que él dijera sobre su corazón y su breve expectativa de vida, estaba segura de que no estaba listo para escuchar hablar sobre su inminente muerte. Ella intentó dejar su rostro inexpresivo mientras se giraba hacia él.

—Karralys quiere saber de dónde eres.

—De California —dijo Zachary.

Tav se puso en pie.

—Karralys, luchaste bien.

—No quería pelear —dijo Karralys—. Lo que quería era detener la lucha.

—Se habrían llevado a Anaral y a Pol-ii, y también a Garza.

—Y por eso luché. Sí, luchamos bien. Pero eran más que nosotros, muchos más, y si la serpiente no hubiera venido…

—Bendita Louise la Más Grande —dijo el obispo.

Los ojos azules de Karralys se iluminaron.

—¿No es suficiente para ti, Tav? ¿Que la diosa nos enviara a Polly para esto?

—Estaba tan seguro —murmuró Tav—. Pero tal vez él... —miró a Zachary.

—¡Hey! —el tono de voz de Zachary era apremiante—. ¡Ve más despacio! No soy rápido en los idiomas como Polly. ¿De qué están hablando?

—Bueno... —Polly eludió los detalles—. Nosotros fuimos superados en número por los invasores...

—¿Nosotros? ¿Eres parte de ese "nosotros"?

Ella miró alrededor del círculo de sillas de piedra protegido por los grandes menhires.

—Sí —ella era una con Anaral, Karralys, Tav, Cachorro y los otros. Y también el obispo. Zachary lo había atestiguado.

Tav la miró esperanzado, y la palidez de sus ojos no era dura ni metálica, como un cielo blanqueado y deslumbrante a causa del fuerte sol, sino tierna y fresca, como el lago.

—Tenías razón cuando me dijiste que la serpiente era tu amiga. Tal vez me haya equivocado sobre las necesidades de la Madre.

—De hecho, estás equivocado —Karralys se puso en pie—. Obispo Garza. Polly, Zak. Deben marcharse. Ahora, mientras todavía quede tiempo.

El obispo miró a su alrededor.

—No creo que podamos.

—¿Por qué no? —preguntó Cachorro.

—Puedo estar equivocado, pero no creo que el umbral del tiempo esté abierto.

223

Karralys se sobresaltó. Se acercó a la piedra central plana que formaba el altar y subió a ella, luego se tendió de espaldas, con los brazos extendidos y los ojos cerrados. Inmóvil. El tiempo parecía colgar suspendido. Nadie habló. El Pueblo del Viento parecía haberse trasladado a otra dimensión donde para ellos era posible esperar infinitamente. El obispo suspiró. Zachary cambió de posición con impaciencia. Polly intentó no moverse, pero comenzó a tener miedo de que sus piernas se acalambraran.

Por fin, Karralys se incorporó y sacudió lentamente la cabeza.

—El umbral está cerrado.

NUEVE

Estaba oscureciendo. El sol se ocultó tras los menhires. Un viento del noroeste soplaba cortante.

—¿Tal vez deberíamos ir a algún lugar más cálido y planear lo que vamos a hacer? —sugirió el obispo.

Karralys levantó una mano para llamar su atención.

—Se está preparando un fuego y un banquete. Hemos de celebrar nuestra victoria... y después asegurarnos de que tendremos vigías durante la noche.

—Y debemos juntar todas nuestras armas —Tav se apartó de su silla—. El banquete y nuestro agradecimiento a Pol-ii.

—Es sólo mérito de Louise la Más Grande —insistió Polly—. Nada tiene que ver conmigo.

—Hablaremos más tarde sobre el umbral del tiempo —Karralys se dirigió hacia el lago y las tiendas.

—¡Espera! —le gritó Zachary.

Karralys se detuvo.

—No entiendo tus "umbrales del tiempo" —dijo Zachary—, o cómo es que puedo estar aquí, pero vi a ese niño con la piel de lobo...

—Cachorro, nuestro joven Lobo Gris.

—Lo vi aplacar el corazón del anciano.

—El obispo —rectificó Polly.

—Por favor, no quiero que se olvide de mí.

Karralys miró a Zachary con compasión.

—Él no se olvidará de ti. Ahora, ven conmigo.

Junto al lago ardía una gran hoguera, tan brillante que casi atenuaba las estrellas que iban surgiendo a medida que la noche se hacía más oscura. Los heridos, hombres y mujeres, eran asistidos por otros miembros de la tribu para que no quedaran fuera de la celebración, y los dos invasores heridos también estaban allí. El hombre con la conmoción cerebral había recuperado la conciencia, y la Mujer Águila se hallaba a su lado. A pesar de que su brazo y su hombro seguían inmovilizados por el cabestrillo y de que sus labios estaban pálidos por el dolor, lo observaba con cuidado.

—La oscuridad de sus ojos ha vuelto a la normalidad —dijo ella—. Se pondrá bien.

A Polly, al obispo y a Zachary les dieron asientos en pieles apiladas junto a la roca-mirador de las estrellas. Cerca de ellos estaba el joven invasor con el fémur roto, y Anaral se sentó a su lado y lo ayudó a comer y beber. Detrás de ellos los robles se elevaban sombría y majestuosamente, sus grandes ramas se extendían al cielo, y las estrellas brillaban entre las ramas mientras, de tanto en tanto, alguna hoja pajiza se desprendía y caía al suelo.

Al otro lado del lago las montañas se alzaban sombríamente, sus picos cubiertos de nieve comenzaron a brillar justo cuando la luna se preparaba para salir. La orilla donde el Pueblo del Viento levantó sus tiendas era invisible a lo lejos.

Karralys se paró al borde del agua y elevó los brazos al cielo.

—*Bendice al Cielo que contiene la Luz y la vida del Sol y la promesa de la Lluvia* —cantó el druida, y uno por uno los otros

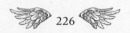

miembros del consejo se unieron a él, haciendo eco de su canción—. *Bendice a la Luna con su calma y con sus sueños. Bendice a las aguas del lago y a la tierra que es fuerte bajo nuestros pies. Bendice a aquellos que han venido a nosotros desde un tiempo lejano. Bendice a aquélla que invocó a la serpiente, y bendice a la serpiente que vino en nuestro auxilio. Bendice al Este, de donde el Sol sale, y al Oeste, donde descansa. Bendice al Norte, de donde provienen las nieves, y al Sur, que trae la primavera. Bendice al Viento que nos da nuestro nombre. Oh, Artífice de todas las bendiciones, las gracias te damos.*

Se apartó del lago y sonrió a las personas que se hallaban reunidas alrededor de las pieles esparcidas en el suelo. Un ciervo estaba siendo asado, y un grupo de jóvenes guerreros bailaba a su alrededor, cantando.

—¿De qué habla su canción? —le preguntó Zachary a Polly.

—Creo que le agradecen por darles, por darnos, su vida.

—No es que tuviera opción —señaló Zachary.

Quizá no, pero Polly sentía la gentileza en el baile y en el canto.

—¿Cuándo curará ese chico mi corazón?

—Pronto —le aseguró Polly—. En un momento adecuado, Zachary, por favor, confía en él.

Sirvieron tazones de verduras con panes aromáticos, y platos de madera y arcilla con mantequilla y queso. Media docena de niñas y niños de largas extremidades y delgados cuerpos, cercanos a la pubertad, comenzaron a distribuir la comida. Dos jóvenes guerreros trinchaban el venado, y una anciana, que llevaba una corona de plumas con la cabeza de un búho, vertía una especie de líquido blanquecino en pequeños cuencos de madera; ella había sido una de las presentes en el círculo de piedra.

Anaral llevó cuencos a Polly, Zachary y el obispo Colubra. Cuando aceptó el suyo, Zachary tocó tímidamente los dedos de Anaral y la miró con unos ojos que parecían inusualmente oscuros en su rostro pálido. Anaral retiró su mano y regresó con el joven invasor, a quien le sostuvo la cabeza para que pudiera beber. Polly notó que en el altar de piedra había un gran ramo de flores otoñales, en medio de calabazas, calabacines, berenjenas... todos los colores de otoño dispuestos de modo que cada uno pareciera acentuar los demás.

—Es una locura —le dijo Zachary a Polly en un murmullo—. Aquí estamos, sentados y atiborrándonos como si hubiéramos ganado algún tipo de gran batalla, mientras que esos matones que vinieron remando a través del lago podrían regresar en cualquier momento y masacrarnos a todos.

—Creo que Karralys es consciente de sus intenciones, pero también sabe que la criatura humana necesita celebraciones especiales —respondió el obispo—. Los ritos por sí solos no pueden dar la vida. De hecho, pueden ser huecos y sin sentido. El corazón de la gente es lo que les concede vida o muerte.

—¿Es todo esto en honor a algún dios? —preguntó Zachary.

—Es una forma de agradecimiento a la Presencia.

—¿Qué presencia?

El obispo habló con suavidad.

—El Artífice del Universo.

—Oh, qué ridiculez —gruñó Zachary.

—No necesariamente —el obispo esbozó una leve sonrisa—. Los ritos sagrados se vuelven ridículos, como tú tan gráficamente expones, sólo cuando se convierten en fines en sí mismos, generan divisiones o se utilizan para el autoengrandecimiento.

Polly vio a un hombre joven con una lanza parado sobre la roca-mirador de las estrellas, mirando al otro lado del lago. Una mujer con un arco y una flecha estaba parada en el camino que conducía a los menhires. Tal vez había otros haciendo guardia donde no eran visibles para ella. Karralys no dejaría a su gente desprotegida. Él iba de grupo en grupo, saludando, alabando, y a dondequiera que iba, Og estaba con él.

Después de que los jóvenes dispusieron de los restos de la comida, hubo cantos y danzas, y la luna se alzó alta y clara, proyectando un sendero de luz a través del lago.

Karralys y Anaral lideraban el baile, moviéndose primero en un círculo majestuoso y encantador, entonces bailando cada vez más rápido.

—¿Sabes? Esa chica es hermosa —comentó Zachary—. Las cosas no han mejorado en tres mil años. Por cierto, creo que el neandertal está interesado en ti.

—¿Quién? —preguntó Polly sin comprender.

—Ese tipo de cabello claro, piernas arqueadas y brazos de mono.

Se refería a Tav. Quizá las piernas de Tav no estaban del todo rectas y tal vez sus fuertes brazos eran largos, pero no era un neandertal. Polly estaba indignada, pero se mordió la lengua. Se sentía incómoda con la obvia fascinación de Zachary por Anaral, y con sus celos por el interés de Tav en ella. Mantuvo su voz tranquila.

—No creo que sea buena idea para ninguno de los dos involucrarnos con alguien que lleva muerto tres mil años.

—Esta noche no están muertos —dijo Zachary—, y tampoco nosotros. Y si puedo alargar mi esperanza de vida quedándome aquí, me quedaré. De todos modos, ¿no dijo el obispo que el umbral del tiempo estaba cerrado? Estamos atrapados aquí, así que deberíamos aprovecharlo.

Cachorro se acercó a ellos y le habló a Zachary.

—¿Puedo palpar tu pecho? Creo que hay problemas en tu corazón.

Zachary se volvió hacia Polly. Ella se lo explicó. Zachary la miró con ojos ansiosos.

—Por favor, dile que adelante.

Cachorro deslizó su mano debajo de la camisa de Zachary, cerró los ojos, respiró lenta, muy lentamente.

—¿Y bien? —preguntó Zachary con impaciencia.

Cachorro levantó la mano para pedir silencio. Mantuvo su mano sobre el pecho de Zachary durante mucho tiempo, sintiendo, escuchando. Luego levantó los ojos hacia Polly.

—Hay un problema grave ahí. El Anciano Lobo podría haber sido capaz de reparar el daño. Yo haré lo que pueda, pero no será suficiente.

—Pero el corazón del obispo...

—El corazón del obispo sólo es viejo, y no está acostumbrado a estar en medio de una batalla. Pero esto... —despacio, retiró la mano del pecho de Zachary— esto exige habilidades que aún no poseo. Sin embargo, tal vez no deberíamos dejar que pierda la esperanza.

—¿Que está diciendo? —preguntó Zachary—. Ojalá hubiera hablado más despacio.

Polly respondió con cuidado:

—Dice que tu corazón está enfermo, como bien sabes, y que no será fácil de arreglar.

—¿Puede hacerlo?

—Hará todo lo posible.

Zachary gimió. Puso el rostro en sus manos. Cuando miró a Polly, sus ojos estaban anegados en lágrimas.

—Quiero que sea capaz de curarme...

—Hará todo lo posible —Polly intentó sonar tranquilizadora, pero ya se estaba impacientando.

Cachorro intervino:

—Todos los días trabajaré con la extrañeza que siento dentro de su corazón. Los ritmos están enfrentados unos contra otros. No hay armonía.

—¿Qué? —preguntó Zachary.

—Te tratará todos los días —dijo Polly—. Él es un sanador en verdad, Zachary. Hará todo lo que pueda.

Cachorro frunció el ceño con preocupación.

—Tal vez si Karralys... —se miró las manos y flexionó los dedos—. Ahora debo ir a ver a los otros que han sido heridos.

—¿Qué piensas? —había un renovado entusiasmo en la voz de Zachary—. Me encantaría quedarme en este lugar, incluso sin duchas, ni televisión, ni autos deportivos, ni todo a lo que creía que estaba enganchado. Supongo que estoy más enganchado a la vida.

—Él es un sanador —repitió Polly.

Los tambores aumentaban sus ritmos y los bailarines seguían su cadencia. Tav vino y tomó las manos de Polly, y la atrajo al círculo de bailarines; el tacto de sus manos fuertes le provocó algo distinto a lo que sentía por Zachary, pero no entendía su reacción hacia este extraño joven que creía que ella había sido enviada por la diosa como sacrificio para la Madre.

Las palabras de la doctora Louise sobre el sacrificio pasaron rápidamente por su mente, pero se borraron cuando Tav tomó sus manos y la llevó al círculo de baile.

Cuando ella ya estaba jadeando y casi sin aliento, él la llevó al borde del lago, con su brazo apretado alrededor de ella.

—No puedo dejarte ir.

Todavía atrapada en la euforia del baile, ella preguntó:

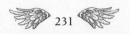

—¿Qué?

—Es muy extraño, Pol-ii. La Madre suele ser clara en sus exigencias, pero ahora estoy confundido. La sequía al otro lado del lago es mala. Si no llueve, y no me refiero sólo a una lluvia pequeña, si no llega mucha lluvia para aquellos que se han llevado nuestro ganado... si no llueve, volverán, y son muchos y nosotros pocos, y no seremos capaces de defendernos.

—Pero fuiste maravilloso —exclamó Polly—. Te lanzaste con una sola mano y luchaste como... —si lo comparaba con uno de los héroes de la corte del rey Arturo, no tendría ningún significado para él. Así que sólo repitió—: Fuiste maravilloso. Valiente.

Él se encogió de hombros.

—Soy un guerrero o al menos lo era en mi antiguo hogar. Tenía que haber guerreros. Aquí hemos estado tan lejos de otras tribus que sólo la sequía nos ha llevado de regreso al entendimiento de que la tierra debe ser protegida. La tierra y aquellos que amamos —extendió la mano y tocó la suya suavemente, luego la retiró.

Polly suspiró.

—Desearía que la gente viviera en paz. Hay tanta tierra aquí. ¿Por qué quieren la suya?

—Nuestra tierra es verde y hermosa. Ha llovido más aquí que en la otra orilla del lago. Nosotros usamos el agua de nuestro río para... —mientras intentaba explicarlo, ella comprendió que el Pueblo del Viento utilizaba un sistema de riego que el Pueblo Más Allá del Lago no. Aun así, no había llovido lo suficiente. Si no llegaban las nieves del invierno, todos sufrirían—. Cuando viniste, me pareció claro que la diosa te había enviado. Pero ahora no sólo está el viejo Garza, que vino antes que tú, sino este extraño joven que es tan blanco de piel como yo soy blanco de cabello.

—¿Rezas para que venga la lluvia? —preguntó Polly.

Tav rio.

—¿Por qué otra razón hemos estado cantando y bailando?

Por supuesto, ella lo comprendió. Todos los rituales eran religiosos para el Pueblo del Viento.

—Bailar y cantar no es suficiente —continuó Tav—. Debemos dar.

—¿No es suficiente tu amor? —la pregunta sonó sentimental al abandonar sus labios, pero cuando miró la luna que brillaba en el lago, comprendió vagamente que el amor en el que estaba pensando no era sentimental, sino firme y duradero como la roca-mirador de las estrellas.

Tav negó con la cabeza. Su voz era tan baja que ella apenas podía escucharla.

—No lo sé. Ya no sé qué es lo que se requiere —cuando sus palabras se silenciaron, el viento agitó suavemente las aguas del lago iluminadas por la luna. Habló de nuevo—: Hay muchas mujeres del Pueblo del Viento que son hermosas, que quieren complacerme, ser mías. Pero ninguna me ha traído ese don sin el cual todo lo demás es plano. ¡Ese don! Ahora te miro y las montañas son más altas, y la nieve en los picos más blanca, el lago más azul y más profundo, las estrellas más brillantes de lo que nunca ante mis ojos habían sido.

Polly intentó expresar en ogámico lo que sentía. Tav extendió su mano y suavizó su ceño fruncido.

—Tav, es muy extraño. No entiendo nada de lo que está pasando. Cuando me tocas, yo siento...

—¿Como yo me siento?

—No lo sé. Lo que siento nada tiene que ver con... —se tocó la frente, intentando explicar que su reacción nada tenía que ver con la razón—. Pero... —miró sus ojos, plateados a la luz de la luna—, ¿todavía crees que la Madre quiere sangre, mi sangre?

Tav gimió.

—Oh, Pol-ii, no lo sé.

—No creo que la Madre... —se detuvo, incapaz de pensar en una palabra que significara "exigir" u "obligar". Más cerca de nuestro tiempo, pensó, el nombre de la diosa sería Sofía, Sabiduría. Una madre divina que cuida de la creación con inteligencia y propósito.

Ella sacudió la cabeza, dándose cuenta de que incluso si pudiera expresar en ogámico lo que estaba pensando, no estaría dentro del marco de referencia de Tav.

El joven le tomó ambas manos.

—Debemos volver con los demás, o se preguntarán...

Apenas se había dado cuenta de que el canto había cambiado. Los tambores ya no vibraban al ritmo de un baile. La canción era similar a la que Polly había escuchado esa primera mañana, cuando cruzó el umbral al Pueblo del Viento, pero ahora era más suave, más tranquila, casi una canción de cuna.

—Cantamos las buenas noches —con su brazo sobre ella, Tav la llevó de regreso a donde estaban sentados el obispo Colubra y Zachary. Anaral estaba detrás de ellos, con el joven invasor. El canto se fue apagando a medida que, uno por uno o en parejas, la gente se dirigió a sus tiendas.

Karralys se acercó al obispo, con su larga túnica blanca pura como la nieve a la luz de la luna, y el topacio de su torques brillando.

—Será un honor compartir mi tienda con usted. Y Zak…

—Zachary.

—Y contigo también, Zachary.

Anaral terminó de cuidar al invasor herido y tomó la mano de Polly.

—Y tú vendrás conmigo.

La tienda de Anaral era un cobertizo de árboles jóvenes cubiertos con pieles curadas, apoyada contra una gruesa pared verde de abeto y pino, y olía fresca y fragante. Había dos camastros de helechos cubiertos con suaves pieles. Anaral le entregó a Polly una manta enrollada de delicado pelaje. Polly se quitó el anorak rojo y se sentó en una de las camas de helecho.

Anaral se agachó a su lado.

—Tav es bueno, Pol-ii, debes saber que él se siente atraído por ti.

Polly se envolvió con la manta de piel.

—Y yo por él, y no entiendo cómo puede ser.

Anaral sonrió.

—Tales cosas no se entienden. Pasan sin más. Después, si dos personas deben estar juntas para siempre, entonces llega la comprensión.

—¿Habrá un después para nosotros? —preguntó Polly—. Sé que el umbral no está abierto ahora, pero yo… necesito regresar a casa, a mi propio tiempo. Antes… —ella difícilmente podía forzarse a articularlo— antes de que tenga que ser sacrificada a la Madre.

—Eso no va a suceder —protestó Anaral—. La lluvia llegará.

—¿Al otro lado del lago?

—Al otro lado del lago.

—Si no hubiera sido por Tav esta tarde, cuando llegaron los invasores... —dijo Polly.

—Y por los demás.

—Pero Tav se arrojó y peleó cuando no sabía si los demás lo harían. Y fue, de una manera extraña, emocionante.

—Tú también luchaste —dijo Anaral.

—No iba a permitir que esos hombres extraños te llevaran.

Anaral suspiró.

—Y yo estoy agradecida. Con Tav. Contigo. Y con Karralys.

—Él intentó detener la lucha —dijo Polly—. Pero cuando no pudo hacerlo, luchó tan bien como Tav.

—Nosotros, el Pueblo del Viento —Anaral suspiró de nuevo—, siempre hemos sido lo que el obispo llama paci... paci...

—Pacifistas —le ayudó Polly.

Anaral asintió.

—Es la sequía la que ha cambiado las cosas. ¡Si sólo lloviera! El Anciano Lobo Gris nos dijo que hacía muchos años había habido una sequía y que nosotros, mi gente, llegamos aquí, a este lugar fértil, porque nuestros terrenos estaban secos: las hierbas eran marrones en lugar de verdes, el ganado estaba esquelético y al maíz ni siquiera le crecían las mazorcas. Hemos estado en este lugar desde que el Anciano Lobo Gris era un bebé, no podemos irnos sin más y permitir que el Pueblo Más Allá del Lago tome nuestro hogar. ¿Adónde iríamos? Ahora, más allá del bosque hay otras tribus. ¡Si la diosa nos enviara la lluvia!

—¿Crees que la diosa está reteniendo la lluvia? —preguntó Polly.

Anaral negó con la cabeza.

—No está en la naturaleza de la diosa destruir, ella nos envía bendiciones. Somos nosotros, las personas, quienes somos destructivas.

La chica salió bruscamente de la tienda. En pocos minutos regresó con un cuenco de madera lleno de agua y un trozo de cuero suave para usar como toalla. Mojó el cuero y lavó suavemente el rostro de Polly, y sus manos. Fue un ritual tanto como el banquete y el canto y el baile. Le entregó el tazón a Polly, quien comprendió que ella, a su vez, debía lavar a Anaral. Cuando Anaral tomó el recipiente para vaciarlo, Polly se sentía tan limpia como si acabara de tomar un largo baño. Se tumbó en el camastro de helecho, envuelta en la suave manta de piel, y se deslizó en el sueño.

Cuando despertó, al principio pensó que se encontraba en casa, con sus abuelos, pero Hadrón no estaba durmiendo a su lado. Ella extendió su mano y tocó pelo, no el pelaje de la manta, sino pelo vivo, y entonces la nariz húmeda de Og acarició su mano y su cálida lengua lamió sus dedos. Esto la reconfortó y se quedó escuchando la noche. El silencio era diferente al de su propio tiempo, donde el soplo del viento en los árboles a veces se rompía con el rumor lejano de un avión que pasaba por encima, o un camión que recorría la carretera a unos kilómetros de la casa. Aquí el lago cubría el lugar donde estaba el camino, y podían escucharse pequeñas salpicaduras cuando de vez en cuando emergía un pez. También había una sensación de muchas presencias, del Pueblo del Viento que la rodeaba. Sus ojos se adaptaron a la oscuridad y pudo ver la forma acurrucada de Anaral en el otro camastro, y escuchar su respiración suave.

Polly se sentó con cuidado. Hacía frío, así que se puso el anorak rojo y se deslizó hasta la primera luz tenue del amanecer, mientras Og la seguía. Las estrellas aún brillaban en lo alto, pero la luna hacía mucho que se había ido a descansar y una sutil luz color limón emergía en el horizonte, a lo largo del lago. Vio a alguien sentado en el tronco de un árbol, frente al lago, y reconoció al obispo Colubra por su camisa a cuadros. En silencio, caminó hacia él.

—Obispo…

Él se volvió, la miró y la invitó con un gesto a sentarse a su lado.

—El umbral del tiempo…

Él sacudió la cabeza.

—Todavía está cerrado.

—Ayer, cuando vino la doctora Louise, dijo que habías salido con tus botas de montaña…

Se miró los pies embutidos en unas recias botas de cuero con cordones.

—Pensé que sería mejor estar preparado.

—Quieres decir que sabías…

—No. No lo sabía, sólo sospeché que algo podría pasar. Y si tú venías a este tiempo y lugar y no podías regresar, quería estar aquí contigo.

—¿Podremos volver a casa? ¿A nuestro tiempo?

—Oh, creo que es muy probable —respondió el obispo.

—¿Pero no estás seguro?

—Querida mía, rara vez estoy seguro. En el mejor de los casos, la vida es una pálida certeza, y no se nos dice que no sucederán cosas difíciles o dolorosas, sólo que tendrán significado. Y no sólo para nosotros, sino para el Universo entero.

Polly pensó en la esposa del obispo y en la familia de la doctora Louise. Ella no se dio cuenta de que Karralys estaba con ellos, en la orilla del lago, hasta que les dijo:

—Zachary no está conmigo.

* * *

Karralys se irguió de espaldas al lago, mirando de frente a Polly y al obispo Colubra.

—No quiero dar la alarma. ¿Lo han visto? ¿Él habló con ustedes?

—No —respondieron el obispo y Polly.

—Esperaba que estuviera con ustedes. Esperen aquí, por favor. Revisaré las otras tiendas. Si Zachary viene a verlos, manténganlo aquí hasta que yo regrese —se apartó de ellos, caminando rápidamente. Og miró a Polly, le lamió la mano, entonces se fue tras Karralys.

—Obispo —dijo Polly en voz baja—, Zachary está aterrorizado de morir.

—Sí —asintió el obispo.

—Y piensa que su mayor esperanza está aquí, en este tiempo, así que no creo que vaya a ninguna parte. Intenta evadirlo, pero está asustado.

La voz del obispo era compasiva.

—Pobre joven, su casa se resbala y se hunde en la arena.

—Si fuera mi corazón, y me dijeran que sólo tengo un año de vida, también sentiría miedo —dijo Polly.

—Por supuesto, cariño. Lo desconocido siempre es aterrador, no importa cuánto confiemos en los propósitos del amor. Y no creo que Zachary tenga esa confianza, así que la oscuridad debe parecerle particularmente oscura.

—A mí también puede parecerme bastante oscura —admitió Polly.

—A todos. Pero para ti y para mí, está la bendición de la esperanza, ¿cierto?

—Sí. Aunque no estoy muy segura de cuál es mi esperanza.

—Eso está bien. Has vivido bien en tu corta vida.

—No siempre. He sido crítica e implacable.

—Pero en general, has vivido la vida con amor y plenitud. Y sospecho que gran parte de la vida de Zachary ha sido una constante evasión. Ahora soy yo el crítico, ¿no es así?

Polly rio.

—Sí, bueno. Ser crítica siempre ha sido un problema para mí. Y Zachary es el tipo de persona que parece prestarse a ser juzgada. Si no fuera tan aparentemente espectacular, es probable que a la gente no le importara.

Levantaron la vista cuando Karralys regresó, con el rostro serio.

—No consigo encontrarlo. Y el invasor también se ha ido, el que tenía la cabeza casi rota. Su nombre es Tierra Marrón. Su camastro estaba junto al de la Mujer Águila, pero Cachorro le dio una poción para aliviar su dolor y todavía está dormida.

—¿Crees que Zachary y el invasor se fueron juntos? —preguntó el obispo.

—Es posible que el invasor lo tomara como rehén —sugirió Karralys.

—¿Pero cómo pudieron escapar? Tenías vigías apostados.

Karralys se sentó junto a Polly en el tronco caído.

—Los que están al otro lado del lago se mueven tan silenciosamente como nosotros. Tierra Marrón podría haberse internado en el bosque y haber salido al lago desde otra dirección. Hay muchos kilómetros de costa.

—Pero el invasor no podría haber apresado a Zachary si éste no hubiera estado dispuesto —objetó Polly—. ¿No habría gritado y hecho alboroto?

Karralys parecía estar estudiando un ave que volaba bajo sobre el lago.

—Registramos la ropa del invasor. Le quitamos el cuchillo. No tenía flecha ni veneno para dejar indefenso a Zachary —de pronto, el pájaro descendió en picada y voló hacia el cielo con un pez.

—¿Pero por qué habría ido Zachary con él? —Polly no podía creerlo—. Karralys, él pensaba que su esperanza de vida estaba aquí, que Cachorro podría ayudar a su corazón. No puede haberse ido sin más.

—Nadie sabe lo que ese joven podría hacer o no —dijo Karralys—. ¿No es…?

—Impredecible —le ayudó el obispo.

—Bueno, sí —aceptó Polly—, pero esto no parece razonable.

—Muchas cosas que las personas hacen no son razonables —señaló el obispo—. ¿Qué debemos hacer ahora?

El lago se bañaba en una luz radiante a medida que salía el sol, y con éste, la rica melodía de la canción de la mañana.

—Voy a preguntar a los demás —dijo Karralys—. Entonces veremos.

Karralys recorrió el campamento preguntando a la gente individualmente, en parejas, en grupos pequeños, con Og pisándole los talones, quejándose un poco, con ansias. Hubo consternación por la desaparición del invasor, más que por Zachary.

La Mujer Águila se reprendió.

—Debería haberlo oído. Normalmente, mis oídos están prestos…

—Normalmente, no tienes un hombro atravesado por una flecha —dijo Karralys.

—Y el joven, ¿dónde puede estar? Cachorro me dijo que su corazón sonaba como una hoja seca al viento.

—Convocaremos un concilio en el anillo de las piedras erguidas —dijo Karralys—. Mientras tanto, debemos continuar con el trabajo del día. Seguiremos manteniendo a los vigías atentos a la llegada de canoas, o a un posible ataque desde el bosque.

A Polly y al obispo se les pidió que se unieran al grupo en el círculo dentro del anillo de menhires.

—Si creen que pueden usar a este Zak… —comenzó a decir Tav.

—Zachary.

—… como rehén, están equivocados. Él nada vale para nosotros.

—Es nuestro huésped —dijo Karralys en voz baja—. Está bajo nuestra hospitalidad.

—No entiendo por qué vino —dijo Tav—. Me temo que sólo traerá dolor.

—A pesar de ello, somos responsables de él.

Cachorro se volvió hacia Karralys con ansiedad.

—Si lo tratan con rudeza, no creo que su corazón lo soporte.

—¿Tan mal está? —preguntó la Mujer Águila.

Cachorro la miró con seriedad.

—Entonces —deliberó Tav—, da igual que no peleara ayer.

—Si lo hubiera hecho, eso podría haberlo matado —dijo Cachorro.

—Es joven para que su corazón sea tan débil —protestó un hombre vestido con una piel de zorro rojo.

—Tal vez tuvo la fiebre infantil que inflama las articulaciones y debilita el corazón —sugirió Cachorro.

Fiebre reumática, pensó Polly. Sí, eso sonaba bastante probable.

—Suficiente —dijo Tav—. ¿Qué vamos a hacer? ¿Por qué se lo llevó el invasor? ¿De qué puede servir... salvo como rehén?

—Si lo tienen como rehén —dijo Karralys—, pronto sabremos de ellos.

No parecía haber más por discutir. Karralys despachó al consejo, y dobló la guardia. Polly ayudó a Anaral a preparar pan en un horno hecho de piedras calientes. Miró a su alrededor buscando a Og, pero no lo vio. Debe estar con Karralys, pensó.

—Esta diosa —reflexionó Polly— y la Madre. ¿Son una y la misma?

Anaral presionó con los puños la masa leudada.

—Para mí, y para Karralys, sí. Para aquellos que no son druidas... para Tav, por ejemplo, la diosa es la luna y la Madre es la tierra. Para algunos, es más fácil pensar en dioses y diosas separados en el viento, en los robles, en el agua. Pero para mí, todo es Una Presencia con muchos aspectos, así como tú y yo tenemos muchos aspectos, pero somos uno —ella colocó el pan en el horno de piedra—. Estará listo cuando regresemos.

—¿Adónde vamos? —preguntó Polly.

—A las piedras erguidas. En ese lugar se encuentra la energía más fuerte. Es por eso que el consejo siempre se lleva a cabo allí.

Los menhires. Donde estaría la casa de los abuelos de Polly tres mil años en el futuro, y la alberca, que no había podido excavarse tan profundamente como estaba previsto por el río subterráneo.

—¿Bajo las piedras erguidas —Polly siguió a Anaral mientras se alejaban de las tiendas y del lago— hay agua?

—Un río. Corre bajo tierra y luego sale a la superficie para desembocar en el lago. Pero su nacimiento está debajo de las piedras erguidas.

—¿Cómo lo sabes?

—Es el conocimiento antiguo.

—¿De quién es el conocimiento antiguo?

—Es el conocimiento del Pueblo del Viento. Pero Tav no me creyó, así que le di una varita de madera verde y le dije que la sostuviera directamente enfrente de sí, y que no la dejara tocar el suelo, entonces le pedí que me siguiera. Él pensó que yo era… ¿cómo lo llama el obispo? Oh, sí, primitiva. Pero él me siguió, riendo y sosteniendo la varita. Y cuando llegamos a las piedras erguidas, él no podía mantenerla quieta y tampoco era capaz de mantenerla alejada del suelo. Saltaba en sus manos como si estuviera viva. Entonces supo que yo decía la verdad.

Cuando llegaron al anillo de menhires, había alguien postrado en el altar. Con un grito grave, Anaral se lanzó hacia el frente, entonces retrocedió.

—Es el obispo hablando con la Presencia.

Mientras Polly observaba, el obispo se sentó lentamente y le sonrió a ella y a Anaral. Luego volvió su mirada a una cierta distancia.

—*Mas yo dirijo a Ti mi oración, Señor, en un momento favorable* —susurró él—. Palabras de un salmo. ¿Cómo sabía que era un momento favorable? ¿Cómo podemos saberlo nosotros? Un momento favorable ahora, porque el ahora de Dios es al mismo tiempo tres mil años en el futuro y tres mil años en el pasado.

—Lo sentimos —se disculpó Anaral—. No quisimos perturbar tus oraciones.

El obispo extendió las manos con las palmas hacia arriba.

—He tratado de escuchar, de entender.

—¿A quién intentas escuchar? —preguntó Polly.

—A Cristo —dijo simplemente el obispo.

—Pero, obispo, esto es mil años antes de...

El obispo sonrió gentilmente.

—Hay un antiguo himno de Navidad que me gusta particularmente. ¿Lo conoces? *"Del amor el Padre ha engendrado..."*[24]

—*Todos los mundos por Él han surgido* —Polly dijo la segunda línea.

—*Él es Alfa y Omega, Él es origen y fin...* —continuó el obispo—. Cristo siempre fue, siempre es y siempre será la Segunda Persona de la Santa Trinidad, y puedo escucharlo ahora, hace tres mil años, tanto como en mi propio tiempo, aunque en mi tiempo tenga la bendición añadida de saber que Cristo, Alfa y Omega, la fuente de todo, visitó este pequeño planeta. Así somos de amados. Pero en ninguna parte, en ningún momento y en ningún lugar, estamos privados de su amor. Oh, querida, ya estoy predicando otra vez.

—Está bien —dijo Polly—. Esto ayuda.

—Has recibido una buena instrucción —dijo el obispo—. Puedo ver que entiendes.

—Al menos un poco.

El obispo se deslizó desde la gran piedra del altar.

—Zachary... —dijo él.

—¿Cree que esté bien?

---

[24] *"Of the Father's Love Begotten"* es un himno doctrinal basado en el poema latino *"Corde natus"*, del poeta latino Prudencio.

—No tengo forma de saberlo, pero siento que nuestro viaje a través del umbral del tiempo, sin importar su significado, de alguna manera extraordinaria tiene que ver con él.

—¿Cómo podría ser así? —Polly no podía creerlo.

—No lo sé. Estaba aquí, en estado de contemplación, y de pronto vi a Zachary, no aquí, sino en el ojo de mi espíritu, y supe, al menos por un instante, que la verdadera razón por la que había atravesado el umbral del tiempo era por él.

Anaral se sentó en el suelo con las piernas cruzadas. Polly se dejó caer contra una de las sillas de piedra.

—¿Por su corazón?

El obispo negó con la cabeza.

—No, no lo creo. No puedo explicarlo. ¿Por qué pasar por todas las dificultades de traernos tres mil años en el pasado por el bien de Zachary? No lo encuentro particularmente encantador.

—Bueno, él puede ser...

—Pero luego pienso en la gente por la que murió Jesús, que tampoco era particularmente agradable —continuó el obispo—. Sin embargo, él trajo de vuelta a la vida a un joven muerto porque su madre estaba llena de dolor. Levantó a una niña de entre los muertos y les dijo a sus padres que le dieran algo de comer. Expulsó siete demonios de María Magdalena. ¿Por qué eligió a esas personas en particular? Quizás había otras más meritorias. Entonces, yo me pregunto, ¿qué es lo que me hace pensar que he cruzado tres mil años debido a Zachary?

Polly guardó las manos en los bolsillos del anorak rojo. Nada de esto tenía sentido. Zachary era periférico en su mundo, no un personaje central. Si nunca volviera a verlo, su vida no cambiaría drásticamente. Sus dedos se movieron inquietos en los bolsillos del anorak y sintió algo duro bajo su mano izquierda: el ángel de Zachary. Sacó el pequeño rectángulo y lo miró.

—Supongo que a Zachary le vendría bien un ángel de la guarda.

—Un gran ángel y un niño pequeño —el obispo también miró la imagen—. Los ángeles de la luz y los ángeles de las tinieblas están en pugna, y la tierra se encuentra atrapada en esa batalla.

—¿Crees eso? —preguntó Polly.

—Oh, sí.

—¿Qué aspecto tiene un ángel de las tinieblas?

—Es probable que sea exactamente igual al de la luz. La oscuridad es interna, no externa... Bueno, hijas mías, continúen con lo que sea que necesitan hacer. Yo me quedaré aquí y esperaré.

—¿Se encuentra bien, obispo? —preguntó Anaral.

—Estoy bien. Mi corazón late constante y silenciosamente, pero tal vez no debería participar en más batallas —miró el sol, que estaba en lo alto del cielo, entonces volvió a subir al altar y se recostó. La sombra de una de las grandes piedras protegía sus ojos del resplandor.

Polly siguió a Anaral de regreso al campamento.

A lo largo del día se sintió un malestar general. Las rutinas normales se llevaron a cabo. Se pescaron peces, las hierbas se colgaron para secarse. Varias mujeres, cada una vistiendo las brillantes plumas de su ave —un pinzón, una alondra, un cardenal—, elaboraban un manto de plumas.

Cachorro llamó a Polly:

—Puede que necesite tu ayuda.

Polly había olvidado al segundo invasor, el jovencito con la fractura de pierna, a quien Anaral había atendido tan gentilmente la noche anterior. Ahora yacía bajo la sombra de una tienda. Sus mejillas estaban enrojecidas y era evidente que padecía algo de fiebre. Cachorro se agachó a su lado.

—Toma —dijo él—, tengo algunos medicamentos de la Mujer Águila para ayudar a calmar la fiebre. Está hecho con moho de pan y no tendrá un sabor agradable, pero debes tomarlo.

—Eres amable —dijo el joven invasor con gratitud—. Si hubieras sido herido y hecho prisionero por mi tribu, no te habríamos cuidado de esta manera.

—¿Podrían haberme cuidado? —preguntó Cachorro.

—Oh, sí, nuestro sanador es extraordinario. Pero no desperdiciamos su poder en nuestros prisioneros.

—¿Te parece que esto sea un desperdicio? —Cachorro acercó un cuenco de barro a los labios del invasor y el muchacho tragó obedientemente—. Ahora debo mirar la pierna. Por favor, Pol-ii, sostén sus manos.

Polly se arrodilló junto al invasor. Anaral la había seguido y se arrodilló al otro lado. A Polly le costaba entenderlo, pero captaba la esencia de lo que estaba diciendo en un lenguaje que era más primitivo que el ogámico.

—¿Cómo te llamas? —ella tomó sus manos entre las suyas.

—Klep —respondió el chico. Al menos, así le sonó a ella—. Nací a la hora del oscurecimiento del sol, de la noche entrando en la mañana, mientras mi madre se esforzaba para sacarme adelante. Luego, cuando llegué al mundo, la luz regresó, lentamente al principio, y más tarde, mientras yo gritaba, el sol ya había regresado y era brillante. Fue un gran presagio. Un día seré el jefe de mi tribu y haré las cosas de manera diferente. Yo también cuidaré de los heridos y no los dejaré morir —jadeó de dolor, y Polly vio a Cachorro bañar su piel desprendida y en carne viva con algún tipo de solución.

Anaral se dio la vuelta mientras Polly sujetaba las manos de Klep con fuerza; él la apretaba con tanto ímpetu que la lastimaba. Klep hizo muecas de dolor, con los dientes apretados para evitar gritar, luego se relajó. Se volvió y miró a Anaral—. Lo siento.

Ella le sonrió gentilmente.

—Eres muy valiente.

—Y lo estás haciendo bien —dijo Cachorro—. No tendré que lastimarte más por hoy.

Klep dejó escapar un largo suspiro.

—Escuché que escapó Tierra Marrón, mi compañero, y también uno de los suyos. ¿O no es uno de los suyos, ése con la piel pálida y el cabello oscuro?

—No es uno de los nuestros —dijo Cachorro—. Él viene de un lugar lejano.

Anaral preguntó con entusiasmo:

—¿Sabes dónde están?

Klep negó con la cabeza.

—No sé dónde están, o cómo se fueron. Su medicina me hizo dormir como un niño y nada oí.

—¿Crees que Tierra Marrón se llevó a Zak con él? —preguntó Cachorro.

—No lo sé. ¿Este Zak habría querido irse?

—No lo sabemos —repuso Anaral—. Es muy extraño.

—No lo entendemos —añadió Polly.

—Si supiera algo —les aseguró Klep—, se los diría. Estoy agradecido. Tierra Marrón tiene una boca grande, puede ser que le haya hecho alguna promesa.

—¿Alguna que puede cumplir? —preguntó Cachorro.

—¿Quién puede saber?

—Ahora descansa —le ordenó Cachorro—. Anaral te traerá comida y te ayudará a comerla. Volveré esta tarde para tratar tu pierna.

Karralys supo de esa conversación.

—Nada esclarece —dijo—, pero han sido de gran ayuda. Y Klep todavía puede sernos útil, gracias. La Mujer Águila te envía sus agradecimientos, Polly. Cachorro te necesitará de nuevo cuando le vende el hombro. Anaral —sonrió amablemente a la chica— es una sustentadora, pero no soporta ver sangre.

—Es cierto —asintió Anaral—. Cuando me corté el dedo, grité. Pobre obispo. Pero estaré encantada de ayudar a comer a Klep.

—Nos alegra que estés aquí, Polly —dijo Karralys—. Y deseamos que puedas volver a tu tiempo. Y tú también debes desearlo.

Polly negó con la cabeza.

—No hasta que encontremos a Zachary, ni hasta que llegue la lluvia.

El ataque se produjo durante la noche. Og despertó a Polly, ladrando ruidosamente. Anaral se levantó de un salto, lanza en mano. Polly la siguió. Las antorchas arrojaban un brillo sangriento sobre las personas que luchaban, y al principio Polly no podía distinguir cuáles eran del Pueblo del Viento y cuáles los invasores. Entonces vio que Og corría para ayudar a Karralys y saltaba sobre un invasor que tenía una lanza en las costillas de Karralys. Og aplastó la muñeca del hombre en sus mandíbulas, y la lanza cayó.

En ese momento Polly sintió que algo oscuro era arrojado sobre ella, y fue levantada como un saco de papas. Sus gritos se mezclaron con la confusión general. Ella intentó patear para liberarse, pero su captor la sujetó con fuerza mientras corría. La joven no alcanzaba a distinguir en qué dirección iban. Escuchó el chasquido de unas ramitas bajo sus pies. Sintió ramas que la rozaban. Entonces, por fin, la bajaron y le quitaron la capucha de la cabeza. Estaban en la ribera, fuera de la vista del pueblo. Los árboles llegaban casi hasta la orilla del lago. La luna estaba alta y ella jadeó al ver a Zachary parado junto a una canoa poco profunda.

—¡Zach!

—La trajiste —le dijo Zachary a su captor—. Bien.

—Sube a la canoa —dijo Zachary. Su rostro se veía blanco y esquelético a la luz de la luna, pero su voz era aguda.

—¿Qué es esto? —le preguntó Polly.

—Está bien, dulce Pol, todo está bien —le aseguró Zachary—. Te necesito.

Ella retrocedió.

—No iré a ninguna parte.

Las manos de su captor estaban alrededor de sus codos y ella fue empujada hacia la canoa. No era Tierra Marrón, el invasor que había sufrido la conmoción cerebral, sino un hombre mayor, musculoso y pesado.

—No te hará daño, siempre y cuando no hagas un escándalo. Lo prometo —dijo Zachary—. Por favor, Polly —intentó persuadirla—, sólo ven conmigo.

—¿Adónde?

—Al otro lado del lago.

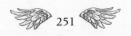
251

—¿Con las personas que están intentando tomar nuestra tierra? —su voz se alzó con incredulidad.

—¿Nuestra tierra? —preguntó Zachary—. ¿Qué te importa? Hace tres mil años de esto. No sabes nada acerca del Pueblo Más Allá del Lago, ellos no son nuestros enemigos.

—Nos atacaron.

Él la ignoró y siguió hablando ansiosamente:

—Ellos tienen un sanador, Polly, un anciano sabio y lleno de experiencia. Tierra Marrón vio a Cachorro.

—Cachorro te ayudará.

Zachary negó con la cabeza.

—Es demasiado joven. No sabe lo suficiente. El sanador del otro lado del lago tiene poder, puede hacerlo mejor.

—Bien —dijo Polly—. Ve con él. Pero déjame fuera de esto.

—No puedo, querida Polly. Lo haría si pudiera. Pero ellos quieren verte.

—¿A mí? ¿Por qué?

—Porque llamaste a la serpiente y ella acudió. Creen que eres una especie de diosa.

—Eso es una tontería. De cualquier modo, ¿cómo puedes entender lo que dicen?

—Si consigo que hablen lo suficientemente lento, entiendo la esencia de las cosas. No soy tan bueno en ogámico como tú, pero comprendo lo suficiente. Y el lenguaje de señas puede ser muy efectivo —dijo Zachary—. ¿De qué otra manera crees que Tierra Marrón me hizo acompañarlo? Por favor, Polly, por favor. No quiero que te haga daño.

—¿Lo permitirías? Pensé que te importaba no lastimar… ¡ay! —las manos de su captor se apretaron sobre sus brazos como un tornillo.

—Por favor, Polly, ven, y todo saldrá bien.

—Quítame las manos de encima —espetó Polly. Abrió la boca para pedir ayuda, pero su captor la silenció con una mano áspera. Alcanzaba a escuchar el sonido de los gritos que venían desde el pueblo, así que tal vez su grito no se escucharía. Su captor la empujó hacia la canoa. Era más alto que ella y muy fuerte. Intentar luchar contra él era una locura. Por el momento, subir a la canoa parecía lo más sencillo, ir con Zachary y el invasor, para ver de qué se trataba todo esto.

El invasor empujó la balsa por encima de los guijarros y la sacó de la estrecha ribera, luego saltó dentro de ella con tal destreza que apenas causó un leve balanceo.

Zachary se estiró para tocar la rodilla de Polly.

—Lo siento, Polly. Sabes que no quiero hacerte daño. Tú lo sabes —su rostro estaba tenso y ansioso—. Enviaron a este matón conmigo porque tenían miedo de que no te trajera. Yo soy en quien no confían, no tú. Serás tratada bien, te lo prometo, como una diosa. Y eso es lo que tú eres para mí, a pesar de que te considero una diosa de diferente manera a como ellos lo hacen.

Ella suspiró con fuerza.

—Zachary, cuando terminen los combates y se percaten que me he ido, se pondrán como locos.

—¿Quiénes?

—Karralys y Anaral. El obispo, Tav. Cachorro. Todos.

Su captor emitió dos sonidos guturales, que Polly interpretó como "Vamos". Él señaló y pudieron ver varias canoas más largas que se desplazaban velozmente a través del lago.

La batalla, entonces, había terminado, aunque Polly no tenía idea de quién había vencido, ni cuántos había sido heridos o incluso asesinados. Rápidamente, saltó al agua y se lanzó hacia la orilla, pero su captor la persiguió y la sometió antes de que llegara a tierra.

—No tienes derecho a llevarme contra mi voluntad —se esforzó en decir.

Él no respondió. La levantó y la llevó de regreso a la canoa.

—¡Polly! ¡No vuelvas a hacer eso! —Zachary estaba furioso.

Polly luchó por recuperar el aliento, que prácticamente le habían exprimido los fuertes brazos del invasor.

—Polly, no me niegues mi oportunidad. Por favor. Sé que su sanador puede ayudarme.

—¿Pero hay un precio para eso?

—Sólo quieren que te lleve con ellos porque creen que eres una diosa.

Polly negó con la cabeza.

—No soy una diosa y no invoqué a Louise, ella llegó por casualidad. No tengo poder mágico alguno —se aferró a un extremo de la canoa mientras el invasor remaba rápidamente—. ¿Cuál es su nombre?

Zachary rio.

—Creo que suena a algo parecido a "Cebo", pero su lenguaje no es ogámico puro. Usa un montón de gruñidos y ruidos y movimientos de brazos. Polly, siento haberte traicionado de esta manera, en verdad, lo siento, pero no sabía cómo hacerlo. Te necesito. Si vienes conmigo, entonces su viejo sanador arreglará mi corazón.

Arreglar, pensó ella con cansancio. *Él está acostumbrado a que el dinero lo arregle todo. Y no todo puede ser arreglado.*

De pronto, fueron rodeados por otras canoas; todos sostuvieron los remos en el aire en un gesto triunfal y los que no tenían remos levantaron sus manos sobre sus cabezas, aplaudiendo.

—¿Ves? —Zachary le dedicó su sonrisa más encantadora—. ¿Ves lo felices que están de verte?

Una vez en tierra, fue saludada por un anciano con el rostro lleno de finísimas arrugas, como las líneas de un grabado. Extendió las manos a Polly y la ayudó a salir de la canoa.

—Pol-ii.

Ella asintió.

—Tynak —dijo él—. Tynak saluda a Pol-ii —él la condujo a través de la estrecha ribera y sobre la hierba que crujía secamente bajo sus pies. La llevó a un sitio donde había un asiento de helechos, similar a las camas de helecho de Anaral. Tynak indicó que Polly debía sentarse, y él mismo se puso en cuclillas sobre sus talones.

Hablar con Tynak, quien tenía la autoridad que lo declaraba líder del Pueblo Más Allá del Lago, no fue fácil, pero Polly logró descubrir que la batalla no había sido más que un ardid para llevar a cabo su secuestro. Nadie había resultado gravemente herido, y no se habían tomado prisioneros, a excepción de ella.

Zachary se encontraba justo afuera de la tienda, y el anciano lo llamó con una sonrisa tan débil que no había alegría en ella, sino una sensación de solemnidad.

—Mira, la traje, Tynak —dijo Zachary—. ¿Ahora el sanador arreglará mi corazón? —se puso la mano en el pecho y miró al jefe con ansiedad.

Tynak se embarcó en un largo y vehemente discurso que Polly no pudo seguir. Su lenguaje estaba formado en su mayoría por sílabas cortas y fuertes, y hablaba muy rápido. Sólo comprendió algunas palabras aisladas: diosa, lluvia, ira. Pero nada coherente encajaba.

Contempló una tierra mucho más seca y marrón que la del Pueblo del Viento. La hierba que había entre la ribera y la tienda era exigua. Las hojas de los árboles caían secas, girando lánguidamente a la deriva hasta llegar al suelo. Sobre el lago, el cielo mostraba un tinte amarillo mostaza en el horizonte de la noche. El aire estaba tan viciado que la orilla más lejana ni siquiera era visible. Sólo las montañas sobresalían en la oscuridad. Al verlas desde este lado del lago, parecían más altas y sus picos tenían más nieve. El derretimiento de la nieve podría ser lo que ayudara a mantener la tierra del Pueblo del Viento fértil y verde. La luna brillaba a través de las nubes que pasaban.

Tynak se levantó y se volvió hacia Polly, indicando que ella debía seguirlo. Era mucho más bajo de lo que Polly había notado cuando los recibió, a la llegada de la canoa. Sus piernas parecían un par de palos cortos debajo de una túnica de piel, pero se movía con autoridad. Ella lo siguió a través de un conjunto de tiendas, mucho más numerosas que en su lado del lago. Había gente moviéndose de un lado a otro. Tynak habló y lo que ella entendió fue que durante el día el sol ya no era suave, sino cálido y ardiente. Él la llevó hacia lo que debía haber sido un maizal, cuyos tallos habían sido cosechados y cortados pero que, a la luz de la luna, eran enanos, oscuros, con escasas mazorcas. Tynak volvió a hablar, más lentamente, y ella pensó que le decía que su gente era amable con la tierra, que la trataba con respeto, pero que ésta se había vuelto en su contra. La miró con sus ojos pequeños y muy oscuros, y le dijo que morirían de hambre sin lluvia.

La condujo de regreso a la tienda y le mostró una piel enrollada que cubría la esquina. Luego se inclinó hacia ella y se marchó, indicándole a Zachary que lo acompañara.

Pocos minutos después, una de las jóvenes de la tribu le trajo a Polly un tazón con algún tipo de estofado, lo dejó junto a ella y entonces la miró con timidez.

Polly le agradeció.

—Soy Polly —le dijo— Tú eres…

La chica sonrió.

—Cierva —luego se alejó trotando.

Polly vio que la tribu se encontraba reunida alrededor de un fuego, compartiendo una comida de la que ella estaba excluida. ¿Por qué? Los invasores habían sido incluidos en la fiesta del Pueblo del Viento. Pero Klep le había dicho que el Pueblo Más Allá del Lago trataba a sus prisioneros de manera diferente.

Comió el guiso, que no era sabroso, porque sabía que necesitaba mantener sus fuerzas. Tal vez la carne con la cual se había hecho el guisado provenía de una de las bestias robadas al Pueblo del Viento. Luego se sentó con la barbilla apoyada en las rodillas, pensando. Se dio cuenta de que el Pueblo Más Allá del Lago podría no haber celebrado fiesta, ni haber siquiera comido, si no hubieran robado a personas más afortunadas cuya tierra aún era fecunda. Ella había visto gente pobre antes, pero nunca a quienes morían de hambre.

Se acostó, sabiendo que necesitaba descansar, pero todos sus músculos estaban tensos, y el canto y los gritos de la tribu la mantenían despierta. No era el canto feliz del Pueblo del Viento; se trataba más de un canto lastimero. ¿Estaban preocupados por Klep, que había sido hecho prisionero… Klep, quien sería su próximo líder?

Se acostó con los ojos cerrados, intentando descansar a fin de estar lista para lo inminente, y sintió dentro de sí una calma desesperada. Era inconcebible que estuviera atrapada tres mil años en el pasado, con la posibilidad de nunca regresar a casa. Aun así, ahí estaba, como una prisionera.

Debido a Zachary.

Aunque Zachary no había cerrado el umbral del tiempo.

No, pero la había traído allí, al otro lado del lago. Zachary estaba demasiado aterrorizado de morir para pensar en otra cosa, o en alguien más. En su caso, ¿qué habría hecho ella? No lo sabía. Cerró los ojos y se dejó llevar a un estado entre la vigilia y el sueño. En su casi sueño sintió una extraña seguridad, como si estuviera rodeada por el amor que le llegaba desde el otro lado del lago, desde el Pueblo del Viento, del obispo y Anaral, Karralys, Tav, e incluso de Klep. Ella se puso de lado y se relajó en la protección de su amor.

En su casi sueño vio a Tav, y miró sus ojos plateados, vio sus hermosas y gruesas pestañas, su mata de cabello pálido. Él la estaba cuestionando, afirmando que era una diosa para el Pueblo Más Allá del Lago, y quería saber cómo la habían capturado. Anhelando la realidad de su presencia, ella se deslizó más profundamente en el sueño.

—Zachary y uno de los hombres me secuestraron.

Vio el ceño fruncido de Tav.

—¿Por qué alguien, incluso ese Zak, haría una cosa así?

Polly murmuró:

—Klep tenía razón cuando dijo que tal vez Tierra Marrón le había prometido algo a Zachary.

—¿Qué le prometió? —exigió saber Tav.

—A Zachary le prometieron que su sanador arreglaría el problema de su corazón si me entregaba.

—¡Pero Zachary nunca debió haber hecho eso! —ahora era Anaral quien estaba enojada.

—Supongo que si crees que vas a morir y te dicen que alguien puede salvarte la vida, eso es lo único en lo que puedes pensar. De todos modos, estoy segura de que cree que no existe ningún tipo de amenaza para mí. Quiero decir, no le harían daño a alguien que creen que es una diosa, ¿cierto?

—No harán nada hasta que la luna esté llena —dijo Tav—. Y, oh, Pol-ii, no permitiremos que te hagan nada, Klep te está agradecido por haberle ayudado a sanar su pierna, por haber sostenido sus manos para soportar el dolor.

—Él es agradable —dijo Anaral en voz baja—. Es bueno.

—Dice que su honor está ligado a ti, a ayudarte y a ayudarnos a liberarte.

Polly cambió de posición, aferrándose al sueño, sin querer despertar. En el sueño, Tav se inclinó hacia ella y colocó sus dedos suavemente sobre sus orejas. Luego le tocó los ojos, la boca.

—Te damos el don de escuchar —dijo él—. Klep te envía el oído de los árboles.

—Te damos el don de escuchar —dijo Anaral en voz baja—. Te doy el don de escuchar el lago, porque sé que tienes mucho amor por el agua.

—Y yo —la voz de Tav era suave—. Te concedo el don de comprender la voz del viento, porque somos el Pueblo del Viento y el Viento es la voz de la diosa. Escucha, y no temas.

—No temas —repitió Anaral.

"No temas", sus palabras hicieron eco en sus oídos cuando se giró de nuevo sobre la dura tierra y salió de su estado de sueño para entrar en el de vigilia. Trató de aferrarse a la promesa de Tav de que nada le pasaría, pero a pesar de su propia afirmación de que el Pueblo Más Allá del Lago nada haría por dañar a quien pensaban una diosa, una voz interior le dijo que para esta gente, cuya tierra había sido devastada por la sequía, el sacrificio de una diosa sería uno de gran poder.

Se tendió en el camastro de helecho y jaló la manta de piel sobre ella. Quiso recuperar la comodidad del sueño, pero no pudo. Su mente comenzó a buscar maneras de escapar. Ella era una buena nadadora. Había nadado toda su vida, y su vigor y resistencia eran mucho mayores de lo ordinario. Había habido incluso una sugerencia de que intentara participar en los Juegos Olímpicos, una sugerencia realista, considerando sus capacidades, pero ella estuvo de acuerdo con sus padres en que ése era un estado de competencia que ella no quería. Pensó en el lago y se dio cuenta de que la distancia era demasiado grande, especialmente en agua fría. La alberca de sus abuelos estaba climatizada y apenas descendía a los veintidós grados, el lago estaría mucho más frío. A menos que fuera su última esperanza, no intentaría esta opción.

¿Dónde estaba Zachary mientras ella se encontraba aislada en esta pequeña tienda? El sonido de la gente cantando y gritando era más débil. Se arrodilló sobre la manta y distinguió varios grupos que abandonaban el fuego y se dirigían a sus tiendas. Los festejos, si es que lo habían sido —¿en honor a qué, a la venida de la diosa?— se habían acabado.

La oscuridad era tangible. La sintió como una fuerte presión sobre su pecho. *Pero esto es miedo*, pensó ella. *Si sólo pudiera dejar de sentir miedo*.

Se estremeció. ¿Cómo eran asesinadas las víctimas sacrificiales? ¿Con un puñal? Ésa sería la forma más rápida, más
amable…

Respiró lenta, deliberadamente. No percibía sonido desde
ninguna de las otras tiendas. El agua del lago lamía genero-
samente la orilla. Prestó atención. Intentó recordar los dones que Tav y Anaral le habían concedido en sueños. El don
de escuchar el agua. Silencio, dijo el agua. Silencio. Silencio.
Paz. Descanso.

El viento se levantó, se agitó entre los árboles, sacudiendo
las hojas secas. La tienda estaba sujeta por atrás al tronco de
un gran roble. Las ramas sobrepasaban el techo de piel, aña-
diendo su protección. En verano, cuando el árbol estuviera
completamente repleto de hojas, la tienda estaría protegida
del sol. Klep le había enviado el don de escuchar a los árboles.

Escuchó, con la certeza de que efectivamente le habían
enviado estos dones flotando en el viento, a través de las oscuras aguas del lago. Escuchó un palpitar constante, como un
gran corazón latiendo. El ritmo nunca vacilaba, era una afirmación de constancia. El roble era más viejo que cualquier
árbol de su tiempo. Tenía cientos de años de antigüedad. Él
era, y su *ser* resultaba un extraño consuelo.

Por último, recurrió al don de Tav, y lo tuvo por cierto, el
don de escuchar la voz del viento, y escuchó mientras el viento se agitaba suavemente entre las hojas secas por encima de
su cabeza. Tocaba las aguas del lago, ondulando su superficie.
Llegaba a la tienda y rozaba sus mejillas. No escuchó palabras,
pero tuvo una sensación cada vez más intensa de consuelo y
seguridad.

Entonces abrazó el sueño.

* * *

Cuando abrió los ojos, era de día. Tynak estaba en cuclillas junto a ella y la miraba. A sus espaldas la luz del amanecer brillaba rosada en el agua. El sol salía tras las montañas cubiertas de nieve que protegían al Pueblo del Viento. Pero ahora, mientras Polly miraba las montañas desde el otro lado del lago, éstas parecían salvajes y amenazadoras. Alrededor del campamento la gente estaba en actividad y ella percibió el humo del fuego de la cocina.

Unos profundos rayos de luz alcanzaron la tienda, y tocaron a Polly. Tynak levantó una mano. Al principio ella no tenía idea de lo que estaba indicando con su anciano dedo, pero entonces se dio cuenta de que era su cabello. Tynak nunca había visto el cabello rojo antes y por la noche no habría brillado como lo hacía con los potentes rayos de luz solar. No sabía cómo explicar que el cabello rojo no era particularmente inusual en su tiempo, así que sonrió con amabilidad.

—Buenos días.

—Klep… —había urgencia en el tono de voz de Tynak.

Ella habló despacio.

—Klep tiene una pierna rota. Nuestro sanador está cuidándolo. Se pondrá bien.

—¿Regresará?

—No lo sé. No sé qué pasa con los prisioneros.

—¡Él debe regresar! Eres una diosa, necesitamos tu ayuda.

—No soy una diosa. Soy un ser humano ordinario.

—Llamaste a la serpiente y ella acudió.

—Lo siento. Eso nada tuvo que ver conmigo. No poseo ese tipo de poder. Ignoro por qué se presentó. Fue sólo una coincidencia —esperaba que él pudiera entender lo suficiente de su vacilante ogámico para entender lo que estaba diciendo.

—La serpiente. ¿Quién es?

—Louise es sólo una serpiente negra común. Es inofensiva.

—¿Su nombre?

—Louise la Más Grande.

Tynak gruñó y le dirigió una mirada incomprensiva, luego se dio media vuelta y, sin decir más, abandonó la tienda.

Pocos minutos después regresó con un cuenco de madera lleno de alguna especie de avena.

Ella lo tomó.

—Gracias.

—¿Puedes invocar a la lluvia? —preguntó él.

—Ojalá pudiera.

—Debes intentarlo —su rostro arrugado era amable, triste, de ninguna manera siniestro o amenazador.

Ni siquiera en nuestro tiempo futuro, pensó ella, *donde creemos que tenemos el control sobre tantas cosas, hemos logrado pronosticar el clima de manera infalible, y mucho menos controlarlo. Nosotros también sufrimos sequías e inundaciones y terremotos. Vivimos en un planeta que todavía es inestable.*

—¿Lo intentarás? —la espoleó Tynak.

—Lo intentaré.

—¿Allá de dónde vienen, tienen dioses y diosas?

Ella asintió. Debido a su vida en una isla aislada, había tenido poca instrucción institucional en religión: allí no había escuelas dominicales. Pero la conversación que la familia compartía a la mesa incluía filosofía y teología, así como ciencia. Su padrino era un canónigo inglés que le había enseñado acerca de un Dios de amor y compasión, un Dios que era misterioso y formidable, pero que no debía ser entendido de la misma manera que "dos átomos de hidrógeno más un átomo de oxígeno forman el agua" puede ser entendido. Un Dios que se preocupaba por todo lo que había creado en el amor, y eso comprendía a todas estas personas que habían vivido tres mil años atrás. El obispo Colubra también creía en un Dios de amor total. Y a pesar de su pragmatismo, la doctora Louise lo creía también.

Anaral había hablado de la Presencia, que era un nombre tan bueno como cualquier otro.

—Nosotros creemos en la Presencia —dijo Polly con firmeza—. Aquel que nos creó a todos y se preocupa por nosotros.

—¿Esta Presencia quiere el sacrificio?

—Sólo quiere el amor —dijo ella. Pero quizás ése fuera el mayor sacrificio de todos.

—¿Esta Presencia envía la lluvia?

—No siempre. También sufrimos sequías.

—¿De dónde vienes?

De cuándo, pensó ella, pero movió la cabeza. Era imposible de explicar.

¿Tenía ella algo de su propio tiempo que impresionara a Tynak? Se palpó en los bolsillos del anorak rojo. Sí, ella tenía varias cosas, artefactos que podrían parecerle a Tynak llenos de poder. Sus dedos tocaron el ángel de Zachary y lo sacó. Lo sostuvo frente a Tynak. Zachary le había comprado la imagen porque estaba preocupado por ella.

Tynak miró el objeto con atención, casi con miedo, luego la miró interrogativamente.

Ella señaló al niño de la imagen, luego a sí misma. Entonces señaló al ángel y extendió los brazos como si abrazara todo el campamento de Tynak, las tiendas, el lago, las grandes montañas cubiertas de nieve.

Tynak tomó el objeto en sus manos y lo miró de nuevo, luego a Polly, y otra vez el objeto. Señaló al ángel, con sus dedos tocó sus grandes alas.

—¿Puede volar?

—Sí.

—¿Es una diosa?

Polly negó con la cabeza.

—Es un ángel.

Él pronunció la palabra después de ella.

—Án-gel. ¿El án-gel te ayudará?

Ella asintió.

—¿El ángel no permitirá que te hagan daño?

—El ángel me ama —respondió ella con cuidado.

Él asintió varias veces. Le dio la vuelta al objeto, miró la madera lisa de la parte de atrás, lo giró de manera que pudiera mirar al ángel y al niño otra vez.

—¿Dónde lo conseguiste?

—Me lo dio Zachary.

—Zak. Zak. Habla ahora con el Zak.

Extendió la mano hacia el icono.

—Por favor, devuélvemelo.

Él apartó su mano, sosteniendo todavía el ángel.

—Por favor, devuélvemelo —repitió Polly, extendiendo su mano.

—¡No! Tynak se quedará con el poder del án-gel.

¿Por qué le importaba tanto quedarse con aquel recuerdo? Si ella intentaba quitárselo, otros acudirían de inmediato para ayudar a su líder. Ella miró fijamente a sus ojos oscuros.

—El ángel tiene poder bueno para mí, poder malo para ti.

—No es así. Yo tomo el án-gel. Tomo tu poder.

Era absurdo sentirse tan amenazada por el hecho de que Tynak se quedara con la imagen. No era más que una pintura sobre madera. Zachary había dicho que no tenía valor. Pero era la confirmación de que él se preocupaba por ella, que hablaba en serio cuando le prometió que no querría hacerle daño. Su voz temblaba.

—Poder malo para ti —ella sólo podía repetirse.

Se detuvo al escuchar un gruñido grave. Mojado y goteando, Og saltó junto a ella.

—¡Og! —estaba casi tan contenta de verlo como lo había estado cuando vio a Tav.

El perro se colocó a su lado y le mostró los dientes a Tynak.

—Dámelo —ella de nuevo extendió su mano al objeto—. ¿Lo ves? Poder bueno para mí, poder malo para ti.

Tynak apretó la imagen en la mano de Polly y se alejó casi corriendo.

Og lamió su mano suavemente y Polly rompió en llanto.

DIEZ

Los frenéticos esfuerzos de Og por lamerle las lágrimas hicieron que Polly riera, entonces se enjugó la cara y limpió sus ojos.

—¡Ay, Og, me alegro de verte! ¿Cómo llegaste hasta aquí? —quizás Anaral o Tav o Karralys habían llevado a Og la mayor parte del camino en una canoa. No había forma de saberlo, pero estaba muy agradecida de que el perro estuviera con ella. Miró la figura del ángel y el niño. Sin lugar a dudas, Tynak nunca había visto un cuadro pintado antes. Si ella tuviera una cámara consigo, una de esas instantáneas, y le tomara una foto, seguramente lo convencería de su poder. Pero no tenía una.

Og gruñó ligeramente y levantó la vista para ver a Zachary con su elegante traje de excursionismo, incongruente en este antiguo pueblo devastado por la sequía.

—Polly, cariño. ¿Estás bien?

Miró a Zachary, a su rostro pálido, a sus oscuros ojos sombríos.

—Tú me secuestraste.

Él apoyó su mano contra uno de los postes que sostenían la tienda.

—Polly, ¿no lo entiendes? Te necesitaba. Te necesitaba terriblemente.

—¿Por qué no me preguntaste?

Se dejó caer para sentarse a su lado en el camastro de helecho.

—Pensé que no habrías venido.

—Pero ni siquiera lo intentaste y permitiste que ese hombre me secuestrara.

—Oh, dulce Pol, no lo veas así. Me dejaron muy claro que el sanador no se acercaría a mí si no les traía a la diosa.

—Sabes que no soy una diosa.

—Ellos no.

—Zachary —ella lo miró directamente—, ¿entiendes que Tynak planea sacrificarme para que llueva?

—No, no, nunca llegaría tan lejos —pero de pronto, Zachary parecía muy incómodo—. Eres una diosa. Él sólo quería que vinieras porque tienes poder —miró a Og—. Y lo tienes, ¿no? El perro ha venido a ti, y Tynak pensará que eso es un poder tremendo, ¿no es así? —hablaba mucho, y demasiado aprisa.

—Zachary, ¿permitirías que Tynak me sacrificara?

—Nunca, nunca, Polly —él la miró suplicante—. Polly, sólo quiero que su sanador me ayude.

—¿A este precio?

—No hay ningún precio.

—¿No lo hay? ¿Mi vida por la tuya?

—No, no. Tynak cree que eres una diosa —Zachary se pasó los dedos por su cabello oscuro—. Escucha, Polly, este Tynak me aclaró que el sanador no me tocaría a menos que tú... bueno, ése es el problema. No pude entender lo que quería. ¿Tú le entiendes a él?

—Un poco.

—Estás enojada conmigo.

—¿Por qué no habría de estarlo?

—Polly, tienes mi ángel. Te preocupas por mí. Tynak dijo que el sanador me ayudaría si venías aquí. Eres una diosa, ¿no lo entiendes?

Ella sacudió la cabeza. Lo miró. Era trágico y guapo, pero tenía la profunda sensación de que él haría cualquier cosa por conseguir lo que deseaba. Y esta vez se trataba de algo importante: la vida.

—¿No quieres que viva? —lo dijo suplicante.

—¿A costa mía?

—Polly, deja de exagerar.

—¿Estoy exagerando?

Zachary se puso en pie.

—Polly, quería hablar contigo, pero veo que no tiene sentido mientras seas tan poco razonable. Volveré con Tynak, me estoy quedando en su tienda. Y en caso de que te interese, hay cráneos en los postes de su tienda —su voz sonaba tensa y a la defensiva—. Me trajiste al pasado, a este lugar donde las personas difícilmente son algo más que salvajes. Creo que deberías tener un cierto sentido de responsabilidad.

—Si son salvajes, ¿por qué tienes tanta fe en que su sanador podrá curar tu corazón? —le preguntó ella.

—¡Ah, Polly, no puedo soportar que te enojes conmigo! Pensé que éramos amigos.

¿Amigos? Ella no estaba segura de lo que era un amigo. En su conversación con Anaral había pensado sobre la amistad, sobre cómo los amigos se cuidaban y trataban de protegerse unos a otros. La amistad era una carretera de doble sentido. Deseaba que Zachary se marchara y la dejara en paz. Guardó la imagen en su bolsillo, la que Zachary le había dado porque su abuela creía en los ángeles. El obispo Colubra también creía en los ángeles, y si él podía creer en los ángeles, ella también. No en el ángel pintado en la imagen, sino en poderes reales de amor y protección. El objeto no era una cosa mágica en sí misma, sino una confirmación.

Aunque para Tynak el objeto sí poseía poder.

—¿Viste hoy al sanador? —preguntó a Zachary.

—Lo vi y hablé con él, si es que puede decirse así. Es muy anciano, más que Tynak. Tiene brazos largos y delgados, y unas manos enormes y fuertes. Escucha, Polly, me ayudarás, ¿cierto? ¿Lo harás?

Estaba desesperado, aterrorizado y fuera de sí, ella lo sabía. Pero también sabía que sus negaciones acerca de que Tynak la sacrificaría estaban vacías. Sintió un profundo dolor en su pecho.

—Nos vemos —Zachary intentó parecer relajado. Dio media vuelta y se alejó.

El sol estaba muy por encima del horizonte y se inclinaba con calidez contra la tienda. Iba a ser un caluroso día de otoño. ¿El verano indio? Se quitó el anorak. Tav había dicho que nada pasaría hasta que llegara la luna llena. *Pasado mañana*, pensó. Muchas cosas podrían cambiar hasta entonces.

Abandonó la tienda y cruzó el campamento, con Og a su lado. La gente la miraba con curiosidad, con cautela, incluso con miedo, pero nadie le hablaba. Sentía como si su cabello rojo estuviera en llamas. Le dirigían muchas miradas furtivas a Og. Estas personas no estaban acostumbradas a los perros, al menos no a los domésticos. Quizá pensaban que Og formaba parte de su magia y tal vez por eso lo habían enviado a través del lago. Og era la protección, el obispo lo había dicho. Ella necesitaba su protección.

El sol escocía con un fulgor sulfuroso. Hacía calor, mucho calor, pero era un calor extraño. El cielo estaba amarillo, en lugar de azul, y su única esperanza en este momento era que este clima extraño significara que vendría una tormenta, la lluvia anhelada.

Cada vez que se acercaba a un grupo de personas, la conversación se detenía. Og la empujó con su hocico en dirección a la tienda, por lo que ella regresó.

Al mediodía, cuando el sol estaba alto, Cierva le trajo un tazón de caldo y un poco de pan duro, pero no se quedó. Polly comió y se recostó en el camastro, con las manos detrás de su cabeza, mirando al techo de piel, intentando pensar, pero no conseguía enfocar sus pensamientos. Enrolló el anorak para hacerse una almohada y levantar la cabeza para poder ver fuera de la tienda, a través del campamento y en dirección al lago.

Zachary le había dicho que había cráneos en la tienda de Tynak, que estas personas de la Edad de Piedra eran salvajes. ¿Pero eran las personas de su tiempo menos salvajes? En los recuerdos de sus abuelos, judíos, gitanos y cualquier persona que se pensara que era un peligro para la supremacía aria habían sido puestos en campos de concentración, gaseados, convertidos en jabón, usados para experimentación médica. Más o menos al mismo tiempo, en su propio país, los migrantes japoneses que ya eran ciudadanos estadounidenses habían sido reunidos y aprisionados en la versión americana de los campos de concentración. Seguramente no habían sido tan brutales como los alemanes, pero sí tan salvajes como cualquier cosa que se hiciera a ambos lados del lago.

Entonces pensó que el obispo Colubra se recostaba sobre la gran piedra a orar, por lo que cerró los ojos y trató de dejar que su mente se vaciara para poder ser parte de su oración. Él y Karralys sabían que ella y Zachary estaban aquí. Le habían enviado a Og. Esperaba que estuvieran orando por ella. Sabía que les importaba, que nunca la abandonarían. Tav la rescataría.

Pero todavía sentía una dolorosa angustia en su corazón.

A última hora de la tarde, los truenos retumbaron desde las montañas a través del lago, y los rayos brillaron. Las nubes formaron una cortina, pero en la otra orilla del lago, no en el lado de Tynak. A Polly le pareció que el Pueblo del Viento se estaba dando una buena ducha. El olor a lluvia estaba en el aire, y era un olor a verano. El ambiente seguía siendo caliente y pesado.

Tynak se acercó a ella de nuevo.

Polly se sentó en el anorak para proteger la figura del ángel. Og se sentó a su lado. Tynak señaló al perro y la miró inquisitivamente.

—¿Animal?

—Es un perro. Perro.

—¿De dónde viene?

—Él pertenece al Pueblo del Viento. Creemos que cruzó el océano con Karralys... el druida. Su líder.

Tynak señaló la tormenta que aún caía en la otra orilla del lago.

—Poder. Tú tienes poder. Haz que llueva.

Polly negó con la cabeza.

—La tierra debe tener lluvia. Sangre, luego lluvia.

—¿Un cordero? —sugirió Polly.

—No es sangre fuerte. No tiene poder suficiente.

Sólo Polly tenía suficiente poder para que se realizara un sacrificio exitoso. Un sacrificio debía ser impecable. Tynak temía el poder de Polly. Había considerado la posibilidad de sacrificar a Zachary, le dijo a Polly, pero él podría no proporcionar el poder suficiente para apaciguar la ira de los dioses y traer la lluvia a este lado del lago, y devolver a Klep a su gente.

—Prometiste ayudar a sanar el corazón de Zachary —trató de recordarle Polly, presionando su mano contra su corazón.

Tynak se encogió de hombros.

—Le prometiste a Zak que si me traía ante ti, tu sanador ayudaría a curar su corazón —insistió ella—. ¿No tienes honor? ¿No cumples tu palabra?

—Honor —Tynak asintió pensativamente—. Intentar —él se marchó.

Ella lo miró fijamente mientras se iba y se preguntó si el sanador tendría en verdad el suficiente don de curación para darle nueva vida a un corazón muy afectado.

Cierva le trajo otro tazón de estofado al atardecer. Polly se lo comió y se sentó a escuchar. El viento se movía en las ramas del roble detrás de ella. Sofocante, hacía demasiado calor para esa época del año. El pueblo estaba tranquilo. Tynak la había dejado sin vigilancia, quizá porque ella no tenía adónde ir. Sentía la amenaza del bosque detrás y el lago se encontraba frente a ella.

El agua ondulaba con suavidad. El viento parecía llamarla, hacerle señas. No estaba segura de lo que intentaba decirle. La luna se levantó. Estaba a punto de llegar a su plenitud, la luna llena. El pueblo se tranquilizaba por la noche. Los fuegos eran extinguidos. No se oía ruido alguno, salvo por el viento en los árboles, que agitaba la superficie del lago. El pueblo dormía.

Og se levantó y la empujó con el hocico. Fue a la salida de la tienda, miró a Polly, con la cola apenas moviéndose, esperando. Luego se acercó al borde del lago, metió una pata, volvió a mirarla y metió otra vez la pata en el agua, miró hacia atrás y meneó la cola. Finalmente ella entendió que él quería que entrara en el lago. Que nadara. Se quitó los zapatos y los calcetines, los jeans y la sudadera, y salió de la tienda en ropa interior. Entonces Og la condujo a un lado del lago, cada vez más lejos de las tiendas.

No se oía un solo sonido proveniente de la aldea. El pueblo dormía un sueño profundo. La nieve en las montañas brillaba con la luz de la luna. Polly siguió a Og, tratando de guardar silencio, aunque no podía moverse tan calladamente como Tav y Anaral. Las ramitas crepitaban bajo sus pies y éstos se enganchaban con las enredaderas. Ahora ya no había más ribera. El bosque llegaba hasta la orilla. Intentó no rozar las ramas. Intentó no gritar cuando las ramitas o piedras lastimaron sus pies descalzos.

Finalmente Og se internó en el agua y volvió a mirar a Polly para asegurarse de que lo estaba siguiendo. Ella entró en el lago, tratando de no chapotear. Cuando le llegaba a las rodillas, se deslizó en el agua. Og nadaba a un ritmo constante. El agua estaba fría. Gélida. La superficie había sido calentada por el calor inusual del día, pero dentro estaba fría, mucho más que la alberca de sus abuelos. No obstante, el potente sol la había calentado lo suficiente para que fuera soportable. Ella siguió a Og, nadando a buen ritmo, pero no frenéticamente. Tenía que nadar con la suficiente constancia para no entrar en hipotermia, y no tan apresuradamente para que se cansara antes de cruzar el lago.

El agua estaba tranquila. Fría. Nadó, siguiendo a Og, que se movía a un ritmo uniforme para poder mantener su ritmo sin esforzarse. Pero a medida que nadaban, sentía el cuerpo cada vez más frío, tenía la piel de gallina. Confiaba en Og. Él no la habría llevado al lago si no pudieran llegar al otro lado. Ella había nadado toda su vida, podría nadar por siempre si tenía que hacerlo.

Y nadaron. Los brazos y las piernas de Polly se movían casi automáticamente. ¿Cuánto tiempo? ¿Qué distancia? Ahora, incluso a la luz de la luna, no distinguía la aldea de Tynak, que había dejado atrás, pero tampoco distinguía la otra orilla, salvo por las montañas cubiertas de nieve.

Sintió que su aliento salía en jadeos que raspaban su garganta. No iba a conseguirlo. Intentó buscar tierra delante de ella, pero sus ojos estaban deslumbrados por el agotamiento y todo lo que distinguía era una oscuridad parpadeante. Se hundió, tragó agua, empujó hacia arriba. Og miró por encima de su lomo, pero siguió nadando. Su respiración era como cuchillas que cortaban su pecho. Intento llamarlo, "¡Og!", pero de su garganta no brotó sonido alguno. Sus piernas le pesaban, no podía continuar.

Y entonces sus pies tocaron el fondo rocoso.

Og estaba trepando a la orilla, ladrando.

Y Tav corrió a la ribera para encontrarse con ella. Él se arrojó al agua, seguido de Karralys y Anaral. El obispo se apresuró a reunirse con ellos, cargando una túnica de piel. Anaral la tomó y envolvió el cuerpo mojado de Polly con su calidez.

Tav la llevó en sus fuertes brazos a la tienda de Karralys.

Ella estaba a salvo.

Encendieron un fuego brillante dentro de un círculo de piedras en el centro de la tienda. Abrieron el agujero del techo y volutas azules de humo se alzaron en la noche. Anaral le llevó a Polly algo caliente para beber y mitigar el frío que le había calado hasta la médula.

—¿Llovió esta tarde? —preguntó ella.

—Sí. La lluvia llegó —repuso Karralys.

Polly tomó un sorbo de la bebida cálida y reconfortante. Todavía temblaba de frío y Anaral trajo otra piel para envolverla alrededor de sus piernas. El obispo Colubra estiró la mano para tocar su cabeza mojada. Estaba tan cansada que se recostó, se envolvió en la cálida piel y se durmió profundamente.

Ya fuera por el esfuerzo de nadar o por el confort de la bebida caliente, Polly comenzó a soñar de inmediato. En su sueño, ella era el centro de una brillante red de líneas, líneas que se unían a las estrellas y, sin embargo, tocaban la tierra, desde la casa de sus abuelos hasta la roca-mirador de las estrellas, y a las colinas bajas y las nevadas montañas, líneas de luz que tocaban al obispo Colubra y a Karralys, a Tav y a Cachorro, a Anaral y a Klep, y todas las líneas fluían hacia ella y la calentaban. Líneas de poder… Poder benigno.

Entonces, el sueño cambió, se convirtió en pesadilla. Las líneas eran las de una telaraña y, en el centro, Zachary estaba atrapado como una mosca. Luchaba convulsiva pero ineficazmente, y la araña trenzaba más seda para atarlo. Los gritos de Zachary cuando la araña se aproximaba interrumpieron su sueño.

Despertó con una sacudida.

—¿Estás bien? —le preguntó Anaral ansiosamente.

—Necesitas dormir más —dijo Tav.

Ella sacudió su cabeza.

—Estoy bien.

—Bendita niña —la voz del obispo era una caricia—, sabemos que Zachary te secuestró. ¿Puedes contarnos más?

—Bueno —todavía estaba helada hasta la médula—. No creo que pueda dejar a Zachary allí —no era en absoluto lo que había esperado decir.

—Polly —el obispo Colubra habló con tacto, pero con autoridad—. Dinos.

Brevemente repasó sus intentos de conversación con Tynak y con Zachary.

Cuando terminó, Tav se puso en pie, lleno de rabia.

—Así que este Zak te secuestró para salvar su propia vida.

—Su corazón —corrigió ella.

—Estaba dispuesto a que tú murieras para que él pudiera vivir —dijo Anaral.

Polly negó con la cabeza.

—No es tan simple. No creo que haya admitido ante sí mismo lo que estaba haciendo.

—¿Por qué lo defiendes? —gritó Tav.

—No lo sé. Sólo sé que no es tan simple —¿pero no lo había acusado ella de lo mismo?—. Creo que tengo que volver.

—No. No será permitido —protestó Tav.

—Estás aquí. Segura. Quédate —instó Anaral.

—¿Por qué tienes que volver, Polly? —preguntó el obispo.

Sus razones sonaban inadecuadas, incluso para ella misma. Pero la imagen de Zachary atrapado en la red seguía recorriendo su visión interna.

—Mi ropa está allá. El ángel de Zachary está en el bolsillo de mi anorak, y Tynak cree que posee un gran poder. Intentó

277

quitármelo una vez, pero espero que ahora le tenga miedo. Y si no vuelvo, no sé qué pasará con Zachary —ella negó con la cabeza para aclararlo—. La verdad es que no sé por qué tengo que volver, sólo sé que tengo que hacerlo.

Tav golpeó la punta de su lanza contra el duro suelo de la tienda.

—Lo que le pase a ese Zak no importa. Tú sí. Tú importas. Tú me importas.

—No puedo traer la lluvia para ellos, Tav —dijo ella—. Y si no llueve, atacarán de nuevo. Tú mismo lo dijiste —ella quería estirar sus brazos hacia él, que él tomara sus manos, que la abrazara, pero éste no era el momento para anhelos irracionales.

—Karralys… —comenzó a decir ella, pero Karralys no estaba allí.

—Se ha ido a las piedras erguidas —dijo el obispo—. ¿No lo viste irse? Le hizo un gesto a Og para que se quedara aquí en la tienda, entonces salió.

—¿Pero regresará? —preguntó Polly con ansiedad.

—Regresará —le aseguró Anaral—. Es el lugar de poder. Necesita estar allí.

Polly se mordió el labio, pensando.

—Si Tynak cree que tengo poderes de diosa, se contendrá. La imagen tuvo un gran efecto en él, obispo. ¿Qué más tengo? —pensó—. Bueno, hay una linterna en el bolsillo del anorak, una de esas pequeñas con una luz muy fuerte. Y unas tijeras. Y un cuaderno y un bolígrafo. Y algunas otras cosas. Tynak nunca habrá visto nada de eso antes.

—¿Un cuaderno y un bolígrafo? —preguntó Anaral—. ¿Como los del obispo? ¿Para escribir con ellos?

—Sí.

—Karralys es el único que conozco que puede escribir, y escribe sólo en roca o madera. Y su verdadera sabiduría no está escrita. Está guardada aquí —ella tocó primero su frente, entonces su corazón—. ¿Qué tengo para darte? ¡Oh, mira! El obispo me dio esto después de que me corté el dedo —metió la mano en una pequeña bolsa que tenía a su lado y sacó una navaja de oro—. No sería suficiente para despellejar un ciervo, pero está bastante afilada. Y tengo otra de éstas —y ella le dio a Polly una curita.

—¡Detente! —gritó Tav—. ¡No! ¡Pol-ii no volverá!

—Tav, tengo que hacerlo.

—Tú nadaste. ¡Cuánto nadaste! No hay mucha gente que pueda nadar a través del lago todo el recorrido, ni siquiera en verano. Y tú lo lograste. No te dejaremos ir.

—Tengo que hacerlo —ella sonaba obstinada.

—Polly —dijo el obispo—, aún no nos has dado una razón válida.

—No puedo dejar a Zachary allí para que sea sacrificado.

—¿Por qué no? —exigió Tav.

—No puedo. Si Tynak piensa que soy una diosa, tal vez pueda detenerlo.

Tav negó con la cabeza.

—A ti. Ellos te sacrificarán.

—No —dijo Polly—. Para ellos, soy una diosa —deseaba sentirse tan segura como sonaba.

El rostro del obispo se torció de dolor.

—Polly tiene razón. Ella no puede dejar que Zachary sea un sacrificio sin sentido. No importa lo que él haya hecho, Polly no puede permitirlo.

—¡No! —gritó Tav.

Karralys apartó la entrada de la tienda en ese momento.

—El obispo Garza tiene razón. Polly tiene razón. No podemos permitir que el joven sea sacrificado. No traerá la lluvia, y habríamos vendido una vida sin ganar nada a cambio.

—La vida de Pol-ii —dijo Tav.

—Nunca es conveniente que un hombre deba morir por el bien de su pueblo —dijo el obispo.

—Reuniremos a todos nuestros guerreros... —comenzó a decir Tav.

—Son muchos más que nosotros —señaló Karralys.

—No haré que la gente pelee por mí. Habría personas que resultarían heridas o asesinadas. Esto no traería ningún bien, Tav. Ni siquiera debes pensar en ello. Hoy llovió aquí. Tal vez habrá otra tormenta, una en el otro lado del lago. Eso es lo que necesitamos.

—Debido a la posición de las montañas y las corrientes de viento —dijo Karralys—, aquí llueve mucho más a menudo que del otro lado del lago. Pero es posible que la lluvia llegue, no sólo una tormenta aislada, sino una gran lluvia en todo el lago y en ambas orillas.

—Sí —estuvo de acuerdo Polly—. Lluvia. No guerra. Lluvia.

Karralys la miró pensativamente.

—Me recosté sobre la gran piedra del altar. Las estrellas estaban en silencio esta noche. Sólo oí que Zachary debe ser salvado.

—No lo entiendo —la voz de Tav era feroz.

—Ni yo —respondió Karralys—. Sólo sé lo que oigo.

—¿Consultas a las estrellas? —preguntó Polly.

Karralys frunció el ceño.

—¿Consultar? No. Escucho.

—¿Para que te den consejo?

—No, no tanto para que me den consejo, sino para recibir... —hizo una pausa.

—¿Indicaciones? —sugirió el obispo.

—No. En las estrellas hay líneas de patrones, y esas líneas nos tocan, así como nuestras líneas se tocan entre sí. Las estrellas no predicen, porque lo que no ha sucedido debe ser libre de suceder, tal y como debe ser. Miro, escucho e intento entender el patrón.

El obispo asintió:

—La historia no se ha predicho. El futuro no debe ser coaccionado. Eso es correcto.

Karralys miró a Polly con gravedad.

—Si vas a volver con Zachary, es la hora.

Tav se volvió hacia el obispo.

—¿Enviarías a Polly de vuelta?

—No hay ninguna condicionalidad en esto —respondió el obispo.

Polly lo miró, asintiendo:

—Porque es lo que haré.

—Entonces te llevaré en mi canoa —respondió Tav.

—Necesitarás ropa abrigadora. Te daré mi túnica de invierno —añadió Anaral.

—Gracias —dijo Polly—. La necesitaré.

—Iré contigo, Tav —continuó Anaral—. Con la esperanza de hallar una manera de rescatar a Polly, he hablado mucho con Klep. Me contó acerca de una pequeña isla no lejos del poblado, oculta por la curvatura de la tierra. Desde ahí sólo hay un pequeño trecho.

—¡Klep! —Polly casi había olvidado al joven con el fémur roto—. ¿Está mejor?

Karralys sonrió.

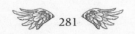

—Está mejor. Su fiebre se ha ido y la carne desgarrada está sanando limpiamente. Pero pasarán semanas antes de que él pueda caminar.

—Quizá Polly debería hablar con él antes de que ella regrese a su tribu —sugirió Anaral.

Karralys asintió en aprobación.

—Sí. Eso sería bueno. Tav, ¿pueden traerlo Cachorro y tú?

—¿Puedo ir yo mejor? —preguntó Polly—. ¿No sería más fácil así? ¿No le hará daño venir hasta aquí?

—Tav y Cachorro tendrán cuidado. Cuanta menos gente sepa que estás aquí, mejor.

Tav ya se había ido. Anaral desató la bolsa de cuero de su cintura y sacó un puñado de piedras pequeñas. Las dejó caer a sus pies y observó su posición.

—Si perdemos uno, lo perdemos todo —su voz era suave. Se inclinó para tocar otra piedra—. Si salvamos uno, todo es posible —tocó otra—. Las estrellas te guiarán. Confía en ellas —y otra más—. Las líneas entre las estrellas se reflejan en las líneas que hay entre los lugares sagrados, y en las líneas que cruzan el tiempo para unir a las personas —miró hacia arriba, parpadeando, como si despertara de un sueño.

Karralys le sonrió.

—Has leído bien las piedras —Anaral le devolvió la sonrisa.

—Ellas leen la verdad.

—Annie, querida —el obispo la miró inquisitivamente—, ¿éstas no son piedras adivinatorias?

—No, no —dijo Karralys rápidamente—. Las piedras no nos dicen qué va a pasar o qué debemos hacer, más que las estrellas. Nos hablan sólo de nuestra posición actual en el gran patrón. Dónde estamos ahora, aquí. A veces eso nos ayuda a ver el patrón más claro. Eso es todo. ¿Esto te preocupa, Garza?

—No —dijo el obispo—. Confío en ti, Karralys. En ti y en Annie.

—Algunos chicos en mi escuela se involucran mucho en la adivinación y el futuro y esas cosas, pero mis padres tienen una visión muy contraria a ese tipo de prácticas —dijo Polly.

—Yo también —dijo Karralys—. Sólo Anaral lee las piedras para que no puedan ser mal utilizadas.

Se interrumpieron cuando Tav y Cachorro entraron en la tienda, llevando a Klep con ellos, con la pierna rota e inmóvil entre dos maderos de roble. Suavemente lo dispusieron ante el fuego, que aún ardía con intensidad e iluminaba el interior de la tienda. Cuando Klep vio a Polly sonrió con alivio.

—¿Estás bien? —preguntó el muchacho.

Ella le devolvió la sonrisa.

—Ahora que me he descongelado, estoy bien.

—¿Nadaste todo el lago?

—Crecí en las islas —dijo Polly—. He nadado toda mi vida.

—Aun así, es una larga distancia —dijo Klep.

Polly hizo una mueca.

—No lo sé. Pensé que no iba a lograrlo.

—¿Y vas a volver?

Ella se puso en cuclillas a su lado.

—Klep. Dime. Si no vuelvo, ¿qué pasará con Zachary?

—¿Hoy no llovió más allá del lago? —preguntó él a su vez.

—No. Ni una gota.

Emitió un gruñido infeliz.

—Tendrá que realizarse un sacrificio.

—¿Zachary?

—Sí.

—¿Pero esperarán hasta la luna llena?

—Sí.

—Quedan dos noches a partir de ahora —dijo Karralys—. Polly, Og irá contigo. Si necesitas ayuda, envíanoslo. Como tú, él nada como un pez. Sin embargo, Polly, ten en cuenta que estamos contigo. Las líneas entre las estrellas y entre nosotros son como... como...

—Líneas telegráficas —continuó el obispo Colubra—. Esto no significará nada para ti, Karralys. Pero en nuestro tiempo podemos enviar palabras a través de líneas.

—Faxes —sugirió Polly.

—Si mantienes tu corazón abierto a nosotros, Polly, las líneas también estarán abiertas.

—¡Karralys! —el obispo se incorporó, agitando los brazos—. ¡Acabo de tener una idea! —observó alrededor de la tienda, dejando que su mirada se posara en Klep, entonces regresó a Karralys—. No quieres que Klep se quede aquí como prisionero de guerra o esclavo, o algo así, ¿cierto?

—No. Él es libre de irse tan pronto como sea sanado.

—Si está lo suficientemente bien para que Tav y Cachorro lo hayan traído aquí, lo está para ir en la canoa con Polly. Enviémoslo de vuelta con ella y entonces será la diosa que ha rescatado a Klep.

Klep estalló en una risa encantada.

—¡Eso es espléndido! Pero qué extraño. No quiero regresar —él miró a Anaral, y ella también lo miró. Y la línea de amor entre los dos era casi visible.

—Pero lo harás —dijo Karralys—. Lo que el obispo Garza ha ideado es perfecto. Y si tú, Klep, vas a ser el próximo líder de su tribu, cuanto antes regreses, mejor.

—Soy muy joven.

A Polly, Klep le recordó a su hermano más próximo a ella, Charles, con su sabiduría, inusual para su edad, y su amor.

—Tu Anciano aún tiene años de vida por delante —le aseguró Karralys—. Enviaremos dos canoas. Polly está demasiado cansada para ir sola con Klep. Tav, remarás con Polly y Klep. Cachorro, irás con Anaral. Cuando la canoa esté lo suficientemente cerca de la orilla para que Polly la conduzca, tú, Tav, te unirás a Anaral y Cachorro.

—Debemos darnos prisa para estar allí antes del amanecer —dijo Klep.

Todo sucedió tan rápido que Polly apenas tuvo tiempo para pensar y sólo aceptó que el plan del obispo era el mejor posible en estas circunstancias. Le dieron una túnica de piel de oveja bien abrigadora para que se la pusiera, y la vistió agradecida.

Klep fue colocado en el fondo de una de las canoas. Polly se sentó en la proa, con Og acurrucado a sus pies. Tav se posicionó en la popa. Anaral y Cachorro subieron a una canoa un poco más pequeña.

Se internaron hacia el agua oscura. Polly se giró una última vez para saludar al obispo y a Karralys. Luego volvió el rostro hacia el horizonte sombrío.

ONCE

Las dos canoas se movían silenciosamente a través del lago. Tav y Cachorro remaban a un ritmo, sin hacer ruido cuando sumergían los remos limpiamente en el agua y empujaban las canoas hacia delante.

Klep yacía en silencio, mirando al cielo de terciopelo oscuro, limpio de las luces de la ciudad. Las estrellas estaban ahí, pero atenuadas por una leve niebla, y unas cuantas zonas eran cubiertas por las nubes. Polly se acurrucó en la piel de oveja de Anaral. El aire de la noche era frío, y todavía se sentía helada por el largo baño.

Se dio la vuelta y miró a Tav, cómo se tensaban sus músculos suavemente mientras remaba. Era imposible que ella pudiera pensar como pensaba Tav. Podía concebir en su mente un mundo de dioses y diosas, la Madre Tierra, pero no podía entenderlo con el corazón, salvo como parte de un todo glorioso.

—Tav —susurró ella.

—¿Pol-ii?

—Si Tynak decide que yo… que yo debo ser el sacrificio para la Madre…

—No —Tav fue enfático—. No permitiré que eso suceda.

—¿Pero si no llueve?

—No dejaré que Tynak te lastime.

—Pero si regresara contigo y con el Pueblo del Viento y la sequía continuara, si no llueve más, ¿qué harías entonces?

El silencio era palpable.

—¿Tav?

—No lo sé —su voz era grave, y por un momento su remo vaciló con un ligero chapoteo—. Mi entrenamiento es el de un guerrero. En mi hogar, más allá del agua grande, había personas que capturábamos de las tribus vecinas. La Madre nunca nos pidió que sacrificáramos a alguien querido por nuestros corazones.

—¿Pero todavía crees que la Madre necesita sangre para ser apaciguada? —Tav no sabría a qué se refería con "apaciguada", la había usado en lugar de la palabra ogámica desconocida para ella, así que rectificó—. ¿La madre necesita sangre o se enojará y evitará que llueva?

—No lo sé —respondió Tav—. La Madre ha sido buena con nosotros. Karralys, con su conocimiento de las estrellas, nos condujo con seguridad a través del agua grande, pero los vientos fueron amables. Luego obtuvimos una canoa, más grande que ésta, y el viento y la lluvia nos llevaron a lo largo de los ríos hasta llegar al lago del Pueblo del Viento. La tormenta cesó y llegó el arcoíris. Yo no morí. Karralys es un sanador. Bendecimos a la Madre, y ella nos bendijo a nosotros, pero ahora la lluvia no llega, y aunque nuestra tierra todavía está verde, no podremos protegerla si la sequía continúa al otro lado del lago. Pensé que entendía a la Madre y he tratado de ser obediente a sus exigencias. Pero ahora no lo sé. No lo sé.

Yo tampoco sé acerca del Creador de todo según mis creencias, pensó Polly.

Miró al cielo: entre las espirales de nubes, las estrellas brillaban serenamente. *Pero si lo supiera todo, no habría lugar para el asombro, porque lo que creo es mucho más de lo que sé.*

—¿Por qué, mi Pol-ii —Tav interrumpió sus pensamientos—, Zak desea tanto ver al sanador del otro lado del lago cuando el mayor sanador está con nosotros?

—¿El mayor sanador?

—Karralys —dijo Tav con impaciencia—. ¿No lo sabías?

—Cachorro...

—Cachorro tiene el conocimiento tribal de la curación. Y sus manos están aprendiendo el don, como viste con el obispo.

—Sí.

—Pero es Karralys quien tiene, ¿cómo lo digo?, quien hizo que el don de Cachorro creciera.

Ahora que Tav le decía esto, se hizo obvio. ¿Por qué no se había dado cuenta? Zachary había estado tan obsesionado, primero con Cachorro, luego con el sanador del otro lado del lago, que Karralys había sido expulsado de sus pensamientos.

—Fui una estúpida —dijo ella.

—Han ocurrido muchas cosas —la defendió Tav—. Shhh, ya casi llegamos.

La Madre nunca le había pedido que sacrificara a alguien querido por su corazón, había dicho Tav. Ella guardó esas palabras en su pecho. Quería que la tocara, que le dijera que la cuidaría y la protegería, que nunca permitiría que nadie la pusiera en un altar para sacrificarla. ¿Podría Tav mantener su promesa de protegerla de Tynak? Él estaba tan confundido en su propia forma de pensar como ella lo estaba en la suya, y sus costumbres eran tan dispares entre sí que resultaba imposible pensar que estuvieran conectados por una de las líneas que modelaban las estrellas y los lugares con el poder benigno y el amor entre las personas

Si ella no lograba entender su creencia de que la tierra exigía sangre, ¿no estaría él igual de horrorizado por los barrios marginales de las ciudades modernas, por la violencia en las calles, el auge de las drogas, los desechos nucleares? ¿Cómo podrían estar conectadas las líneas estelares a la violencia urbana y la indiferencia humana? Las dos canoas se juntaron. Anaral extendió la mano para sostener la de Polly en un gesto de cariño y para mantener unidas las dos canoas.

Tav se puso en pie, balanceándose con cuidado, entonces se trasladó a la otra canoa. Ambas balsas avanzaron ligeramente, pero nada más. Cuando Tav estuvo sentado, le entregó un remo a Polly.

—¿Puedes girar la canoa? —le preguntó.

—Sí.

—Si remas a la derecha y recto hacia la orilla, llegarás a la aldea de Tynak.

—Bien.

—Klep —la voz de Anaral era suave—. Dale tiempo a tu pierna para sanar. No la uses demasiado pronto.

—Tendré cuidado —prometió Klep—. Ten cuidado tú también. Oh, ten cuidado, ten cuidado —había un mundo de significados en aquella repetición.

—Lo tendré —le aseguró Anaral—. Lo tendré.

—Extiende tu remo —le indicó Tav a Polly.

Aunque no entendió las palabras, ella hizo lo que le pedía. Él usó el remo para acercar las dos canoas, hasta que estuvieron lado a lado. Con un dedo, él tocó sus labios con suavidad y fue el beso más maravilloso que le hubieran dado a Polly en toda su vida. Ella extendió la mano y tocó los labios de él en respuesta.

—Ah, mi Pol-ii. Ve —Tav le dio un rápido empujón a su remo.

Polly aguardó, observando, mientras la canoa con Tav, Anaral y Cachorro se dirigía hacia el lado opuesto del lago.

La voz de Klep era cálida y suave.

—Tav dibujaría una línea entre ustedes dos.

Polly hizo girar la canoa, en la dirección que Tav le había dicho que encontraría la aldea de Tynak.

—¿Crees que me ama?

—¿Ama? ¿Qué es *ama*? —preguntó Klep.

¿Estaba en el cuaderno del obispo Colubra?

—Cuando dos personas quieren estar juntas realmente, se aman.

—*Amar* —repitió él—. ¿Estar juntos?

—Sí. Cuando amas a alguien, harías cualquier cosa por ayudarle. Es como ser amigos, pero mucho más.

—Las líneas entre ustedes —dijo él— se acercan, así como la línea entre Anaral y yo se acerca, y ahora un extremo tira del otro —miró con ansiedad en dirección a la canoa donde avanzaba Anaral.

—Sí. Eso es amor.

—¿Tú amas?

—Sí. A mucha gente.

—¿A quién amas?

—Oh, a mis padres y a mis abuelos y a mis hermanos y hermanas.

—Pero no te unes con ellos como uno solo.

—No. Eso es diferente. Mi madre y mi padre son uno, de esa manera. Y mis abuelos.

—¿Y tú y Tav?

Ella sacudió su cabeza.

—Tienes que conocer a alguien más allá que unos cuantos días. Si las cosas fueran diferentes… Si no nos separaran tres mil años. Si los puntos de vista totalmente opuestos del Universo no nos separaran, si, si… Si tuviéramos mucho tiempo juntos, entonces, tal vez.

—Anaral y yo no hemos tenido mucho tiempo, pero la línea es fuerte.

Sí. Klep y Anaral se acercaban el uno al otro como Polly se acercaría a Tav, pero ellos no estaban separados por miles de años, y si Anaral era un druida, Klep un día lideraría su propia tribu, habiendo nacido bajo un gran augurio.

—Si llueve, si mi gente deja de robar el ganado y las ovejas de tu gente…

¿Romeo y Julieta de nuevo, o un presagio, el Pueblo Más Allá del Lago contra el Pueblo del Viento?

—Espero que todo salga bien para ustedes —dijo Polly—. Sería —no tenía una palabra para "adecuado" o "apropiado"— lo correcto.

—Quisiera acortar la línea entre Anaral y yo de una manera que nunca había conocido.

No había palabras para el amor en el vocabulario de Klep, pero Anaral le enseñaría.

Estaban acercándose a la orilla. Polly distinguió una sombra, alguien parado allí, esperaba. Introdujo el remo profundamente en el agua y empujó la canoa sobre la orilla de guijarros. Saltó y tiró de la canoa lo suficientemente lejos en la orilla para que no se deslizara de nuevo en el lago. Og estaba a su lado.

La sombra se acercó a ella. Era Tynak.

—He traído a Klep —dijo la joven.

Ella era una diosa.

Polly sonrió a Tynak cuando él la interrogó.

—Lo he traído con ustedes. ¿No es eso suficiente? —ella estaba sorprendida por la altivez en su voz.

En cuanto a Klep, él también sonrió pero guardó silencio. Levantándose con los brazos, miró alrededor de su aldea, y Polly reconoció de nuevo que era mucho más grande que la del Pueblo del Viento. Tynak convocó a cuatro jóvenes para que llevaran a Klep a su tienda, una de las más amplias del campamento. Tynak y Polly lo siguieron, con Polly asegurándose de que la pierna de Klep no fuera sacudida. Og trotaba a su lado, y de vez en cuando acercaba el hocico a su mano. Él no iba a dejarla.

Klep fue colocado en su camastro, sobre el cual colgaba una enorme cornamenta, más grande incluso que la que la doctora Louise tenía en su cocina.

—Cuando llegue la luz del día —dijo Tynak—, el sanador mirará tu pierna.

Klep respondió:

—Mi pierna está bien. Ella —indicó a Polly— tiene los poderes curativos de la diosa.

Polly ya había dejado de sentirse como una diosa.

—¿Tienes frío? —preguntó Klep.

Incluso con túnica de piel de oveja de Anaral, todavía sentía el frío del lago. Levantándose de nuevo, ella ordenó a Tynak:

—Que alguien me traiga mi abrigo —no sólo lo sentiría reconfortante y familiar, también quería saber si Tynak había tomado o no el ángel de Zachary.

Habló con uno de los hombres que había cargado a Klep.

—¡Rápido! —y el hombre salió corriendo con prontitud.

Klep habló con Tynak.

—Al otro lado del lago, fui bien tratado.

Tynak asintió.

—Tierra Marrón nos dijo lo mismo.

—No fui tratado como un prisionero o un enemigo. Me trataron como a un amigo.

Tynak se encogió de hombros.

—La confianza que se obtiene fácilmente puede desaparecer con la misma celeridad.

—¿Dónde está el joven Zak? —preguntó Klep.

—En mi tienda. Lo estoy tratando con amabilidad.

—¿Está bien?

De nuevo, Tynak se encogió de hombros.

—El sanador lo dirá.

El hombre regresó con el anorak rojo de Polly. Ella se lo puso sobre la piel de Anaral y palpó los bolsillos. La imagen no estaba, pero no le sorprendió. Sacó la linterna y proyectó su luz directamente en los ojos de Tynak.

—Dame mi ángel —exigió ella.

Tynak se llevó las manos a los ojos con terror.

Apagó la linterna y la encendió de nuevo.

—Dame mi ángel.

Tynak negó con la cabeza, aunque la linterna le había afectado severamente.

Polly mantuvo la luz en sus ojos y él volteó a otro lado.

—La imagen del ángel no tiene poder en sí misma. El poder del ángel es para mí —se tocó el pecho—. Si intentas quedártelo, se volverá contra ti.

—Mañana —le prometió—. Mañana.

¿Dónde lo había escondido?

Polly apagó la linterna.

—Luz que no quema —dijo ella.

Encendió la linterna una vez más, pero no para cegar a Tynak con su rayo, sino para dar más luz a la tienda, entonces pudo ver que había gotas de sudor en la frente y el labio superior de Klep. El viaje a través del lago, y después hasta su tienda, había sido duro para él. Polly lo señaló con la luz.

—Necesita descansar. Alguien debería estar cerca para servirle.

Tynak entendió.

—Cierva se quedará.

—Quiero irme ahora —dijo Polly—. Estoy cansada y deseo descansar —se dirigió hacia la puerta de la tienda con Og a su lado.

Tynak hizo una reverencia y la acompañó de regreso a la tienda, cuidando de no acercarse demasiado a Og. Fueron seguidos por dos de los hombres que habían llevado a Klep, no Tierra Marrón, sino Cebo y otro hombre, rechoncho y fuerte. Tynak les habló rápido y bruscamente. Luego hizo una reverencia y se volvió hacia la tienda de Klep. Los dos hombres se colocaron a ambos lados de la tienda. La custodiaban. Ella había demostrado que podía escapar, y Tynak iba a procurar que esto no volviera a suceder.

Polly entró y se puso los jeans debajo de la túnica de piel de oveja. Temblaba tanto por el frío como por el cansancio. Cerró el anorak, entonces se envolvió en la piel. Estaba tan cansada que casi se desmayó sobre el camastro. Og yacía a su lado, calentándola.

Cuando despertó a la luz del día, Tynak estaba de nuevo en cuclillas a la entrada de la tienda, observándola, mirando a

Og, que estaba sentado junto a Polly, con las orejas en alerta. Sus dos guardias se habían alejado respetuosamente unos metros, pero todavía estaban allí. Restaba un día para la luna llena.

Ella se sentó, miró a Tynak en silencio por un momento, entonces exigió en un tono que esperaba que se adaptara al de una diosa:

—Tráeme mi ángel. Ahora.

Él la miró con ojos taimados.

Polly buscó en los bolsillos de su anorak y sacó el cuaderno y el bolígrafo. Abrió el cuaderno, que su abuelo debía haber usado porque las primeras páginas estaban llenas de ecuaciones incomprensibles en su escritura poco legible. Se las mostró a Tynak. Luego pasó a una página vacía y retiró la tapa al bolígrafo. No era una artista, pero logró un retrato reconocible del anciano y se lo ofreció; cuando él quiso tomarlo, se lo arrebató.

—Poder —dijo ella—. Tiene un gran poder. Tráeme el ángel. Tráeme a Zachary. Tráeme al sanador.

Él se levantó y extendió su mano otra vez.

—¿Án-gel?

—Tu imagen no es un ángel. Tráeme mi ángel, y te daré tu retrato. Re-tra-to.

Él extendió su mano.

—Ahora no. Cuando vuelvas con el ángel.

Él se alejó, caminando con la dignidad que le sobraba.

Los dos guardias se acercaron a la tienda. Después de unos minutos, Cierva le trajo un cuenco de avena y miró al perro con temor.

—Gracias —Polly tomó el cuenco entonces puso su mano en el cuello de Og—. No te hará daño.

La cola de Og se agitaba suavemente de un lado a otro. Cierva sonrió, pero sin acercarse, en pie y mirando a Polly. Era obvio que le habría gustado hablar si pudiera. Polly pensó que no se trataba sólo de Og o de la dificultad del lenguaje; sospechaba que Tynak le había prohibido mantener cualquier tipo de conversación.

—Klep dice cuidado —le advirtió Cierva—. Cuidado.

Uno de los guardias las miró.

—Gracias —dijo Polly suavemente mientras la chica se alejaba a toda prisa.

Comió la avena, que era aburrida pero nutritiva. La papilla insípida la hizo apreciar la avena de su abuela. ¿Volvería a comerla de nuevo? Dejó el cuenco en la entrada de la tienda y esperó. Esperó. El gran tronco del roble que estaba detrás de la tienda se elevaba hacia el cielo, mucho más alto que el Abuelo Roble. Polly prestó atención, y le pareció escuchar el corazón del enorme árbol, la savia dentro de las venas corriendo lentamente a medida que se acercaba el invierno. Paciencia. No temas. Una línea de estrellas toca mis raíces y mis raíces están debajo de ti.

El viento agitó las ramas. Onduló las aguas del lago. Era un viento cálido, insoportablemente cálido. Escucha el corazón del roble. Estamos contigo. Anoche el agua te llevó sana y salva. Confía en nosotros.

Sí, ella confiaría. El Universo es un *uni*verso. Todo está conectado por el amor del Creador. Era como había dicho Anaral: las personas eran las que causaban los problemas. Y los ángeles de las tinieblas, cuya función era dividirnos, se sumaban al daño.

Ella esperó. Og yacía a su lado con la cola sobre las patas. De pronto, se puso en pie de un salto, con la cola hacia abajo y el pelo erizado.

Tynak.

Le entregó el ángel a Polly. Ella lo tomó y lo guardó en el bolsillo de su anorak, luego sacó la libreta, arrancó la página en la que había bosquejado a Tynak, y se la entregó.

Él la sostuvo en alto, la miró, volteó la página, sólo vio la página en blanco y volvió a mirar el bosquejo. Se tocó, tocó el trozo de papel entonces lo puso con cuidado en su túnica. Satisfecho, hizo un gesto para que ella lo siguiera.

—Fuera... —hizo un gesto hacia Og.

—No. Og va conmigo.

Tynak negó con la cabeza, pero caminó a través del poblado, mirando hacia atrás de cuando en cuando para comprobar que Polly lo seguía. Varios pasos detrás de ella, los dos guardias se movían en silencio. Og caminaba ligeramente al frente, interponiéndose entre ella y Tynak.

El jefe del Pueblo Más Allá del Lago la llevó a una tienda considerablemente más grande que las otras. La *puerta* estaba abierta, y Polly pudo mirar en su interior. Zachary tenía razón: en los postes enterrados en lo profundo de la tierra de la tienda había cráneos. Zachary estaba allí, y también un anciano mucho mayor que Tynak, delgado y frágil como una hoja de invierno. Pero su rostro reflejaba la sinceridad de un niño, y sus ojos eran amables. Miró a Og inquisitivamente, y Polly le hizo un gesto al perro para que se echara.

—¿Adónde fuiste? —la voz de Zachary temblaba de ansiedad—. Estábamos frenéticos. ¿Dónde estabas? —se levantó de su camastro. Su cabello estaba ligeramente húmedo y sus ojos parecían más oscuros por el miedo. Cuando ella no respondió, él hizo un gesto hacia el anciano—. Éste es su sanador, pero no me tocará si no estás tú.

Polly miró al anciano y se inclinó ligeramente. Él le sonrió, y era una sonrisa de niño, radiante y sin miedo. Señaló su cabello, asintiendo, al parecer tanto sorprendido como satisfecho. Luego miró a Tynak y volvió a señalar el cabello de Polly.

Zachary habló primero:

—Ellos piensan que tu cabello rojo es otra señal de que eres una diosa. A estas personas les gusta interpretar todo. ¿Ahora conseguirás que el viejo se ocupe de mí?

—Puedes examinar el corazón de Zachary —dijo, aunque el papel de diosa no le era cómodo. Apretó su mano contra su propio pecho, luego señaló el de Zachary.

El viejo sanador indicó que Zachary debía recostarse, entonces se arrodilló a su lado. Tomó la muñeca del chico en ambas manos, tocándola muy ligeramente, justo por encima de la palma, y escuchó atentamente con los ojos cerrados. Por momentos levantaba apenas un poco los dedos del pulso de Zachary, y entonces parecían flotar sobre su muñeca como una mariposa o una libélula sobre las aguas del lago. Luego los dedos volvían a caer, suavemente.

Al cabo de un momento observó a Polly con una mirada ligeramente cuestionadora. Ella asintió y él volvió a mirar a Zachary, indicando que debía quitarse la chamarra y la camisa.

Zachary obedeció con los dedos temblando, entonces volvió a recostarse. El viejo sanador se arrodilló y se inclinó sobre él, sostuvo sus manos estiradas dos o tres centímetros por encima del pecho de Zachary y movió sus dedos con delicadeza, con cautela, en círculos concéntricos. Después de un largo rato tocó la piel de Zachary con la punta de sus dedos. El sanador esperó, tocó de nuevo, flotó por encima. Polly casi podía ver un batir de alas. Sus palmas presionaron contra el pecho de Zachary. El anciano se inclinó para que todo su peso estuviera en sus manos. Después de un momento, levantó las manos y se sentó sobre sus talones, con el cuerpo encorvado. Había puesto toda su concentración intensamente en Zachary durante al menos media hora.

Miró a Polly y sacudió levemente la cabeza.

—Gran mal en el corazón.

—¿Puedes arreglarlo? —gritó Zachary.

El sanador le habló a Tynak, y Polly sólo pudo entender que él decía algo sobre Klep.

—Tú, diosa, ayudaste a Klep. Ayuda a este Zak —dijo Tynak.

Polly hizo un gesto.

—Yo sólo sostuve las manos de Klep mientras Cachorro curaba su pierna. Ayudaría si pudiera, pero no tengo entrenamiento como sanadora —no estaba segura de que entendieran lo que les decía.

El viejo sanador le indicó que quería ver sus manos. Polly las extendió y él las tomó, las miró, sus palmas, sus dorsos, asintió haciendo pequeños sonidos de aprobación. Extendió sus propias manos de nuevo y le indicó a Polly que quería que sostuviera sus manos sobre el pecho de Zachary como él lo hacía.

—Quieto —le dijo ella con firmeza a Og, y se arrodilló junto al sanador. Él puso sus manos sobre las de ella, y juntas exploraron el aire sobre el pecho de Zachary. Polly sintió un extraño hormigueo en sus palmas, sus manos ya no eran normales y no se movían en el tiempo ordinario. Ella no sabía durante cuánto tiempo aquellas cuatro manos exploraron, se movieron, tocaron el corazón de Zachary sin tocar su piel. Lentamente una incomodidad se movió en sus manos, una sensación de disonancia.

El viejo sanador levantó las manos y, de pronto, los dedos de Polly se congelaron. Ella miró al sanador.

—Poder —dijo él—. Poder bueno. No suficiente.

—¿Qué está diciendo? —preguntó Zachary.

—Dice que juntos sumamos un poder bueno.

—Tú no eres médico —dijo Zachary—. ¿Él sabe lo que hace?

—Sí. Creo que sí —se preguntó qué pensaría la doctora Louise.

—¿En verdad lo crees?

—Zachary, estas personas no piensan de la misma manera que nosotros. Ven la sanación de una manera completamente diferente.

—¿Así que estoy curado?

Miró al anciano.

—¿Está mejor?

—Mejor. No...

—¿Su corazón?

El viejo sanador negó con la cabeza.

—Mejor, pero no…

—¿Qué dice? —exigió Zachary con ansiedad.

—Dice que tu corazón se encuentra algo mejor, pero que no está curado.

—¿Por qué no?

—Dice que no hay suficiente poder.

Zachary pareció encogerse.

—¿Por qué no? —su voz era aguda, como el gemido de un niño.

El sanador se levantó y llamó a Polly. Ella lo siguió.

—Regresaré —le dijo a Zachary por encima del hombro. Og corrió pisándole los talones como una sombra cuando ella y el sanador se dirigieron a la tienda de Klep.

Él los saludó, sonriendo.

—El sanador dice que estoy... que estoy de maravilla.

—Estás sanando bien —estuvo de acuerdo Polly—. Eres joven y saludable. Te repondrás en pocas semanas, siempre y cuando sigas los consejos de Anaral y te cuides.

El sanador habló con Klep, luego se inclinó para mirar su pierna y asintió con aprobación.

—Quiere que sepas que ayudaste, pero el corazón de Zak está mal —dijo Klep.

—Lo sé —dijo Polly—. Oh, Klep, él está tan asustado.

—El sanador ha ayudado. Si tuviera más poder, podría ayudar más. ¿Por qué Zak tiene tanto miedo? La vida es buena, pero adonde vamos después también es bueno.

—Zachary no cree eso —dijo ella.

—¿Piensa que es malo?

—No. Piensa que no hay después, que él sólo desaparecerá.

Klep negó con la cabeza.

—Pobre Zak. El sanador lo intentará de nuevo. Intentará ayudar.

¿Podrá lograrlo, se preguntó Polly, *cuando los médicos con toda su ciencia moderna no han sido capaces?* Pero era un hecho que el anciano en verdad era un sanador, de una manera que ella todavía no entendía.

No había algo específico que ella pudiera hacer. Adondequiera que se dirigiera, los dos guardias la seguían; no se acercaban a ella, pero la mantenían vigilada en todo momento. Caminó por el pueblo con Og, pero los lugareños se ponían nerviosos con el perro y le lanzaban miradas temerosas a Polly.

Ella no entendía por qué su miedo era también iracundo, pero no había duda de su hostilidad.

No sabía qué tenía en mente Tynak. Él había pasado largo tiempo en su tienda, con Zachary, entonces salió mirando al cielo como si buscara una señal.

Cierva le trajo su almuerzo a Polly. Ella se apartó, pero no se marchó.

—¿Por qué debo comer sola? —preguntó Polly.

Cierva negó con la cabeza y miró a los guardias.

—Tynak.

—¿Por qué la gente me teme?

—Diosa —los ojos de Cierva estaban preocupados—. ¿Lluvia dónde?

Poco después del almuerzo, Tynak entró a la tienda.

—¿Ángel? —preguntó él.

Polly sacó la imagen del bolsillo de su anorak y la sostuvo en alto para que él pudiera verla, pero no se la entregó.

—¿Án-gel tiene poder?

—Sí. Para mí. Poder bueno.

Tynak sacó el boceto de debajo de su túnica.

—Poder.

—El poder es mío —dijo Polly con firmeza.

—Mío —Tynak guardó el dibujo. Estaba arrugado, como si se lo hubiera mostrado a muchas personas—. Ven —le hizo una señal, y ella lo siguió con Og pisándole los talones. Tynak la condujo más allá del pueblo, a lo largo de un estrecho sendero a través del bosque de árboles grandes y antiguos, hasta que llegaron a un claro. Todos los árboles que rodeaban el claro estaban completamente calvos. No quedaba una sola hoja aferrada a sus ramas. Los troncos y las ramas se veían oscuros, desnudos, siniestros de alguna manera. Los árboles más alejados del claro conservaban unas cuantas hojas amarillas descoloridas, tan pálidas que parecían casi blancas, y una a una se iban arrastrando hacia el suelo. En el centro del claro había una gran roca con una parte superior plana, ligeramente cóncava. Tynak se acercó y Polly lo siguió. Había un frío extraño en el aire. Polly sintió una opresión en su pecho, por lo que jadeó para tomar aliento. En la roca había manchas oxidadas.

Polly señaló.

—¿Qué es esto?

—Sangre —dijo Tynak.

Sangre. Sangre seca. Así que ahí era donde se habían hecho los sacrificios, y donde Tynak estaba considerando realizar uno nuevo.

Og emitió un gruñido bajo desde lo profundo de su garganta. Polly le puso la mano en la cabeza y trató de calmar la aprensión que le erizaba la piel.

—¿Án-gel proteger?

Ella trató de parecer altiva.

—Sí —rápidamente sacó la libreta y el bolígrafo e hizo otro boceto de Tynak, no tan bueno como el primero, porque sus manos temblaban por la prisa, pero aún resultaba reconocible. Buscó las tijeras en su bolsillo y cortó la imagen por la mitad. Luego miró a Tynak.

—Poder.

Tynak se aferró a su pecho como si ella lo hubiera lastimado realmente.

Polly reunió los fragmentos, cerró el cuaderno y lo guardó en su bolsillo.

Tynak estaba visiblemente afectado.

—¿Án-gel te dio el cuchillo con dos filos?

—El ángel me guarda. Og me guarda. ¿Por qué me traes aquí?

—Lugar de poder.

—Lugar malo —dijo Polly.

—Poder bueno. Hace llover. Hace el corazón de Zak bueno.

—Quiero hablar con Zak —dijo Polly bruscamente.

Tynak le dirigió una mirada maliciosa.

—La sangre de la diosa tiene mucho poder. Mañana luna llena. Poder.

Ella tenía que preguntárselo directamente.

—¿Zachary lo sabe?

—¿Saber qué?

—¿Acerca de este lugar? Acerca de… —tragó saliva dolorosamente—. Acerca de mi sangre que le da más poder al sanador.

—Zak sabe. Zak quiere.

—Supongamos que no estoy aquí mañana —dijo Polly—. Supongamos que el ángel me aleja.

Tynak miró a los dos guardias que esperaban inquietos en el exterior del círculo.

—No. Ángel no te llevará lejos.

—¿Y si llueve antes de mañana?

Tynak aplaudió sus manos.

—Bueno. Más poder.

—¿Y el sanador ayudará a Zachary?

Tynak se encogió de hombros.

—Si el sanador tiene suficiente poder, ayudará.

El gruñido de Og fue grave, profundo y amenazador.

—Silencio —ordenó Tynak.

305

Polly presionó su mano contra la cabeza de Og. Tynak no dudaría en matar al perro si eso hacía las cosas más fáciles para él, o para aquel a quien le ordenara capturarla, arrastrarla hasta este claro con la terrible piedra y agregar su sangre a toda la que ya se había derramado allí a través de los años… sí, Tynak mataría a Og si pensara que amenazaría su poder. Y Og moriría antes de abandonar a Polly a su suerte, pero el perro no podía enfrentarse a una tribu entera. Miró a Tynak y pensó que la única razón por la que él no había matado todavía al perro era por un temor supersticioso de que los poderes de Polly y del ángel desataran su venganza.

¿Qué habría de hacer ella? Su corazón latía dolorosamente, pesado como una piedra ¿Así sentía Zachary su corazón todo el tiempo?

Tynak se apartó de la espantosa roca y la condujo de nuevo a la tienda. Los dos guardias se acercaron otra vez. Uno tenía un arco y una flecha, el otro una lanza. Ella podría ser una diosa, pero también era una prisionera.

Después de que Tynak se marchó, Polly salió de la tienda, pasando entre los guardias, quienes la siguieron en silencio mientras se dirigía al lago.

—¡Vete, Og! —gritó ella, y el perro corrió hacia el lago y nadó rápidamente. Polly volteó hacia los dos jóvenes y detuvo al que estaba encajando una flecha en su arco—. ¡No! —ordenó.

Los dos hombres se miraron, sin saber qué hacer. Cuando el otro levantó su lanza, ella golpeó su brazo con fuerza. Estaba segura de que les habían dicho que no la lastimaran, su sangre era demasiado valiosa para ser derramada antes del ritual. Observó hasta que Og fue apenas visible, ciertamente fuera del alcance de la flecha o la lanza. Entonces volvió a la carpa y el joven con el arco y las flechas se alejó a toda prisa, sin duda para informar a Tynak.

Había enviado a Og de regreso y eso era todo lo que podía hacer.

Polly se sentó en el camastro. ¿Zachary sabía lo que estaba haciendo? ¿Tynak le había prometido de alguna manera que el sanador podría curarlo si tuviera un poco más de poder y que la sangre de Polly le concedería ese poder? Ella no lo conocía lo suficiente para adivinar si en semejante situación extrema él, voluntariamente y a sabiendas, dejaría que la mataran con la esperanza de poder sanar su corazón.

Pensó en el sanador sosteniendo sus manos sobre Zachary con la delicadeza de una mariposa, pensó en su propia experiencia de él guiando las cuatro manos mientras el calor fluía. Había sentido un poder y una belleza increíbles emanar del anciano. ¿Podría ser un sanador y, sin embargo, con aquellas mismas manos curativas tomar su sangre para aumentar su poder? ¿Habría posibilidad de que el poder benigno y el maligno actuaran juntos? El poder del *maná* y el del tabú eran, cada uno, un aspecto del poder mismo.

Bueno, ella, Polly, nada significaba para el sanador. Él operaba desde una visión del Universo por completo diferente a la suya. Y ella no podía sobreponer sus costumbres a las de él.

En la tienda de Tynak había cráneos.

Estaba a tres mil años de su casa.

Intentó respirar despacio, con calma. Intentó rezar. El obispo Colubra había dejado bastante claro que aunque Jesús de

Nazaret no nacería hasta dentro de mil años, Cristo siempre era. Recordó la letra de un himno que durante mucho tiempo había sido el favorito de la familia O'Keefe:

Cristo conmigo,
Cristo en mí,
Cristo detrás de mí,
Cristo frente a mí,
Cristo a mi lado,
Cristo para ganarme,
Cristo para confortarme
y Cristo para restaurarme.[25]

Se recostó en el camastro con las manos detrás de la cabeza, mirando el techo de cuero de la tienda. A la luz del sol brillante, los patrones que formaban las ramas del roble se movían con un ritmo suave. Shhh. Respira suavemente, Polly. No te asustes. La savia que se movía como la sangre en las venas del roble seguía el ritmo de las palabras.

Cristo debajo de mí,
Cristo sobre mí,
Cristo en la calma,
Cristo en el peligro,
Cristo en los corazones de
*   todos los que me aman,*
Cristo en la boca de
*   amigos y extraños.*

---

[25] Fragmentos de un rezo de protección conocido como "Coraza de San Patricio".

¿El obispo Colubra llamaría a esto una runa? Una runa usada en busca de socorro, de ayuda, y ella estaba pidiendo ayuda a Cristo.

Peligro. Sabía que estaba en peligro. Por todos lados. El sanador necesitaba más poder para el corazón de Zachary. Tynak necesitaba poder para llamar la lluvia.

Cristo en los corazones de todos los que me aman.

En ese momento, ella era más consciente de sus abuelos, del obispo y de la doctora Louise, que de sus padres, hermanos y hermanas, que nada sabían de lo que estaba sucediendo. El obispo, Karralys, Annie, Cachorro, Tav. Ellos estaban al otro lado del lago, esperando. La amaban, la tenían en sus corazones. ¿Qué pensarían cuando llegara Og? Sabrían que ella lo había enviado. ¿Qué harían?

Cristo en la boca de amigos y extraños.

Karralys y Anaral ya no eran extraños, sino amigos. Cachorro era como un hermano menor. Tav. Ella estaba en el corazón de Tav. Klep había hablado de las líneas entre él y Anaral, entre Tav y Polly. Amor.

Extraños.

Tynak seguía siendo un extraño. No había una línea entre Polly y Tynak. Pero sí la había entre ella y el sanador. Seguramente el poder amoroso de Cristo había estado en esas manos delicadas mientras exploraban el pulso, el aliento, y el latido del corazón de Zachary.

¿Y había una línea entre Polly y Zachary? ¿Escogía uno adónde debían ir las líneas? Si Zachary estaba verdaderamente dispuesto a intentar salvar su propia vida instando a que se sacrificara a Polly, ¿qué pasaba con la línea? ¿Dónde se encontraba Cristo?

Estaba segura de que el obispo diría que no había un lugar donde Cristo no pudiera estar.

¿Dónde estaba Cristo en su propio corazón? No sentía más que rebelión y rechazo al claro del bosque que albergaba esa terrible piedra.

Pensó en las palabras de la doctora Louise sobre una transfusión de sangre. Si ella pudiera salvar a uno de sus hermanos o hermanas ofreciendo toda su sangre, ¿lo haría? No podía saberlo. Mil años más tarde, esa sangre *sería* dada con toda libertad. Eso era suficiente. Ella no tenía que entenderlo.

Una brisa ligera, cálida, no fría, entraba bajo la tienda y tocaba sus mejillas. Pequeñas olas rompían silenciosamente contra la orilla. El roble extendía sus poderosas ramas sobre ella. Debajo de la tierra donde estaba, las raíces del árbol se extendían desde el tronco en todas direcciones. Líneas de poder. Raíces de árboles que llegan hasta el centro de la Tierra, hasta los fuegos profundos que mantienen vivo el corazón del planeta. Las ramas se extendían hacia el lago y apuntaban a través de él hacia donde la estaban esperando las personas que la amaban. Las ramas más altas se extendían hasta las estrellas, completando el patrón de líneas de amor.

La brisa se movía en el roble. Una hoja cayó en el techo de la tienda y ella pudo ver su sombra. Prestó atención, y una fuerza tranquila comenzó a moverse lentamente a través de ella.

Su paz fue rota por los dos guardias que venían por ella. El que tenía la lanza golpeó su arma contra el suelo. El que tenía el arco y la flecha se agachó sobre Polly para levantarla. Ella se lo quitó de encima y se puso en pie y se colocó su anorak sobre la piel de oveja, aunque el día era cálido. Los dos hombres miraron asombrados mientras ella se subía la cremallera. He ahí una demostración de poder en la que ni siquiera había pensado. Metió la mano en el bolsillo para asegurarse de que el ángel estuviera allí.

Si ella supiera sus nombres, tendrían menos poder sobre ella.

—Soy Polly —no diosa, Polly—. ¿Y ustedes? —miró inquisitivamente al hombre del arco y la flecha—. Yo Polly. ¿Tú?

—Invierno Helado —respondió el primer hombre a regañadientes.

—¿Y tú? —miró al hombre con la lanza—. Yo Polly. ¿Tú?

—Golondrina Oscura.

—Gracias, Invierno Helado, Golondrina Oscura. Tienen unos nombres muy bonitos —aun cuando no entendieran sus palabras, ella podría transmitirles algo con su voz.

Golondrina Oscura abrió el camino. Polly lo siguió, deseando que Og estuviera junto a ella, al mismo tiempo que visualizaba a Og nadando para llegar a tierra, comunicando al Pueblo del Viento que se encontraba en apuros. ¿Pero qué podrían hacer ellos? Eran una tribu pequeña, de menos de la mitad del Pueblo Más Allá del Lago.

Aminoró el paso e Invierno Helado la empujó con su arco.

La llevaban al claro del bosque, el claro donde los árboles circundantes habían perdido todas sus hojas, donde la gran roca ensangrentada la esperaba. Pero estaban a la luz del día, a plena luz del día. Nada harían hasta que llegara la noche y la luna saliera. Aun así, se quedó atrás e Invierno Helado la empujó de nuevo.

Tynak y el sanador estaban allí. Tynak asintió con la cabeza a los guardias, que se retiraron al exterior del círculo y esperaron. Tynak y el sanador hablaron a la vez, luego Tynak, después el sanador, una mezcla de palabras entrecortadas que a Polly le resultaba imposible entender.

—Lento —los exhortó ella—. Por favor, hablen más despacio.

Aunque lo intentaron, ella sólo captaba palabras y frases sueltas. Continuaron hasta que ella entendió que le estaban preguntando si ella, una diosa, era inmortal. Si la colocaban sobre la roca sacrificial y tomaban su sangre para acrecentar el poder del sanador, ¿moriría, en verdad moriría, o ella, como diosa, reviviría?

Ella extendió las manos, con las palmas hacia arriba.

—Soy mortal, como ustedes. Cuando muera, estaré muerta, como cualquier otra persona —¿le habían entendido? Ellos la observaron con el ceño fruncido, así que lo intentó de nuevo—. Este cuerpo es mortal. Si me ustedes toman mi sangre, este cuerpo morirá.

El sanador tomó sus manos entre las suyas, que temblaban ligeramente. Cuando las había sostenido sobre Zachary, se habían movido como una mariposa, pero no temblaban. Miró con cuidado las palmas de sus manos, después el dorso, entonces las palmas otra vez.

—¿En verdad crees —preguntó ella— que mi sangre te dará la fuerza suficiente para que puedas curar el corazón de Zachary? Tú eres un sanador. ¿Crees que necesitas mi sangre?

Era imposible que él pudiera entenderla, pero ella se lo preguntó de cualquier manera. Él sacudió la cabeza, sus ojos estaban tristes.

De pronto Polly tuvo una idea. Sacó la pequeña navaja de oro del bolsillo de su anorak. Rápidamente se hizo un pequeño corte en el antebrazo y lo extendió hacia el sanador para que él pudiera ver la sangre que brotaba del corte.

—¿Servirá esto?

Él tocó una gota de sangre con su dedo, luego lo llevó a la nariz, a la boca.

—¡No es suficiente! —gritó Tynak—. ¡No es suficiente!

Polly continuó extendiendo su brazo, pero el sanador negó con la cabeza. Recordó que Anaral le había dado una curita, además del pequeño cuchillo. La buscó en sus bolsillos, la tomó y la colocó sobre el pequeño corte. Tanto el sanador como Tynak miraron la curita con ojos enormes.

Pero la curita no tenía un poder particularmente impresionante. Si le cortaban la garganta —¿harían eso o irían directo por su corazón?—, no habría una curita tan efectiva para detener la hemorragia y evitar que su vida se consumiera.

—Quiero hablar con Zachary —dijo ella.

—Zak no quiere —dijo Tynak—. No quiere hablar contigo.

Polly habló con toda la altivez que pudo reunir.

—No importa si Zachary quiere hablar conmigo o no. Yo deseo hablar con él —se apartó de los dos hombres y se dirigió al sendero que se alejaba del claro.

Los dos guardias le impidieron el paso. Ella se volvió, imperiosa.

—Tynak.

Tynak miró al sanador.

El sanador asintió.

—Llévenla con Zak.

Zachary estaba sentado entre las sombras, dentro de la tienda de Tynak. La tira de cuero que fungía de puerta estaba abierta

y la luz golpeaba en la blancura de los cráneos que colgaban de los postes, enfatizando la palidez en el rostro de Zachary.

—Te dije que no la trajeras aquí —reclamó a Tynak.

Tynak y el sanador se agacharon simplemente en la entrada de la tienda. Polly se paró frente a Zachary.

—Vete —él bajó la mirada hacia la tierra compacta.

—Zachary, ¿por qué no quieres verme?

—¿Qué sentido tiene?

—Esta noche es luna llena.

—¿Y?

—Zachary, necesito saberlo. ¿Quieres que suba a la roca y me sacrifiquen para que el sanador pueda extraer el poder de mi sangre?

—¡Por supuesto que no quiero eso! Pero no lo harán. Eres una diosa.

—Zach, debes saber que planean sacrificarme para obtener mi sangre.

Él se encogió de hombros y miró hacia otro lado.

—Mírame.

El joven sacudió la cabeza.

—¿Cómo te sientes al respecto?

Levantó los ojos oscuros, aterrorizados.

—No voy a caer en esa cantinela del sentimiento de culpa.

—¿Pero dejarás que tomen mi sangre?

—¿Cómo puedo detenerlos?

—¿Crees en verdad que mi sangre le dará al sanador el poder para aliviar tu corazón?

—No seas tonta. Es por la lluvia.

—¿Pero crees que el sanador usará el poder para curarte?

—¿Cómo saberlo?

—Zachary, ¿estás dispuesto a dejarme morir?

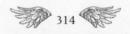

314

—¡Calla! ¡Nada tengo que ver con eso! ¡Vete! —gritó el chico.

Ella se apartó tan bruscamente que se encontró frente a uno de los cráneos y casi chocó contra él. Una vez hubo carne dentro de esos huesos blancos, ojos en sus cuencas, labios para sonreír, pero quienquiera que alguna vez hubiera llenado ese cráneo con su carne había vivido hacía tres mil años, al igual que Tynak, al igual que el sanador.

Si Zachary se quedaba allí a expensas de ella, si Polly moría y él vivía, también él se habría ido hacía tres mil años.

Eso no alivió el dolor de saber que él estaba dispuesto a permitir que ella fuera sacrificada.

DOCE

El sol ardía como un escudo de bronce. Un extraño calor se desprendía de sus rayos, que tocaban el agua con fosforescencia. Hacía más calor que cuando ella había atravesado el lago nadando. Los guardias seguían mirando en su dirección. Ahora que Og había escapado, serían aún más cuidadosos con Polly.

Éste era el verano indio del que ella había oído hablar, el que llegaba en noviembre como un último recuerdo cálido antes del largo invierno. Pero esto era más caluroso de lo que había esperado que fuera el verano indio. ¿Más de lo que debería ser? Quizá los patrones climáticos eran diferentes hacía tres mil años. Al otro lado del lago, los truenos sonaban y los relámpagos se veían siempre al fondo, como acompañamiento de los latidos constantes de los tambores que la gente de Tynak tañía para atraer la lluvia, y cuyo sonido se intensificaba hora tras hora. ¿Para la lluvia, o para el sacrificio?

El camastro de helechos estaba empapado de calor y humedad. Polly lo jaló hasta la entrada de la tienda, esperando recibir una bocanada de aire. Se recostó con los ojos cerrados. Una cálida brisa la tocó suavemente. En su mente vio su habitación, la que alguna vez había sido de Charles Wallace.

Contempló por la ventana el paisaje del campo, los bosques y las colinas bajas y antiguas que le daban una sensación de tranquilidad que las montañas escarpadas no le transmitían. Trasladó su imaginación al laboratorio de su abuela, donde siempre tenía frío; intentó sentir sus pies sobre las grandes losas que formaban el suelo y enfriaban sus dedos. Luego, en su mente, se asomó por la ventana de la cocina para ver a su abuelo en su tractor. Vio al obispo Colubra en el muro de piedra, y a Louise la Más Grande enroscada a la cálida luz del sol. Vio a la doctora Louise con su suéter de color narciso caminando por el campo en dirección a su hermano.

De esta manera se trasladó tres mil años en el tiempo. En la eternidad, su tiempo y éste, en el que estaba retenida, esperando, eran simultáneos. Si ella moría en esta extraña época, ¿nacería en su propio tiempo? ¿El hecho de que hubiera nacido significaba que podría escapar de la muerte aquí? No, eso no funcionaba. Todos los que vivían en este tiempo morirían antes o después. Pero si ella iba a nacer en su propio tiempo, ¿no tendría que vivir lo suficiente para tener hijos, y así al menos ser descendiente de sí misma? Karralys entendía acertijos como éste. Polly sacudió la cabeza para intentar aclararlo.

La energía es igual a la masa multiplicada por la velocidad de la luz al cuadrado. ¿Qué significaba realmente la ecuación de Einstein? ¿Su abuelo la comprendía? Su abuelo, en casa, en su propio tiempo… su abuela, la doctora Louise, todos debían estar desesperados y ansiosos. La doctora Louise no sabía lo que le había pasado a su hermano, que había salido con sus botas de montaña.

Y en este lado del tiempo, en la otra orilla del lago, el obispo, Karralys, Tav, Cachorro, Anaral, ¿qué estaban haciendo?

Si Og había llegado para avisarles, se estarían preguntando cómo podrían ayudarla, intentarían hacer planes.

Las hojas caían sobre las pieles de las tiendas. El aire estaba tan cargado de humedad que sintió que podía estirarlo y apretarlo.

Levantó la mirada cuando escuchó un sonido extraño y vio a Klep acercándose a ella, apoyado por el viejo sanador de un lado y por un joven guerrero del otro. Klep saltaba sobre su pierna sana.

—¡Klep! —gritó ella—. ¡Vas a lastimar tu pierna!

El sanador y el guerrero lo colocaron con suavidad junto a Polly. Tenía el rostro pálido y brotaban gotas de sudor de su frente.

—¡Klep! ¿Qué haces? ¡No deberías haber venido! —Polly se arrodilló junto a él.

—Hablé con Tynak —susurró Klep.

El sanador hizo un gesto a los guerreros, quienes miraron perplejos a Klep y entonces retrocedieron varios pasos. Entonces el sanador se arrodilló al otro lado de Klep y examinó la pierna rota: levantó la compresa de musgos que cubría la herida donde la piel estaba sanando limpiamente, pero todavía era de color rosado y de aspecto reciente. Puso sus manos sobre él, sacudiendo la cabeza y murmurando.

—Él tiene fiebre otra vez. No debería agitarse —Polly entendió lo que decía—. En su tienda está inquieto, inquieto... —él colocó las manos sobre la pierna, miró a Polly y asintió. Ella también extendió las manos sobre las suyas. El sanador retiró su mano derecha para colocarla sobre la de Polly, sin tocarla, haciéndola flotar delicadamente. Una vez más ella sintió la tibieza hormigueante y después un calor extraño, como si estuvieran sacando la fiebre de la piel inflamada de

Klep. El calor desapareció y experimentó una sensación de color dorado, el dorado del cielo en la mañana temprano, el de las alas de las mariposas, el del pinzón en vuelo.

La mirada de dolor abandonó el rostro de Klep, y todo el cuerpo liberó su tensión. Miró agradecido al sanador y a Polly.

—Gracias. Lamento haber causado problemas, pero tenía que venir —miró suplicante al sanador, que se puso en cuclillas sobre sus talones—. Hablé con Tynak —dijo Klep de nuevo—. Él dice que tú causaste la lluvia del otro lado del lago con el ángel que le quitaste.

—Yo no le quité el ángel —señaló Polly—. Él intentó quitármelo a mí.

—Él está enojado y tiene miedo. Dice que nos estás privando de la lluvia, y el pueblo está molesto.

Polly no podía entender cada palabra, pero sí lo suficiente para comprender lo que Klep estaba diciendo.

—Yo no controlo la lluvia —dijo ella—. Quiero que llueva aquí tanto como tú.

El sanador murmuró, y Polly supuso que decía que una pierna rota era más fácil de curar que la ira.

Brevemente Polly cerró los ojos. Su voz temblaba.

—Cuando Zach me secuestró, pensé que era para que yo fuera sacrificada y el sanador aliviara su corazón.

El sanador negó con la cabeza.

—No, no —y por sus murmullos, ella supuso que había sido Tynak quien había evitado que el sanador tratara a Zachary hasta que viniera Polly. Un sanador alivia.

—Eso es lo que pensó Zak, lo que Tynak quería que pensara, y tal vez lo que piensa todavía—dijo Klep—. Pero a la gente no le importa Zak. Están cansados de tener que robar comida. Quieren que se lleve a cabo el sacrificio para que llueva.

Polly pensó en Anaral cantando su himno de alegría a la Madre después de haber colocado las flores en el altar, en el Pueblo del Viento saludando a la mañana y a la noche con armonía.

—¿Tu dios exige sacrificio y sangre a cambio de la lluvia?

Klep dijo lo que ella entendió como:

—Para cada persona dios es diferente.

—¿Hay un dios diferente?

—No. Cada persona lo ve de manera diferente.

—Klep, ¿qué crees tú?

—Que eres buena. Que nada tienes que ver con la lluvia o la sequía. Que tu sangre es tu vida y, mientras esté en ti, la usarás para el bien. El poder que tiene tu sangre existe cuando estás viva, no cuando estás muerta y se derrama en el suelo —añadió—: Anaral dice que soy un druida —y sonrió.

Polly escuchaba atentamente mientras Klep hablaba, traduciendo aquellas palabras en unas que pudiera comprender.

—El sanador tiene mucho poder —continuó Klep—. Lo he visto devolver la vida donde pensé que ya no quedaba. Pero ni siquiera él puede devolverte tu sangre si se derrama toda fuera de tu cuerpo.

El sanador habló. Su mensaje estaba más en las manos que en sus murmullos, y esta vez ella no logró entender lo que decía.

—Regresa al lugar de donde vienes —tradujo Klep.

—Ojalá pudiera.

Klep se volvió hacia el viejo sanador. Hablaron durante un largo tiempo, y Polly no podía entender lo que decían. Finalmente, Klep asintió con la cabeza al sanador y se volvió hacia Polly.

—Esta noche, cuando salga la luna, habrá mucho ruido, mucha gente. Te ayudaremos a llegar al lago, detendremos las flechas y las lanzas para que puedas nadar.

—¿Ustedes pueden hacer eso?

El tono de Klep era feroz.

—No habrá sacrificio. El sanador tiene un gran poder. Nadie se atrevería a arrojarle una lanza, ni a detenerlo con una flecha. Él te protegerá mientras corres hacia el agua.

Era una esperanza pequeña, pero esperanza al fin. Ella no creía que pudiera atravesar el lago otra vez, pero era mejor ahogarse que ser sacrificada en ese terrible altar de piedra.

—Gracias. Estoy agradecida.

—Fuiste buena conmigo —dijo Klep—. Tu Pueblo del Viento fue bueno conmigo. Desearía ser en uno con Anaral. De ti he aprendido mucho. He aprendido que yo amo. *Amor.* Ésa es una palabra buena.

—Sí. Es una palabra buena.

—Lo que hago, no lo hago sólo por ti, aunque quiero pensar que lo haría incluso si no fuera por Anaral. Pero si eres sacrificada, ¿crees que el Pueblo del Viento me permitiría ver a Anaral, me permitiría amarla? ¿Aprendo lo que es el *amor* entonces dejo que el *amor* se sacrifique contigo? —de nuevo su frente se llenó de sudor—. ¿Nadarás?

—Nadaré —intentó que su voz sonara segura, por el bien de Klep.

El sanador volvió a hablar.

—Tienes el don. El sanador dice que debes usarlo —tradujo Klep.

—Dile que trataré de servir al don —así como había hecho la doctora Louise toda su vida, así lo haría también Polly.

Klep asintió. Miró hacia la aldea, donde la gente hablaba en pequeños grupos; el sonido era desagradable, amenazador.

—Me quedaré contigo. No puedo hacer mucho, pero mi presencia ayudará.

El sanador miró a Polly.

—Permaneceré.

Seguramente la presencia del sanador evitaría que la gente se acercara a ella y la arrastrara fuera de la tienda, al menos hasta que saliera la luna llena. Y el hecho mismo de que estos dos hombres, el joven y el anciano, estuvieran con ella, que se preocuparon lo suficiente para quedarse, la llenaron de afecto.

—Klep, ¿qué pasará con Zachary? —preguntó Polly—. Por él volví a cruzar el lago contigo.

—¿Zak? Oh, él no tiene importancia.

Ella no entendía.

—Pero pensé que me sacrificarían para que su corazón pudiera ser sanado —repitió.

—Eso no... —Klep buscó las palabras correctas—. Eso no está en el medio. Ni en el centro.

Bueno, sí. Podía entender que Zachary era periférico. ¿Pero él lo sabía?

—Si llueve, si la gente está tranquila, entonces el sanador... —Klep miró al anciano, que permanecía agachado sobre sus talones, tan cómodo como si estuviera en una silla— intentará ayudar a Zak, porque es un sanador. Donde hay padecimiento, él debe sanar. Tynak quería que pensaras que Zak era importante porque creía que la línea estaba trazada entre ustedes dos. Que tú... que lo *amabas*.

—No, Klep...

—Sé que la línea está entre tú y Tav, no Zak.

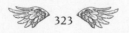

Una vez más ella negó con la cabeza.

—De donde vengo, es demasiado pronto. Puedo sentir una línea entre Tav y yo, pero el amor... —no podía explicar que no sólo no estaba preparada para entregar su corazón a Tav ni a nadie más, sino que todavía tenía que dar prioridad a sus estudios, que en su tiempo aún era demasiado joven, pero también que su tiempo era tres mil años en el futuro. Tal vez, en el vasto esquema de todas las cosas, tres mil años no era mucho, pero con respecto a la duración de una sola vida era algo enorme.

El trueno retumbó. Miró al otro lado del lago y vio unas oscuras cortinas de lluvia.

Klep la miró.

—¡Ah, Polly, si pudieras traer la lluvia aquí!

—¡Oh, Klep, ojalá pudiera!

El sanador permaneció en cuclillas, justo dentro de la sombra de la tienda. La extraña luz le otorgaba un tono verdoso a su rostro y le proporcionaba un aspecto semejante al de una rana increíblemente vieja. Su voz era casi un croar.

—El sanador no dejará ir a la sanadora —sus ojos ancianos se encontraron con los de Polly. No sólo le estaba ofreciendo su considerable protección, sino que la estaba llamando colega.

Los grupos de aldeanos murmuraban, siseaban, parecían un enjambre de avispas, y miraban hacia la tienda, pero sin acercarse. Si no hubiera sido porque Klep y el sanador estaban allí, con ella, para ella, no estaba segura de lo que habría sucedido.

La tormenta al otro lado del lago se retiraba, más y más lejos, y el sol broncíneo brillaba entre las nubes iracundas.

Él calor marchitaba las hojas que quedaban en los árboles y éstas caían al suelo, enfermas y pálidas.

Polly cerró los ojos. Sintió una mano tocando la de ella, una mano vieja y seca. El sanador. Un viento fresco comenzó a soplar y tocó sus mejillas, sus párpados. Las aguas del lago rompían suavemente contra la orilla. Las personas enojadas guardaron silencio.

Poco a poco el cielo se aclaró y los truenos se disiparon, pero el sonido de los tambores continuó.

El día se hacía eterno. Klep dormía, acostado de lado, respirando como un niño, con la mano haciendo de almohada bajo su cabeza. El sanador también se recostó, y sus ojos estaban cerrados, pero Polly creía que no dormía, que la estaba sosteniendo en un centro de quietud. Ella podía sentir su sangre correr por sus venas, su sangre viva, manteniendo su mente, sus pensamientos, su propia existencia sujeta a la vida.

¿Ella renunciaría a esa sangre voluntariamente?

¿Dónde estaba Zachary? ¿Todavía se aferraba con avidez a la vida, a cualquier tipo de vida y a cualquier precio? No había dolor en él, ninguna preocupación, más allá de sí mismo. ¿Entendía en verdad lo que estaba exigiendo?

No hubo puesta de sol. La luz del día se desvaneció, pero las nubes no cambiaron de color. Simplemente oscureció. El cielo se hizo cada vez más oscuro. Los fuegos para cocinar fueron encendidos. El murmullo de la gente comenzó de nuevo. Aquí la luna llena no se elevaría por encima de los grandes árboles del bosque como lo hacía para el Pueblo del Viento, sino que vendría del lago, emergiendo del agua.

Oyó con horror un siseo de expectación. Tynak caminaba en dirección al centro del claro. Él observó primero a través del lago se giró y llevó su mirada más allá de la aldea, hacia la espesa oscuridad del bosque y al claro con la piedra ensangrentada.

Un grito agudo cortó el aire. Era un grito de terror salvaje, tan descontrolado que hizo temblar a Polly. Se repitió. ¿Ya había alguien en la terrible piedra del altar, alguien frente a un cuchillo afilado? Ella intentó encontrar la fuente del alarido.

Vio a Zachary luchar entre gritos, sostenido por dos hombres de la tribu. Intentaba separarse de ellos, pero lo tenían firmemente sujeto y lo llevaban en dirección a Tynak.

Una débil luz comenzó a aparecer en el lejano horizonte del lago.

—¡No! —gritó Zachary—. ¡No puedes matarla! ¡Yo no quería esto! ¡No lo quería! ¡No puedes hacerlo, no puedes…! —él balbuceaba presa del terror—. Moriré yo, mátame, mátame a mí, no puedes lastimarla… —vio a Polly y, de pronto, rompió en llanto—. ¡Yo no quería esto! ¡Estaba equivocado! Oh, deténganlos, alguien, deténganlos, déjenme morir, no permitan que lastimen a Polly…

Tynak se acercó y le propinó una bofetada.

—Demasiado tarde.

Zachary se quedó en silencio, conmocionado. Intentó apartar una mano para limpiarse la boca, pero los dos hombres sostenían sus brazos y un hilo de sangre se deslizó por su barbilla.

—El sacrificio debe ser intachable —dijo Tynak—. Tú no eres digno.

Polly estaba tan fría como cuando había nadado a través del lago. No sólo su cuerpo parecía congelado, sino también sus pensamientos, su corazón.

El sanador se puso en pie, ayudándose con una mano presionada contra el hombro de Polly. Luego la dejó allí, en un gesto de protección.

Klep se incorporó para sentarse. Polly vio, sin asimilarlo en realidad, que tenía un cuchillo curvo en el cinto. Él lo sacó y lo sostuvo con firmeza.

—Tynak, te lo advierto... —comenzó a decir, pero Tynak levantó su mano en un gesto amenazante. Con su posición de autoridad como jefe de la tribu, no necesitaba un arma. Y Klep, con su pierna rota sostenida rígidamente entre dos palos, no podía moverse.

Tynak dirigió un gesto de desprecio a los dos guardias que sostenían al forcejeante Zachary y éstos lo dejaron caer como si se tratara de una bestia muerta. El joven cayó al suelo, gimiendo. Los guardias se acercaron a Polly. Miraron al sanador, pero él no retiró la mano de su hombro. Polly no reconoció a estos hombres, que no eran Invierno Helado ni Golondrina Oscura. Murmurando lo que sonaba como una disculpa, uno de los guardias apartó la mano del sanador, sin rudeza, entonces jaló a Polly.

—¡Detente! —gritó Klep—. ¡Detente! —pero sólo podía mirar con frustración y rabia mientras los hombres arrastraban a Polly hacia Tynak.

—¡Tynak! —le advirtió Klep—. ¡Si la lastimas, será un desastre para la tribu!

—¡Sangre! —gritaba la gente—. ¡Sangre para los dioses! ¡Sangre para la tierra, sangre para la lluvia, sangre para las plantas, sangre para la vida! —el viento se levantó, haciendo que las antorchas desprendieran humo. La luna comenzó a emerger del lago, enorme, roja como la sangre. Polly pensó que su corazón dejaría de latir. La gente gritaba, golpeando sus pies al ritmo de los tambores, al ritmo de su demanda de sangre. Los desesperados gemidos de Zachary no eran más que una voluta de humo—. *¡Sangre!* —cantaba la gente—. *¡Sangre! ¡Sangre!*

Lentamente, Polly fue arrastrada por el campamento, en dirección al sendero a través del bosque que conducía a la terrible piedra.

Zachary se levantó de un salto y se arrojó sobre ella. Uno de los guardias lo golpeó y él volvió a caer al suelo, gimoteando como un niño enfermo.

—¡Miren! —gritó Klep, y su voz se alzó por encima del ruido de la multitud—. ¡Tynak! ¡Pueblo! ¡Miren el lago! ¿No lo ven?

Hubo gritos de sorpresa, de terror.

Polly miró, esforzándose por mantenerse en pie. Perfilada contra la gran esfera lunar se veía una gran canoa con los extremos tallados y curvos. Cuando la canoa se acercó más, distinguió a dos hombres en ella. Karralys sostenía un gran remo, con Og erguido orgullosamente a su lado. Erguido, en la proa, estaba el obispo Colubra con Louise la Más Grande entrelazada alrededor de su brazo, mostrando sus grandes y brillantes anillos.

—¡Vean! —gritó Klep triunfante—. ¡La diosa los ha llamado y ellos han venido! ¿Se van a atrever a tocar a la diosa?

Los guardias liberaron a Polly y retrocedieron llenos de temor.

—¡Obispo! ¡Karralys! —Polly corrió hasta la orilla.

Tynak no estaba lejos, detrás de ella.

El obispo y Karralys eran siluetas oscuras contra el cielo.

Polly se arrojó al agua e intentó arrastrar la canoa a la orilla. Tras un gesto de Tynak, Golondrina Oscura e Invierno Helado jalaron la canoa hacia la ribera llena de guijarros.

De pronto la luna fue cubierta por una nube negra que se extendió rápidamente por el cielo y eclipsó las estrellas. El viento sopló y las antorchas desprendieron su humo. Gritos de temor y confusión brotaron de la multitud.

—¡Un presagio! —gritó Klep—. ¡Presten atención al presagio!

Karralys saltó de la canoa y ayudó a bajar al obispo. Con las piernas tambaleantes, el anciano se apoyó en el druida. Louise la Más Grande se aferraba a él con sus anillos apretados. El sanador se acercó a ellos y observó primero a Karralys y después al obispo, cuyo rostro se iluminó repentinamente con la luz de un sorpresivo relámpago, seguido casi de inmediato por un trueno, que retumbó salvajemente entre las dos formaciones de montañas, las del Pueblo del Viento y las del Pueblo Más Allá del Lago. Y entonces, vino la lluvia, al principio salpicando con gotas pesadas en el agua, en la ribera, en las pieles de las tiendas, luego en grandes cortinas, casi como si las aguas del lago se elevaran para encontrarse con las nubes de lluvia.

Cuando Karralys y Tav habían sido arrastrados por la tormenta al Pueblo del Viento, el arcoíris había cruzado el cielo y ellos lo habían visto como un presagio. La lluvia había estado amenazando durante días y ahora había llegado, pero el Pueblo Más Allá del Lago no la aceptaba como un resultado natural de las nubes y los patrones del viento, una tormenta precipitada por una nube traída por un viento que giraba bruscamente llegada desde el este, seguida por corrientes descendentes que producían grandes cargas de electricidad estática y originaban fieros relámpagos y truenos ensordecedores. La tormenta fue vista por el Pueblo Más Allá del Lago como una maravilla traída por el obispo y la serpiente, por Karralys y el perro; por Polly, quien los había invocado.

—¡A las tiendas! —gritó Tynak, y la gente comenzó a correr; las mujeres cargaron a sus hijos y se apresuraron a cruzar el campamento. Tynak levantó el rostro hacia la lluvia, con la boca abierta, y bebió su agua a grandes tragos.

El sanador condujo al obispo a la tienda de Polly, y ella y Karralys los siguieron.

—Oh, obispo —gritó ella—. Oh, Karralys, gracias. Y a todos ustedes también, Louise, Og. Oh, gracias.

Klep ya estaba empapado por el aguacero, y Karralys ayudó al sanador y a Polly a llevar al joven al refugio.

Zachary todavía estaba acurrucado en el suelo, mientras la lluvia caía sobre él. Nadie parecía notarlo.

Polly miró al obispo. Todo el mundo estaba empapado por la lluvia. Louise la Más Grande se retiró a la esquina más alejada de la tienda. El relámpago volvió a brillar, siseando al golpear el agua. Cuando los truenos llegaron, ella corrió hacia Zachary.

—Zach. Levántate, vamos.

—Déjame morir —gimió él.

—No seas dramático. Vamos, está lloviendo. Ya no habrá sacrificio.

Zachary trató de enterrarse en el duro suelo.

—Déjame solo.

Ella tiró de él, pero era un peso muerto y no conseguía moverlo.

—Zach. Levántate.

Karralys llegó a su lado. Entre ambos levantaron a Zachary y lo pusieron en pie.

—Vamos, Zach —urgió Polly—. Hay que alejarse de los rayos —ella se estremeció cuando relampagueó de nuevo y el trueno retumbó al mismo tiempo.

Karralys la ayudó a arrastrar a Zachary hasta la tienda. Cuando lo soltaron, éste cayó al suelo y se acurrucó en posición fetal.

—Déjalo —dijo el obispo Colubra gentilmente.

La lluvia continuó cayendo desde el lago a través de la aldea. La tienda era una protección frágil, pero la lluvia era cálida. El relámpago cayó, golpeando el lago, sobre las piedras de la orilla. Se produjo un crujido horrible y después un estruendo, que resonó tan fuerte como el trueno.

—Un árbol —dijo Klep—. El rayo ha sacudido un árbol.

Lentamente la tormenta se alejó. Polly contó cinco segundos entre los relámpagos y los truenos, luego diez. Después el rayo era sólo un lejano resplandor en el horizonte, y el trueno, un ruido distante.

Tynak se acercó a ellos, con las palmas de sus manos extendidas para mostrarse desarmado, y se inclinó ante Karralys. Luego ante Polly.

—Has traído la lluvia —su voz era de temor.

—No, Tynak. La lluvia vino sola. No la traje yo.

Pero era imposible que ella pudiera hacer creer a Tynak que la lluvia no había llegado debido a sus poderes. Polly era una diosa que traía la lluvia.

A ella no le gustaba el papel de la diosa.

—Obispo —le imploró.

El obispo estaba sentado en el camastro. Las nubes se habían ido con la tormenta, y un destello de luz de luna entró en la tienda e iluminó el topacio de su anillo.

—Es suficiente con que la lluvia haya llegado —le dijo a Tynak—. No necesitamos entenderlo.

—¿Eres un sanador? —preguntó Tynak.

—No como tu sanador o como Karralys, pero ése ha sido mi propósito durante mucho tiempo, sí.

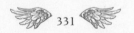

Tynak lo miró, miró detrás de él a Louise la Más Grande, enroscada en la penumbra, entonces asintió con la cabeza a Karralys.

—¿Vendrás?

Karralys asintió.

—Polly también.

—¿Adónde? —preguntó Polly.

—A celebrar el consejo —dijo Karralys—. Es necesario.

—Zachary…

—Zachary esperará —no había condena ni desprecio en la voz de Karralys.

—Obispo Garza —dijo Karralys—, es oportuno que venga también —extendió la mano para ayudar al obispo a levantarse.

—Yo también voy —anunció Klep. Él tenía autoridad, eventualmente sería el líder de la tribu. Invierno Helado y Golondrina Oscura fueron llamados para ayudarlo.

—Klep —objetó Polly—, prometiste a Anaral que tendrías cuidado. Esto va a ser demasiado duro para tu pierna.

—Iré —insistió Klep.

Todavía se sentía la tensión eléctrica en el aire. Las nubes se estaban acumulando de nuevo y dejaban pasar el resplandor de la luna de manera tal que la luz era seguida por la sombra y la sombra por la luz, formando patrones extraños mientras caminaban. Cuando llegaron al final del sendero que conducía al claro, tuvieron que detenerse. Un gran roble, el árbol que el rayo había abatido, yacía desarraigado sobre el camino. Era imposible que pudieran llegar hasta el claro donde se encontraba la roca.

Karralys se dirigió al árbol derribado y apoyó la mano en su enorme tronco. Og saltó para pararse a su lado. Tynak retrocedió, pero sólo un poco, y se mantuvo firme.

—Este árbol servirá como nuestro lugar de reunión —dijo Karralys.

—La diosa —Tynak se inclinó hacia Polly—, posee grandes y misteriosos poderes.

—Yo no... —comenzó a decir Polly, pero Karralys levantó la mano y ella se detuvo.

Los ojos de Karralys, con su color azul brillante como el zafiro a la luz de la luna, la miraron con calma.

—Polly, es pertinente que digas a Tynak cuáles son los términos de nuestra paz.

Ella lo miró, totalmente desprevenida. El rostro de Karralys estaba sereno. La piedra de su torques ardía como el fuego. Ella tragó saliva. Respiró. Tragó.

Entonces se volvió hacia Tynak.

—No habrá más asaltos. Si sufren hambre, si necesitan comida, enviarán a Klep a hablar con Karralys, una vez que pueda caminar nuevamente. El Pueblo del Viento es gente de paz y compartirán lo suyo. Les enseñarán cómo regar para que sus tierras produzcan mejores cultivos. Y si en algún momento ellos estuvieran también en necesidad, ustedes compartirán con ellos. El Pueblo del Viento y el Pueblo Más Allá del Lago deben vivir como un solo pueblo —ella hizo una pausa. ¿Le habría entendido Tynak?

Él se quedó parado junto a Karralys, asintiendo.

Polly continuó:

—Para sellar esta promesa, y con el consentimiento de Anaral, ella y Klep serán... —no había una palabra para "casarse" o "matrimonio"— serán uno, vivirán juntos y resguardarán la paz. ¿Klep?

—Ése es mi deseo —la sonrisa de Klep era radiante.

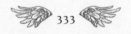

Tynak se quedó mirando a Polly, a Karralys, que estaba apoyado contra el cuerpo caído del gran árbol, y a Klep, que se mantenía erguido entre Invierno Helado y Golondrina Oscura.

—Éstos son nuestros términos. ¿Aceptas? —preguntó Polly.

—Acepto —Tynak parecía viejo de pronto.

—¿Klep?

—Acepto. Con mucha alegría. Anaral y yo procuraremos traer paz y salud a ambos lados del lago.

Polly sintió un pequeño empujón en sus costillas. El sanador la estaba llamando.

—Sangre —dijo él.

Ella asintió. No sabía por qué entendía a lo que él se refería, pero así era, tal vez debido a las historias de juventud sobre hermanos y hermanas de sangre. Tomó el cuchillo de oro que el obispo le había dado a Anaral, luego abrió el cuaderno y buscó una página nueva. Sacó la hoja, brillante y limpia, y miró a Tynak.

—Extiende tu mano.

Sin dudarlo, le extendió la mano. Ella tomó el cuchillo y cortó la yema de su dedo medio, luego lo apretó hasta que apareció una gota de sangre. Con ésta, ella manchó la página limpia del cuaderno.

—¿Karralys? —él también, sin cuestionarlo, ofreció su mano y ella repitió el procedimiento, luego mezcló las dos gotas de sangre en la página.

—Éste es el sello y símbolo de nuestros términos de paz —tomó la página y las tijeras, y la cortó con cuidado por la mitad, para que hubiera sangre mezclada en cada trozo de papel. Una mitad se la entregó a Karralys y la otra a Tynak. Luego tomó el retrato de Tynak, le entregó una mitad y le dio

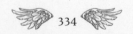

la otra a Karralys—. Ésta es la señal de que nunca romperás la paz. Si lo hicieras, Karralys tendrá tu poder.

De nuevo, Tynak se apretó el pecho como si le doliera.

—Karralys nunca te hará daño —dijo Polly—. Sólo tú puedes lastimarte —se sentía infinitamente cansada—. Ahora me gustaría partir, deseo regresar al otro lado del lago.

El sanador le dio otro codazo.

—Zak.

Estaba demasiado cansada para pensar en Zachary.

—¿Qué?

—Está el asunto de Zachary —le recordó el obispo.

Ella se apoyó contra el árbol caído. Estaba demasiado cansada incluso para permanecer en pie más tiempo.

—Regresaste aquí, al Pueblo Más Allá del Lago, debido a Zachary —dijo el obispo—. Sin embargo, puedes olvidarte de él ahora si lo deseas.

—¿Puedo hacerlo? Oh, obispo, ¿puedo hacerlo? —ella no quería volver a pensar en Zachary nunca más, pero se apartó del árbol caído—. Volvamos por él. Supongo que todavía está en la tienda.

La procesión caminó de regreso a la aldea. Invierno Helado y Golondrina Oscura sostenían a Klep para que pudiera saltar sin afectar su pierna lesionada. La gente empezaba a salir de sus tiendas y el aire, limpiado por la tormenta, se sentía fresco y fragante. Ahora miraban a Polly con asombrada maravilla.

Zachary todavía se encontraba acurrucado en la tienda. Ella se arrodilló junto a él, posó una mano en su mejilla y lo giró para mirarlo a los ojos.

Él apretó los párpados con fuerza.

Polly se volvió hacia el obispo.

—Creo que su corazón está descompensado —dijo ella—. Me refiero a que creo que está más allá de lo que nosotros podamos hacer.

—No —dijo el obispo Colubra—. Nunca digas eso, Polly.

El sanador se arrodilló al otro costado de Zachary.

Zachary gimió.

El obispo habló:

—A menudo, un alcohólico puede comenzar a recuperarse sólo cuando ha tocado fondo. Cuando no queda más por hacer que subir. El egocentrismo de Zachary era una adicción tan mortal como el alcoholismo —él se inclinó sobre el afligido joven—. Abre tus ojos —era una orden severa.

Zachary parpadeó.

—Siéntate —ordenó el obispo—. No estás más allá de la redención, Zachary.

—Estaba dispuesto a dejar morir a Polly —gimió Zachary.

—¡Pero no cuando llegó el momento, Zach! —gritó Polly—. Tú intentaste detenerlos.

—Pero ya era demasiado tarde —las lágrimas brotaban de sus ojos.

—¡Mírame! ¡Estoy aquí! ¡No habrá sacrificio! —ahora la mirada aterrorizada del chico se encontró con la de ella.

—¿Estás bien?

—Estoy bien.

Se sentó.

—Moriré si eso te ayuda, lo haré, lo haré.

—No es necesario, Zach. Ahora hay paz en ambos extremos del lago.

—Pero lo que hice… no puedo ser perdonado… —posó su mirada enfebrecida en Polly, después en Tynak y por último en el obispo.

—Zachary —el obispo habló en voz baja pero decidido—. Alrededor del año 1400, William Langland escribió: "Y toda la maldad en el mundo que el hombre pueda hacer o pensar es a la misericordia de Dios lo mismo que un carbón encendido es al mar".

Zachary negó con la cabeza.

—Fui más allá... más allá de toda misericordia —él jadeó, y el color azulado alrededor de sus labios se acentuó. El sanador extendió la mano y colocó su palma sobre el pecho de Zachary. Así como Cachorro había estabilizado la respiración del obispo, el sanador estabilizó la de Zachary.

—Ayúdalo —ordenó Tynak—. Sería un mal presagio que ahora hubiera una muerte.

Karralys se arrodilló y levantó a Zachary para que el joven se recostara contra su pecho. Lo sostuvo con un brazo e introdujo su mano derecha debajo de la ropa mojada de Zachary, luego asintió con la cabeza hacia el sanador. El anciano abrió la chaqueta y la camisa de Zachary, para descubrir su pecho. Entonces sus manos se unieron a las de Karralys, flotando delicadamente, como si sus ancianos dedos estuvieran escuchando. Karralys respiraba lenta y cadenciosamente, de modo que el cuerpo inerte de Zachary, sostenido con firmeza contra el fuerte cuerpo del druida, pudiera sentir y acompasarse a su ritmo. Karralys miró al obispo.

—Por favor.

El obispo también se arrodilló y colocó sus manos largas y delgadas sobre el pecho de Zachary.

El sanador asintió hacia Polly.

Ella levantó las manos y las extendió, y entonces quedó atrapada en el poder restaurador del sanador, de Karralys y del obispo; sus manos no lo tocaban, sólo se movían con ternura sobre el pecho pálido y flácido de Zachary. Una vez más, Polly sintió el hormigueo dorado, entonces una punzada de dolor agudo recorrió su cuerpo como una chispa y se desvaneció, dejándola débil y temblorosa. De nuevo vino el calor, el color dorado.

Las manos de Karralys parecían tener voluntad propia. Flotaban como las alas de un pájaro, un pájaro de fuego. Sus ojos cambiaron de su azul sereno al dorado ardiente de la piedra de su torques, y las líneas débiles de su rostro se acentuaron. Era mucho mayor de lo que Polly había creído. Ella sintió que sus manos, sus ojos, su mente, todo su cuerpo era atrapado en la energía eléctrica que Karralys y el sanador y el obispo estaban enviando a través de Zachary. Sintió que estaban reparando su corazón, pero mucho más que eso. La profundidad de su sanación no era meramente física, sino que se derramaba a través del núcleo de su propio ser.

El tiempo brilló. Se detuvo. Polly no estaba segura de si estaba respirando o si su corazón latía. Todo estaba enfocado en Zachary.

Tynak dejó escapar un siseo y el tiempo comenzó de nuevo. Polly pudo sentir el latido constante de su corazón. El cálido hormigueo abandonó sus manos, pero esta vez no estaban frías sino cálidas y secas. Karralys se sentó sobre sus talones, Zachary todavía estaba recostado contra él.

—Está bien —suspiró el sanador.

Karralys sonrió.

—Está bien.

El obispo se levantó, mirando a Zachary.

—Está bien.

Ahora Polly también se sentó.

—¿Zachary?

El color azul había abandonado sus labios.

—Yo… yo… —tartamudeó.

—Silencio —dijo el obispo—. No necesitas decir palabra —miró a Karralys—. ¿Su corazón?

—Funcionará —dijo Karralys—. No estará perfecto, pero servirá.

—Mucho poder —dijo el sanador—. Poder grande, bueno —él miró a Og, que estaba sentado, observando, con las orejas arriba; a Louise la Más Grande, que yacía tranquilamente enroscada—. Todos trabajar juntos. Bueno.

—Estoy… estoy… ¿estoy bien? —la voz de Zachary tembló.

—No completamente —dijo el obispo—, pero Karralys dice que suficiente.

—Sí. Sí —un rubor ascendió a sus mejillas—. No sé qué decir.

—No digas nada.

—Pero estaba dispuesto a dejar que Polly muriera, y aun así me ayudaron.

—No harás ningún bien a Polly, ni a ninguno de nosotros, aferrándote a tu culpa. Ayudarás cuidando de ti apropiadamente. Hay otras cosas que deben ser renovadas además de tu corazón.

—Lo sé. Lo sé. Oh, esta vez lo sé.

—Vamos —Karralys se puso en pie—. La tormenta ha terminado. Ahora sólo llueve —las nubes se oscurecieron y la lluvia cayó, suave y penetrante, calmando la sed de la tierra reseca. Ahora podría sembrarse el trigo de invierno y prepararse el terreno para la primavera.

—Crucemos el lago —dijo Karralys—. Anaral, Cachorro, y Tav están esperando con ansias.

Tynak y el sanador los escoltaron hasta la canoa. Klep, ayudado por Invierno Helado y Golondrina Oscura, se quedó en la orilla y ondeó la mano en despedida.

—Lleva contigo mi amor a Anaral —ahora que Klep había aprendido la palabra "amor", su rostro brillaba de alegría cada vez que la pronunciaba.

El sanador levantó su brazo en señal de bendición.

—Vamos —dijo Tynak al sanador y a Klep—. Cuando estemos en luna creciente los invitaremos, a toda su tribu, a un banquete. Pues de ellos vendrá la comida.

Karralys rio, e Invierno Helado y Golondrina Oscura entraron al agua para empujar la canoa hasta que ésta flotó.

Cachorro y Anaral esperaban ansiosos en la orilla y corrieron hacia el lago para ayudar a jalar la canoa. Una vez en tierra, Polly descubrió que estaba temblando, por lo que apenas podía caminar. Cachorro la rodeó con sus brazos y la llevó a la tienda de Karralys.

—Has dado demasiado —la ayudó a subir a uno de los camastros de helecho.

¿Dónde está Tav?, se preguntó.

El obispo la miró con amor:

—La virtud ha sido drenada de ella, pero volverá.

—Ya no quiero ser una diosa —dijo Polly. Anaral le trajo una bebida caliente, y ella tomó un sorbo, dejando que se deslizara por su garganta y calentara todo su cuerpo.

—Klep… — preguntó Anaral.

—Él está bien —le aseguró Polly.

—¿En verdad está bien?

—Ha movido su pierna más de lo debido, pero está bien. Él te ama, Annie.

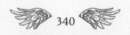

Un suave color rosado ruborizó sus mejillas.

—Estoy tan contenta, tan contenta —ella extendió la mano y presionó la de Polly.

Polly recibió su entusiasmo, buscó a Tav y se dio cuenta de que no sólo faltaba él, sino también Zachary.

—¿Dónde está Zachary? —preguntó.

—Con Karralys —Cachorro se puso en cuclillas junto a Polly, tomó su muñeca con sus suaves dedos y la soltó sólo después de que se sintió satisfecho.

—No dejes que venga aquí —imploró Polly.

Cachorro la miró interrogante.

—No quiero verlo —si tuviera que hacerlo todo de nuevo, haría lo mismo. Volvería a cruzar el lago. Sostendría sus manos con las del sanador, las de Karralys y las del obispo sobre el corazón de Zachary. Pero ahora estaba hecho y no quedaba más que un agotamiento que era mucho más que físico.

El obispo sonrió a Polly.

—Tengo una gran pregunta que nunca será respondida: ¿se abrió el umbral del tiempo para mí, y para Polly, a causa de Zachary?

Karralys entró mientras el obispo hablaba.

—¿Quién puede saber para quién se abrió el umbral del tiempo? —su voz sonaba tranquila—. Lo que ha ocurrido aquí, en este tiempo, puede tener algún efecto que no conocemos y ni siquiera podemos sospechar en mi tiempo, o quizás en el suyo. No intentemos comprender el patrón, sólo alegrémonos por su belleza.

¿Zachary forma parte de esa belleza?, se preguntó Polly. Pero estaba demasiado cansada para hablar.

—Cachorro —Karralys se volvió—, ¿te quedarías con Zachary, por favor?

Cachorro asintió y se marchó obediente, justo cuando Tav irrumpió en la tienda.

—¡Pol-ii! —corrió hacia ella.

—¡Tav!

Tav se arrodilló frente a ella en la tierra compacta, levantó una mano y tocó sus labios con suavidad.

—¿Estás bien?

—Estoy bien.

—¿En verdad?

—En verdad, Tav —había una tristeza profunda en su corazón. No volvería a ver a Tav, y eso le provocaba dolor.

—¿Y ese Zak? —preguntó Tav.

—Él también está bien.

Tav frunció el ceño.

—Él habría dejado que te mataran.

—Pero no sucedió.

—Él quería.

—En realidad no, Tav.

—No vale un solo cabello de tu cabeza.

—Todavía estoy muy enfadada con él —intervino Anaral.

—Annie —el obispo la reprendió suavemente—, no pienses que todo por lo que Polly pasó fue por el bien del corazón físico de Zachary.

—No lo sé —la voz de Anaral era un susurro—. Es Pol-ii quien me importa. No Zachary.

—¿No te importa?

—¡Obispo! Tal vez su corazón —ella se tocó el pecho— esté mejor. Pero ¿qué pasa con la parte de su corazón que permitiría sacrificar a Pol-ii para salvar su propia vida?

—El cambio siempre es posible —dijo el obispo.

Anaral parecía renuente.

—¿Para Zak? ¿Que ayudó a secuestrar a Pol-ii? ¿Que la hubiera dejado en la piedra del altar? ¿Que no habría detenido el cuchillo? ¿Él puede cambiar? ¿En verdad?

—¿Puedes decir realmente que el cambio no es posible? ¿Puedes negarle esa oportunidad? ¿Puedes decir que sólo fue sanado su corazón físico?

—Habría hecho daño a mi Pol-ii —gruñó Tav.

—Zachary tocó fondo —dijo el obispo—. Fue un fondo horrible, sí, pero en el foso realmente se miró.

Tav golpeó su lanza en el suelo con furia.

—Ahora depende de él —continuó el obispo.

Anaral frunció el ceño.

El obispo sonrió.

—Tu ira no durará, Annie. Eres de corazón tierno.

—Pol-ii está de vuelta —Tav se acercó de nuevo para tocarla—. Pol-ii está de vuelta. Eso es todo lo que importa. No pienso en ese Zak. Pienso en Pol-ii, y en que ha venido la lluvia.

—Sí.

—Y ahora te irás —él extendió las manos hacia ella con pesar.

Ella suspiró profundamente.

—A mi propio tiempo, Tav, si el umbral está abierto.

—¿Y Zachary? —preguntó Tav—. ¿Tienes que llevarlo contigo?

Por fin, Polly se echó a reír.

—¿Quieres que se quede aquí?

Tav frunció el ceño.

—Él no quería a mi Pol-ii por obediencia a la Madre, o por cualquier bien más allá del suyo.

El obispo miró alrededor de la tienda.

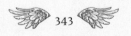 343

—Cuando Zachary vio a Annie, entró en los círculos del tiempo superpuesto. *Conozco tus obras. He aquí que he puesto una puerta abierta delante de ti, la cual nadie puede cerrar.*[26]

—Palabras de poder —dijo Karralys.

—Sí —asintió el obispo—. Del Apocalipsis de San Juan.

—¿Y la puerta permanecerá abierta, obispo? —preguntó Anaral.

—No, Annie. No. Pero estaba abierta de par en par cuando Polly tomó la decisión de atravesar el lago para regresar por Zachary, y tú debes honrar esa decisión —él se volvió hacia Polly—. Fuiste muy valiente, cariño.

—No fui valiente. Estaba aterrada.

—Pero seguiste adelante e hiciste lo que tenías que hacer.

Og alargó su hocico y lamió los dedos de Polly. Cachorro abrió la puerta de la tienda y entró con Zachary.

—¿Es hora?

Polly miró a Zachary y no sintió nada: no había ira, ni miedo, ni amor.

—Sí —dijo Karralys—. Es hora.

Zachary se colocó entre Karralys y Cachorro, con el rostro pálido, pero el azul de sus labios ya había desaparecido.

—No sé qué decir.

—Entonces no hables —dijo Karralys.

Zachary los miró de uno en uno.

—Lo que hice está más allá de cualquier disculpa.

—Estabas enloquecido por tu ego —dijo Karralys—. Ahora debes comprender que aunque tu vida se ha prolongado, algún día morirás. Es el camino del mortal.

---

[26] *"… porque no obstante tu debilidad, has guardado mi Palabra y no has negado mi Nombre."* Apocalipsis 3:8.

—Sí —dijo Zachary—. Lo sé. Ahora lo sé.

—Y en ti todavía queda mucho por sanar.

—También lo sé —Zachary se mostraba tan sumiso como un niño pequeño después de una reprimenda, pero él no era un niño pequeño—. Lo intentaré —se volvió hacia Polly—. ¿Puedo ir a verte?

La mano de ella acariciaba la cabeza de Og.

—No, Zachary. Lo siento. No quiero volver a verte. No sería bueno para ninguno de los dos —su voz brotó serena, carente de emotividad. Había tenido que volver a cruzar el lago por Zachary. Sin embargo, lo que había que hacer estaba hecho.

—Pero…

—Hay cosas que tienes que aprender solo —dijo Karralys—. Una de ellas es a vivir contigo.

—No me agrado —dijo Zachary.

—Debes aprender —las palabras del obispo eran una orden—. A partir de este momento, tu comportamiento debe ser tal que cuando te acuestes al llegar la noche te sientas feliz con lo que hiciste durante el día.

—¿Eso puede suceder? —preguntó Zachary. Miró a Polly—. ¿Puede ser?

—Sí, Zachary. Puede suceder, si tú lo permites.

Louise la Más Grande se deslizó por la tierra compacta fuera de la tienda.

—Síganla —ordenó Karralys.

Tav se acercó a Polly, y le habló con nostalgia:

—¿Debo dejarte marchar?

—Debes dejar marchar su presencia —dijo Karralys—. No su corazón.

—Ahora lo sé —dijo Tav en voz baja—. Estaba equivocado acerca de la Madre. La Madre pide el sacrificio del amor.

Tú me enseñaste eso —tocó los labios de Polly con sus dedos y dio media vuelta rápidamente.

Anaral extendió sus manos hacia Polly, pero no la tocó.

—Siempre seremos amigas.

—Siempre.

—Y Klep y yo te tendremos en nuestros corazones.

—Tú estarás en el mío.

—Las líneas del amor cruzan el tiempo y el espacio —pero una lágrima se deslizó por la mejilla de Anaral.

Karralys se volvió hacia Polly y tomó sus manos entre las suyas.

—Nunca te olvidaremos.

—Yo tampoco.

—Y, obispo Garza, todo comenzó cuando viniste a nosotros a través del umbral del tiempo.

El obispo sonrió.

—¿Yo, Karralys? Oh, creo que no.

A la entrada de la tienda, Og ladró con impaciencia.

Karralys acarició la cabeza de Og, y dijo:

—Mandaré a Og contigo, Polly. Tú y tus abuelos necesitan un buen perro guardián, y Og lo es.

Otra vez, Og ladró imperiosamente.

—Vamos —el obispo Colubra abandonó la tienda. Polly lo siguió, y Og le acercó su hocico frío a la mano. Detrás de ellos, el lago brillaba. Los picos blancos de las montañas se alzaban abruptamente hacia el cielo.

Cuando llegaron al muro de piedra, Louise la Más Grande yacía bajo un cálido rayo de luz solar. Se levantó y se deslizó entre las rocas.

Polly miró a su alrededor, ahí estaban sus conocidos árboles jóvenes y el Abuelo Roble, que sobresalía por encima de todos. Las montañas cubiertas de nieve se habían retirado y las antiguas colinas yacían en silencio en el horizonte. Estaba de regreso en su propio tiempo.

Alguien debía haber estado vigilando porque los Murry y la doctora Louise vinieron corriendo por el manzanal, a través del campo. Hubo muchos abrazos, lágrimas de alivio, alegres ladridos.

Zachary se mantuvo aparte, en silencio.

Luego, los abuelos de Polly los urgieron a todos a ir a la cocina: la calidez, el aroma de la madera de manzano, los geranios y el pan recién horneado. Polly y el obispo comenzaron a hablar a la vez, contando sus propias versiones de lo que había sucedido. Zachary seguía callado.

Luego, la doctora Louise sacó su estetoscopio y auscultó el corazón de Zachary.

—Parece que hay un ligero murmullo —dijo al fin—, pero no estoy segura de la importancia clínica que esto tenga. Ciertamente no es un corazón perfecto. Tendrás que consultar a tus médicos lo antes posible.

—Lo haré. Pero hay una diferencia. Puedo respirar sin sentir que estoy levantando peso. Gracias, doctora. A todos ustedes —se acercó a Polly y tomó sus dos manos—. Polly —la miró, pero no dijo más. Ella esperó, dejando que sostuviera sus manos. Él abrió la boca como si fuera a hablar, la cerró y sacudió la cabeza.

—Lo harás… —comenzó a decir ella. Se detuvo.

—Sí, Polly. Lo haré —retiró las manos—. Es mejor que me vaya.

—Te acompaño al auto —dijo Polly.

El obispo posó una mano sobre el hombro de Zachary.

—No será fácil.

—Lo sé.

—Recuerda que las líneas del amor siempre están ahí. Puedes aferrarte a ellas.

—Lo haré. Gracias.

—Que Dios te acompañe.

—No creo en Dios.

—Está bien. Yo sí.

—Me alegro por ti.

Polly anduvo con Zachary por la cochera y el camino donde había estacionado su auto. Él entró y bajó la ventanilla.

—Polly —ella lo miró. Él se encogió de hombros—. Lo siento. Gracias. Las palabras no sirven ahora.

—Está bien. Sólo cuídate —metió las manos en los bolsillos de su anorak y sus dedos tocaron el ángel que él le había regalado. Lo sacó.

—Todavía guardas mi obsequio.

—Sí. Lo tendré siempre conmigo.

El obispo salió y caminó rápidamente a través del césped con sus largas piernas de garza.

—Vamos, querida. Entremos en casa.

—Adiós —dijo Zachary—. Polly. Llevas puesta esa túnica de piel de oveja.

Pasó sus manos ligeramente sobre el cálido vellón que colgaba por debajo del anorak.

—La túnica de Anaral. Ya no puedo devolvérsela, ¿cierto?

El obispo sonrió.

—Ella querría que tú la tuvieras. Por ella y por Klep, por los buenos recuerdos.

Zachary miró a Polly. Al obispo. Subió la ventana, puso en marcha el motor, agitó una mano para despedirse y se marchó.

El obispo rodeó con su brazo a Polly y se dirigieron de regreso a casa, junto a todas esas personas que ella amaba. Pero también había otros a quienes amaba, y nunca volvería a ver.

—¿Qué pasa con lo que pasó? —le preguntó al obispo.

—Está allá. Esperando.

—Pero el umbral del tiempo está cerrado, ¿no?

—Sí. Pero eso no puede quitarnos lo que hemos vivido. Lo bueno y lo malo.

Una vez más sus dedos tocaron la imagen del ángel. Miró a través de los campos hasta los bajos hombros de las antiguas colinas. Parecía que podía distinguir, parpadeando débilmente detrás de ellas, los picos de las montañas escarpadas cubiertas de nieve.

Entonces, entraron en casa.

Preguntas a la autora

Cuando era pequeña, ¿qué deseaba ser cuando llegara a mayor?
Escritora.

¿Cuándo supo que quería ser escritora?
Enseguida. Tan pronto como pude expresarme supe que quería ser escritora. Y al leer. Adoro *Emily, la de Luna Nueva* y otros libros de L. M. Montgomery, y ellos me impulsaron a escribir porque me encantaban.

¿Cuándo empezó a escribir?
Cuando tenía cinco años escribí una historia sobre un pequeño "gurl".

¿Cuál fue el primer escrito que publicó?
Cuando era niña, un poema titulado "Child Life". Trataba acerca de una casa solitaria, y era muy sentimental.

¿Dónde escribe sus libros?

En cualquier lugar. Primero escribo a mano y luego lo paso a máquina. Mi primera máquina de escribir fue una que perteneció a mi padre, anterior a la Primera Guerra Mundial. Fue la que se llevó a la guerra. Ciertamente, esa máquina ha estado en todo el mundo.

¿Cuál es el mejor consejo que ha recibido sobre la escritura?

No dejar de escribir.

¿Cuál es su primer recuerdo de la niñez?

Un recuerdo temprano que tengo es de un viaje veraniego a Florida para pasar allí un par de semanas y visitar a mi abuela. La casa estaba en medio de un pantano rodeado de caimanes. No me gustan los caimanes, pero allí estaban, y yo tenía miedo de ellos.

¿Cuál es el recuerdo favorito de su niñez?

Estar en mi habitación.

Cuando era joven, ¿a quién admiraba más?

A mi madre. Ella era una auténtica cuentacuentos y yo adoraba sus historias. Y a ella le encantaban la música y los discos. Tocábamos juntas el piano.

¿Qué asignatura se le dificultaba más en la escuela?

Matemáticas y latín. No me agradaba el profesor de latín.

¿Qué asignatura le agradaba más en la escuela?

Inglés.

¿En qué actividades participaba en la escuela?
Fui dirigente estudiantil en el internado y editora de una revista literaria, y también pertenecía al club de teatro.

¿Es usted una persona de mañana o una noctámbula?
Noctámbula.

¿Cuál fue su primer trabajo?
Trabajé para la actriz Eva Le Gallienne justo después de la universidad.

¿Cuál es su comida favorita?
La sémola de trigo. La como con cuchara. Me encanta con mantequilla y azúcar de caña.

¿Qué le agrada más: los gatos o los perros?
Ambos. Una vez tuve una perra maravillosa llamada Touche. Era una caniche de tamaño mediano y pelaje de color gris, extremedamente hermosa. No me permitían llevarla en el tren subterráneo, y no podía permitirme el lujo de tomar el taxi, así que la cargaba alrededor del cuello, como si fuera una estola. Y ella fingía que era una estola. Era una verdadera actriz.

¿Qué es lo que más valora en sus amigos?
El amor.

¿Cuál es su canción favorita?
"Drink to Me Only with Thine Eyes."

¿Qué época del año disfruta más?

Supongo que el otoño. Me encanta el cambio de color de las hojas. Me encanta el solidago o vara de oro, y la flor de la zanahoria.

¿Cuál era el título original de *Una arruga en el tiempo*?

La señora Qué, la señora Quién y la señora Cuál.

¿De dónde sacó la idea de *Una arruga en el tiempo*?

Vivíamos en el campo con nuestros tres hijos en una granja lechera. Comencé a leer lo que Einstein escribió acerca del tiempo. Y usé muchos de esos principios para crear un universo que fuera creativo y al mismo tiempo creíble.

¿Le resultó difícil que *Una arruga en el tiempo* fuera publicado?

Me quedé esperando durante dos años. Una y otra vez recibí la habitual carta de rechazo. Finalmente, después de veintiséis rechazos, llamé a mi agente y le dije: "Devuélvamelo. Es demasiado diferente. Nadie lo publicará". Me lo envió de vuelta, pero unos días más tarde, un amigo de mi madre insistió en que conociera a John Farrar, el dueño de la editorial Farrar, Straus and Giroux. Le gustó el manuscrito, y al fin decidió publicarlo. Mi primer editor fue Hal Vursell.

¿Cuál de sus personajes se parece más a usted?

Ninguno. Todos son más sabios que yo.

Esta obra se imprimió y encuadernó
en el mes de abril de 2019, en los talleres
de Impregráfica Digital, S.A. de C.V.
Av. Coyoacán 100-D, Col. Del Valle Norte,
C.P. 03103, Benito Juárez, Ciudad de México.